源氏物語を読む

高木和子
Kazuko Takagi

岩波新書
1885

はじめに

千年を超えて読み継がれてきた『源氏物語』、その魅力はどこにあるのだろうか。

この長い物語を何度も通読したという熱心な愛好家も多くいる。その一方、「『平家物語』と似た話か何かだ」と、源頼朝や源義経らを連想する向きもある。「源」は天皇家から臣下に下った者が賜る姓だから、なるほど全く無縁ではない。だが『源氏物語』は十一世紀初頭の成立で、源平の争乱より二百年くらい古い。それに史実ではなく、あくまでフィクションである。一言でいえば色好みの貴公子光源氏(ひかるげんじ)の、恋と栄達の物語だといえようか。

『源氏物語』は制作当初から人気だったらしい。『紫式部日記』には当時の帝の一条天皇に、歴史書にも精通した作者だと感嘆されたことが、謙遜交じりに記されている。フィクションでありながら、史実を連想させる骨太な内容が高く評価されたのだ。当時の物語は絵画とともに楽しまれることも多かったようで、今日の漫画に准(なぞら)えられることもある。だが平安末期制作の現存最古の国宝「源氏物語絵巻」(五島美術館、徳川美術館蔵)は時の権力者の関与を思わせる豪華な作りで、深い物語理解に根差しており、およそ素朴な挿絵の次元を遥かに凌駕している。

十二世紀末、藤原俊成に「源氏見ざる歌詠みは遺恨の事なり」(『六百番歌合』冬上・一三番判詞)と讃えられ、『源氏物語』は和歌を作る上での必須の教養として熱心に研究された。『源氏物語』を書写した写本が多く残り、今日この物語をおおむね完備した形で読めるのは、後代の和歌の世界で重んじられたからにほかならない。そして物語そのものの写本だけでなく、『河海抄』『湖月抄』などの注釈書、『源氏大鏡』『源氏小鏡』などの梗概書、この物語に題材を取った絵巻や屏風絵など、多様な姿で享受されてきた。つまり、長大な物語を正面から研究する層もいれば、より簡略に楽しみたい層もいたのだ。光源氏にあやかりたい権勢志向ゆえの政治利用もあれば、末広がりの家の繁栄を祈願した嫁入り道具としての工芸品の制作もあったりと、多様な事情がうかがえよう。中学高校の教科書等に採用される場面も、実はこうした抜粋本や美術品の中で、伝統的に注目されてきた箇所が多い。

作中の登場人物は、中世の注釈書以来、時に歴史上の実在人物がモデルとして取り沙汰されるにせよ、あくまで虚構の人物である。鎌倉時代初期の物語評論『無名草子』にはすでに人物批評が見え、男君や女君をひとわたり批評する中で、光源氏への批評はやや辛辣である。谷崎潤一郎も「にくまれ口」というエッセイで光源氏は好きになれないとし、昨今の女子学生は

「光源氏なんて浮気ばっかりして不潔！」と言うから、どうやら光源氏の悪口を言うことで作中の女君に加勢するのが、時代を超えて共通する一つの典型的な読み方といえようか。

こうした人物評がさかんなのは、虚構の人物がまるで血の通った人間かと錯覚されるほどに、心の動きや対話の呼吸が細やかに描出されているからだろう。作中人物に准えた性格占いがあるように、個々の人物は一見したところ、嫉妬深い、可愛らしい、上品、などといったやや記号的な性格を帯びている。だがその一方で、善人と悪人に二分できる類いの単純さにはとどまらない深い奥行きもある。情熱的であると同時に用心深く、誠実でもあり老獪でもあるといった具合に、作中人物はおおむね複雑な顔を持っており、何より光源氏はその典型なのである。

こうした複眼的な価値観は、物語の形態とも連動している。古代の物語は巻単位に分かれており、一つの巻の中でも場面転換が著しい。『源氏物語』のとりわけ最初の方は、短い巻の中でも場面が転々とする。夕顔の話かと思えば、六条の女や空蟬(うつせみ)に話題が転換するといった具合で、主筋の物語を摑み取れば、おのずから些末なエピソードが削ぎ落されてしまう。『源氏物語』は多様な挿話を収集した統合体であり、末端の挿話を捨象すれば、本来の物語の多様性がいくらか損なわれてしまいかねない。

さいわい本書は新書だから、いくつかの部や章に分け、さらに個々の見出しによって小さく段落を分断しながら短いエピソードを紹介できる。まるで古代物語さながらではないか。一つの巻の中で話題が転々とする『源氏物語』の多面的な姿を再現するには、実にふさわしい媒体である。そこで本書は試みに、多面的で収拾のつかない末端の話もできるだけ掬い上げて紹介し、見ようによってはバラバラで統一感のない物語の様態それ自体に寄り添ってみることにした。桐壺巻から夢浮橋巻までをできるだけ順に辿りつつ、研究史上の一般的な理解に私の個人的な見解も随所に交え、古文の呼吸を生かしながら現代日本語で紹介していく。

また、平安朝の物語がいくら絵画とともに楽しまれたといっても、『源氏物語』ほどの重厚な文章が、紙芝居のように耳で聞いて味わえたかどうか。『更級日記』の菅原孝標女が、逸る思いで一人黙読した興奮を綴るように、やはり黙読が望ましかったのではないか。本書では絵や図を極力排することで、ただ「読む」ことを通して『源氏物語』に触れてほしいと願った。

日本の代表的な古典として世界に誇る『源氏物語』。その魅力の源泉は、名作とされる多くの文学作品と同様、文化や時代の違いを超えて読み手の琴線に触れる普遍性にある。同じ読者でも歳を重ねて読み返せば、異なる理解が立ち現れてくるといった多様性にも満ちている。個々の読者の異なる人生の局面を、それぞれに包み込む力のある物語だと言えようか。

本書をきっかけに『源氏物語』を通読したいと感じていただけるなら、まことに幸いである。

目　次

- 本文中の作中人物の呼称は、物語のその時点のものとする。たとえば「頭中将」など官位による呼称は、昇進等により変化する。
- 巻末「年立」は今日多く用いられる本居宣長の新年立によったが、作中人物の年齢などに矛盾が生じるところもある。
- 引用本文には小学館『新編日本古典文学全集　源氏物語』(全六巻)を用いた。そのほかの古典もおおむね同シリーズを用い、和歌は『新編国歌大観』を用いたが、一部表記を改めた。

I　誕生から青春

一　両親の悲恋と美しき若君――桐壺巻

いづれの御時にか、女御、更衣あまたさぶらひたまひける中に、いとやむごとなき際にはあらぬが、すぐれて時めきたまふありけり。はじめより我はと思ひあがりたまへる御方々、めざましきものにおとしめそねみたまふ。同じほど、それより下臈の更衣たちはましてやすからず。

どの帝の御代であったか、女御や更衣が大勢お仕えなさった中に、まことに高貴な身分というのではない方で、格別に寵愛をお受けになる方がいた。初めから自分こそはと自負していらしたお方たちは、目障りなものに卑しめて嫉妬なさる。同じくらいの身分、それより格下の更衣たちは、一層内心穏やかでない。

桐壺巻は、光源氏の両親の悲恋から、光源氏元服までの物語である。今は亡き大納言の娘は、はかばかしい後見役がいないにもかかわらず、父の没後に帝の後宮に入り、桐壺(淑景舎)と呼ばれる居所を賜った。帝はこの桐壺更衣をことのほか寵愛し、「きよらなる玉の男御子」、美しい玉のような男の子まで授かった。しかし第一皇子の母女御をはじめ、後宮の女性たちの妬み嫉みの標的となった更衣は病がちとなり、やがて亡くなってしまう。帝は更衣の実家に使者を遣わして、弔意を示すのだった。

王統のひとり子

主人公の誕生から話を語り起こすのは、古代の物語の常である。『竹取物語』が竹取の翁(おきな)の紹介から始まるのが典型で、主人公の両親を紹介し、いかに優れた子が生まれたかに話題を移していく。つまり、両親からの血の系譜、家柄の紹介から始まるのである。古代の物語の主人公はしばしば王統、天皇の子孫であった。『伊勢物語』の主人公と目される在原業平(ありわらのなりひら)(八二五―八八〇)は、平城(へいぜい)天皇の子である阿保(あぼ)親王を父とする。また、兄弟姉妹が多いことが家の繁栄のために重要だった平安時代に、しかし物語の主人公はしばしば、〈王統のひとり子〉、天皇家の血筋を引く一人っ子であった(高橋亨)。だからこそ、稀少な卓越性を備えていることにもなる。

『源氏物語』の冒頭もそうした古代物語の系譜上にある。だが光源氏の両親の紹介は、単なる血筋の紹介にはとどまらない。父の帝がいかに桐壺更衣に心を傾けたか、それゆえに桐壺更衣が背負った人々の妬みや恨み、その悲恋の顛末が切々と語られるのである。だから桐壺更衣の一人息子として生を受けた光源氏は、恋に心を砕いて生きることが、あらかじめ運命づけられている。『源氏物語』は「血の系図」だけでなく、「生き方の系図」を語り、〈できごとを語る物語〉を〈できごとのこころを語る物語〉に飛躍させた（益田勝実）という意味で、古代の物語を踏襲しながらも、ありきたりの模倣ではない。

時代設定

物語はしばしば、「今は昔、〜ありけり」で始まる。『竹取物語』は「今は昔、竹取の翁といふものありけり」と始まり、『伊勢物語』の多くの章段は「昔、男ありけり」と語り起こされる。これらに比べれば『源氏物語』の冒頭は、「いづれの御時にか」とずいぶん凝った形である。九世紀末の歌人伊勢の歌を集めた私家集『伊勢集』の写本の中には、冒頭が「いづれの御時にかありけむ」とあるものがあって、それを踏まえたとも、『伊勢集』の方が『源氏物語』を模して書き換えられたとも言われるところである。

「いづれの御時にか」とは「どの帝が治める御代であったか」という意味である。この冒頭表現が効果的なのは、制作当時の一条天皇（九八〇―一〇一一、在位九八六―一〇一一）の時代からすれば、何代か遡った帝の時代を自然と想像させるからである。物語中の桐壺帝・朱雀帝・冷泉帝は古来、史上の醍醐天皇（八八五―九三〇、在位八九七―九三〇）、朱雀天皇（九二三―九五二、在位九三〇―九四六）、村上天皇（九二六―九六七、在位九四六―九六七）に准えられてきた。桐壺帝には醍醐天皇のほか、仁明天皇（八一〇―八五〇、在位八三三―八五〇）や宇多天皇（八六七―九三一、在位八八七―八九七)の御代も重ねられているとされる(日向一雅)が、いずれにせよ数十年は遡った一種の時代物として、『源氏物語』は書かれた。伊勢(八七五頃―九三八頃)や紀貫之(?―九四五)といった制作当時としては少し以前の歴史上に実在した歌人の名まで、桐壺巻には登場する。

ただし、制作当時の現在と地続きの世界だとはいえ、『源氏物語』は実在の人物を主人公とした歴史物語ではない。数十年前に実在した歌人の名を登場させるにせよ、フィクションである。また昨今は、一条天皇の中宮定子寵愛を踏まえたとの説もあり、モデルとなった時代や人物は単純な一対一対応ではなく複合的で重層的である。その意味では、『源氏物語』はあくまでフィクション、虚構の世界である。

長恨歌の引用

「楊貴妃の例もひき出でつべくなりゆく」などと、桐壺帝の桐壺更衣偏愛から更衣の死とそれを哀傷する物語には、長恨歌が広く引用されている。長恨歌とは、八世紀、唐の玄宗皇帝が楊貴妃を偏愛したために国の混乱を招き、安禄山の乱で楊貴妃を失った史実を題材としたもので、白居易の「長恨歌」、陳鴻の『長恨歌伝』が広く知られていた。とはいえ血で血を洗う中国の争乱の凄惨さに比べれば、王朝交代もなく天皇が脈々と治める日本は総じて安泰である。長恨歌を踏まえつつも、そこから離れた独自な世界が『源氏物語』だといえようか。

後宮の秩序を維持するためには、帝は中宮・女御・更衣の身分秩序に従って、愛を分け与えねばならない。桐壺帝には、第一夫人である中宮はまだ不在であったが、早くに入内し第一皇子を産んだ、右大臣の娘の弘徽殿女御が最有力であることは疑いない。にもかかわらず、桐壺帝は桐壺更衣を偏愛した。それは一見純愛に見える。だが、弘徽殿女御を寵愛すれば、その実家である右大臣家が勢いづく。そうした特定の家の勢力拡大を牽制するために、後ろ楯のいない桐壺更衣を寵愛したともされる(辻和良)。やや生々しい理解だが、実は『源氏物語』の大半の部分が政治的思惑と切っても切れない形で恋を語っているのである。『源氏物語』が恋と政治の物語と評されるゆえんであろう。

しかしそもそも当時の女性が入内するのは、帝の寵愛を受けることで家が繁栄することを期待するからである。桐壺更衣にしかるべき後ろ楯がいないのだとすれば、寵愛されても意味がない(日向一雅)。その意味で桐壺更衣の入内は、当時の現実ではあり得ない虚構なのである。

桐壺更衣の死

昼は帝が更衣のもとに通い、夜は更衣を清涼殿に召し寄せた。夜は三種の神器の宝剣を守るために、帝は清涼殿を離れられなかったからだという(益田勝実)。

桐壺とは後宮の建物の一つで、帝の住む清涼殿からは最も遠い。更衣が召し出された時には、送り迎えの女房たちは汚物を撒かれ、更衣も道を塞がれるなど、途上の女たちから妨害された。心労重なった更衣は病がちで里下がりが増えたが、帝はかえって更衣に想いを傾ける。清涼殿に近い後涼殿（こうりょうでん）に、居所を与えた。そしてまた更衣は、後涼殿から追い出された女の恨みを買ってしまう。

臨終の更衣がついに宮中を退出する場面は、「限りあれば」と始まる。死は穢（けが）れであり、宮中では帝以外の者は死ぬことが許されない。その不文律のために、桐壺帝が更衣の死を見届けられないことを、「限り」、つまり限界があるから、というのである。

かぎりとて別るる道の悲しきにいかまほしきは命なりけり

この更衣の絶唱が、この物語の最初の歌である。「もうこれが限界と、お別れする死出の道が悲しいにつけても、行きたいのは命永らえる道、生きる道の方です」といった意味であろうか。まだ生き続けたいと詠むこの歌は、自らの生への執着が見えて、およそ潔い体のものではない。そこに、我が子の将来を見届けられない、むしろ息子を東宮にという母の悲願、遺言に相当するものと理解する説さえある（藤井貞和）。更衣の様子は、「聞こえまほしげなることはありげなれど、いと苦しげにたゆげなれば～」と、何か言いたそうなことがありそうだが、苦しそうでだるそうに見えるので、という具合に「～の様子である」という意味の「～げ」を積み重ね、名残を惜しむ帝の眼を通して映し出される。帝の返歌はない。

帝は更衣に破格の「輦車の宣旨」を与え、女御のように、手で引く屋形車に乗っての退出を許した。退出したその夜半過ぎ、更衣は亡くなった。長恨歌で死者の国に使いを遣わすように、桐壺帝は更衣の実家に靫負命婦を勅使として遣わした。更衣の母は、靫負命婦を相手に、ろくな後ろ楯のいないままに、亡き夫大納言の遺言に従って娘を入内させ、過分な帝の寵愛を受けたがゆえに横死させた悲しみを切々と語った。それは、桐壺更衣の母の〈回想〉という形で、物語が始まる以前の経緯を、読者に伝え知らせる方法でもあった。

未来の予言

母を亡くした若宮は、類い稀れな美貌と才能に恵まれ、人々に愛された。帝は皇太子にできないものかと、その時来日していた高麗の人相見のもとに身分を偽って行かせた。

> 国の親となりて、帝王の上なき位にのぼるべき相おはします人の、そなたにて見れば、乱れ憂ふることやあらむ。朝廷のかためとなりて、天の下を輔くる方にて見れば、またその相違ふべし。

天皇になる相だがそうなると世の乱れがあり、さりとて重臣となって国政を補佐するというのでもない、と占われた。高麗とは朝鮮半島北方の渤海国のことともされる。桐壺帝はほかにも

「倭相(やまとそう)」、つまり日本の占い師や、「宿曜(すくえう)のかしこき道の人」、すなわち中国の二十八宿(にじゅうはっしゅく)と七曜(しちよう)の占星術である宿曜道(すくようどう)の専門家などに何度も占わせた挙句、結局、この若宮に「源」の姓を賜って臣下に下した。「無品親王(むほんのしんわう)の外戚(げさく)の寄せなきにては漂(ただよ)はさじ」と、親王として皇位継承の可能性を残しても補佐する外戚がなければ非力だから、むしろ臣下として朝廷の補佐をさせた方がよいと判断したのである。桐壺更衣の横死を受けて、光源氏を守るための決断だった。しかし天皇の座から遠ざけられた光源氏は、ではどうやって「帝王の上なき位にのぼるべき相」を実現できるのか。予言に続いて、藤壺の入内へと話題が進められるところが見逃せない。

〈ゆかり〉の系譜

桐壺更衣亡きあと、桐壺帝は悲しみに暮れてばかりだったが、亡き先帝の四宮(しのみや)が亡くなった更衣に似ていると耳にし、入内するようにと求めた。桐壺更衣の死に至る経緯を知る母后は、そんな恐ろしいところに娘は入内させられないと躊躇(ためら)う。しかし母后は亡くなり、結局入内して藤壺(ふじつぼ)(飛香舎(ひぎょうしゃ))を賜った。帝は藤壺を寵愛し、次第に心癒されていく。

容貌の似ている人に心惹かれるという展開は、この物語に幾度となく繰り返される。光源氏は憧れの藤壺からその姪にあたる紫上に心を移し、晩年はやはり藤壺の姪である女三宮(おんなさんのみや)を妻に迎える。この系譜を一般に「ゆかり」という。同様に光源氏没後の物語では、薫(かおる)が宇治の八宮(はちのみや)

の娘である大君、中の君、浮舟と順に心を移すが、こちらは一般に「形代」と言われる。これらの似た人々の物語が、叔母姪や姉妹といった血縁関係で結ばれているのに対し、桐壺更衣と藤壺との間に血縁関係があったとはどこにも記されていない。のちの物語展開からさかのぼって想像すれば、何らかの血縁関係があったと考えられそうだが、そこは不明なままである。不明なままの方が物語に奥行きが生まれるということにもなろうか。

桐壺帝即位前史

ところで、藤壺の父の「先帝」は、桐壺帝とどういう関係なのだろうか。桐壺帝以前の帝として物語に登場するのは、桐壺巻で藤壺の父とされる「先帝」と、紅葉賀巻で桐壺帝が赴く朱雀院に住むらしい「一院」である。紅葉賀の行幸は「一院」の長寿の祝いの様子だから、桐壺帝の父か兄と見るのが自然である。さらに葵巻では六条御息所の夫がかつての東宮、桐壺帝の弟かとされる。これらを踏まえて先帝、一院、桐壺帝が直系で祖父、父、子だとすると、先帝の娘の藤壺は桐壺帝の父の姉妹となり、光源氏の数歳年上という年齢はやや不自然になる。先帝、一院が兄弟とすれば比較的無難だが、そのほか、先帝は陽成で断絶した皇統に相当、一院―桐壺帝は光孝―宇多―醍醐という新皇統に相当するとも考えられる（日向一雅）。

『源氏物語』は四代の帝の時代を物語る。桐壺帝、その子である朱雀帝、冷泉帝、そして朱雀の子である今上帝である。先帝の子である兵部卿宮、すなわち藤壺の兄弟は、物語に登場の時点ですでに、東宮となる可能性を失っている様子で、そのことと藤壺入内との間には、おそらく深い関係がある。皇位継承の可能性を持ちながら、実現せず絶えていく皇族の女性を後宮に迎え入れ、その血脈を自らの皇統の系譜に組み入れていくのは、王権の正統性を保証するための重要な手立てだった。だとすれば、桐壺帝が先帝の四宮である藤壺を後宮に迎えるところには、桐壺更衣偏愛とは別種の必然が見え隠れする。光源氏が関わる、藤壺、紫上、女三宮はみな、要するに先帝の子や孫にあたる女たちなのである。若菜上巻冒頭で、藤壺の妹が朱雀院の女御だったとされることも含めて、『源氏物語』は、〈桐壺系〉の男たちが、〈先帝系〉の女たちの血脈を自らの家の系譜に組み入れていく物語だと考えてよいだろう。

藤壺思慕と結婚

光源氏は、輝くような美しい少年に成長した。漢籍も学ぶともなく身につく、いわば天才の趣である。母の桐壺更衣が亡き後は、更衣を敵視していた弘徽殿女御さえも光源氏の可愛さに心ほだされていた。しかし藤壺が入内すると、弘徽殿女御は面白くないままに再び光源氏とよそよそしくなり、光源氏は母に似るという藤壺に、自然に心を寄せた。二人が「光る君」「かがやく日の宮」と並び称されるようになる。

光源氏十二歳の元服の折には、左大臣の娘である葵上が添伏に選ばれ、そのまま結婚した。

「添伏」の語は、東宮元服当夜の参入に限って用いられたともされる（青島麻子）。光源氏は臣下でありながら、東宮に匹敵する厚遇を受けていたのだろう。左大臣の妻は桐壺帝の同腹の姉妹である大宮（おおみや）で、その一人娘は本来なら東宮に入内するのが当然なのに、東宮からの所望を退けて、左大臣は光源氏との結婚を選んだ。当時の権勢家としてはあり得ない特殊な判断だが、おそらく左大臣は桐壺帝と、その即位前後から強い連携を保っていたのだろう。

だが光源氏は葵上に心馴染まず、藤壺を慕うばかりで、葵上への通いは途絶えがちである。桐壺帝は亡き桐壺更衣の邸を作り直し、二条院として光源氏の邸とした。光源氏は、藤壺のような人をここに迎えて住むことができたらと願った。「光る君」とは高麗の相人が命名したのを世の人がもてはやしたものだという一文で、桐壺巻は閉じられる。

栄華実現への展望

さて、例の予言はこの先いかに実現するのか。少し先走って、この先の物語に描かれる光源氏の人生を眺めてみよう。光源氏は亡き母に似た藤壺に憧れてついに密通、藤壺は懐妊してしまう。誕生した不義の子は、桐壺帝の子として育てられ、朱雀帝の御代の東宮となり、やがて即位する。この冷泉帝は、母藤壺の没後に自らの出生の秘密を知り、実の父である光源氏に帝位を譲ろうとする。光源氏は固辞して帝位につくことはなかったが、藤裏葉（ふじのうらば）巻で、退位後の天皇、すなわち太上天皇（だいじょうてんのう）に匹敵する処遇を受けることになる。

このように、光源氏は母の桐壺更衣の出自が低く、実家の支援が脆弱だったために、臣下に下るほかなかったが、自らの美貌と才能によって帝位に匹敵する地位に上り詰める。これがすなわち、光源氏の栄達の道筋である。

桐壺巻の予言が、光源氏の前半生の苦難とその後の栄華を指すのだとすれば、桐壺巻の時点ですでに、いわば一定の長編物語としての構想をそもそも抱えていたことになる。しかも若紫巻、澪標巻にも、それぞれの時点での光源氏の事績に応じた予言が明らかにされる。この三つの予言に沿って、光源氏の栄華実現の物語が押し進められる体である。だが、そうした長編的な骨格に揺さぶりをかけるように、この物語には種々の短編的な物語が組み入れられている。それらの長編的な物語と短編的な物語とがいかに拮抗しているかが、『源氏物語』の読みどころの一つだと言えよう。

二　色好みの主人公——帚木・空蟬・夕顔巻

帚木巻は、「雨夜の品定め」と称される数人の若者たちの女性談義から始まり、これに触発されて、光源氏がやや身分下る女と関わる物語である。帚木・空蟬・夕顔巻は「帚木三帖」と称されて、それぞれ空蟬・軒端荻・夕顔との恋の物語となっている。

神話的英雄の末裔

光る源氏、名のみことごとしう、言ひ消たれたまふ咎多かなるに、いとど、かかるすき事どもを末の世にも聞き伝へて、軽びたる名をや流さむと、忍びたまひける隠ろへごとをさへ語り伝へけん人のもの言ひさがなさよ。

帚木巻の冒頭である。光源氏などと名前ばっかり仰々しくて、光り輝く評判も打ち消されなさる欠点が多いと聞くのに、さらにこんな色恋の噂を聞いては末代までも語り伝えて、軽々しい評判を流すことになろうかと、秘密になさっていた隠し事まで語り伝えた人の口さがなさよ。——「名」という言葉に「名前」と「評判」という二つの意味を含ませて、「光」「消つ」という縁語的な表現を用いた、洒落た書き出しである。続けて、「さるは、いといたく世を憚りまめだちたまひけるほど、なよびかにをかしきことはなくて、交野(かたの)の少将には、笑はれたまひけむかし」、実はひどく世間を憚って真面目くさっていらして、色めいた風流なことはなくて、交野の少将には笑われなさったでしょうね、と光源氏は実は生真面目だと主張する。「交野の少将」とは今日は残っていない、当時よく知られた色好みの物語の主人公で、『枕草子』「物語は」の段や『落窪(おちくぼ)物語』に、話の断片が見える。光源氏の好色を暴露する噂の主を非難し、光源氏を擁護する語り口が印象的である。

古代神話においてはスサノオノミコトもオホクニヌシノミコトも、旅の途上の各地で女と情を通じるが、それはその土地の支配を象徴的に物語るものだった(折口信夫)。こうした古代の英雄物語の流れを汲んでいるからか、『伊勢物語』しかり『源氏物語』しかり、平安朝の物語の男主人公は多情であり、好色は男主人公の美徳であった。そうした伝統の中でさえ光源氏は好色ではないと一旦は主張するのだから、この時代においてさえ好色はやはり、大っぴらにするのが憚られることだったのだろうか。

平安時代はしばしば一夫多妻だと言われるが、昨今の研究では、複数の妻の間には序列があって、その中で正妻は一人だとの理解が浸透している(工藤重矩)。しかし複数の妻妾の間に序列があったにせよ、一人の男が複数の女と関わることに変わりはない。家の継承を責務とする権門であればあるほど、子孫を絶やさないために複数の妻妾を持つのは、むしろ当然であった。

とはいえ、たとえば『蜻蛉日記』の筆者、藤原道綱母の夫、藤原兼家を見れば、記録の上で確認できる生涯の女性は九人程度であり、同時的に関わる女性は多い時で三人程度だという(増田繁夫)。それを一口に多いとも少ないとも言えないものの、一夫多妻といってもせいぜいその程度なのが現実だとも言えようか。不平不満を主張する道綱母のように口の達者な複数の妻妾たちの機嫌を取るのに、男たちは汲々としていたのかもしれない。誰にでも優しく才能豊かな男主人公が、女たちの空想上の理想像に過ぎなかったのと同様、男たちにとっても、複数の妻妾が調和的に暮らす様子は、物語にしか見られない非現実的な夢だったのではなかろうか。

皇族の血を引く主人公像

ところで、桐壺巻末では「光る君といふ名は、高麗人のめできこえてつけたてまつりけるとぞ言ひ伝へたるとなむ」と「光る君」と呼ばれていたのに、なぜ帚木巻頭では「光る源氏」と呼び直されるのだろうか。

「源」とは天皇家から臣籍降下した者に与えられた姓である。『伊勢物語』の在原業平にしても、『平中物語』の平貞文にしても、平安時代の色好みの物語の主人公は天皇家から臣下に下った者たちで、藤原氏が権勢を握る現実社会においては非力な存在であった。生真面目な光源氏を笑うだろうという「交野の少将」も、「交野」の地は平安時代には天皇家のお狩場であったから、皇族の血を引く可能性が高い。「光る源氏」という呼び名は、神話の英雄を思わせる「光る」という讃美に、皇族から臣下に下った「源」を併せ持たせた表現といえようか。

この帚木巻頭では、正妻の葵上のもとに間遠にしか訪れない光源氏について、「忍ぶの乱れや、と疑ひきこゆることもありしかど」とも語られる。「忍ぶの乱れや」とは『伊勢物語』初段で、元服したばかりの男が奈良の旧都で出会った美しい姉妹に詠みかけた、「春日野(かすがの)の若紫の摺(す)り衣(ごろも)忍ぶの乱れかぎり知られず」の一節である。紫草で染めた摺り衣の模様に喩えて、心乱れる思いを訴えた歌だから、若い光源氏の多情を疑う左大臣家の人々の懸念が透けて見える表現である。

『伊勢物語』の主人公「昔男」は、天皇に入内する前の二条后(にじょうのきさき)や、伊勢の斎宮との恋によって社会的立場を失い、風流に心を慰めるほかない人物であったが、かたや光源氏は、恋を通してむしろ栄耀栄華を手にしていく。光源氏は、この帚木巻頭の紹介のなかで、

さしもあだめき目馴(めな)れたるうちつけのすきずきしさなどは好ましからぬ御本性(ほんじやう)にて、まれには、あながちにひき違(たが)へ心づくしなることを御心に思(おぼ)しとどむる癖(くせ)なむあやにくにて、さるまじき御ふるまひもうちまじりける。

と、「本性」によって実直に公務をし、心進まぬながらも正妻の葵上に通うという常識的な日

常を営む中で、まれに「あながち」、強引で無理やりに、障害の多い相手との恋にこそかえって燃え上がる「あやにく」で厄介な「癖」の暴走によって、ひとたびは臣下に下って天皇の座から遠ざけられながらも、栄耀栄華を手にしていく。『伊勢物語』の主人公のように恋によって破滅するのではない、新たな主人公像がここにある(秋山虔)。

物語の語り手

帚木・空蟬・夕顔巻、いわゆる「帚木三帖」は、光源氏の「隠ろへごと」の世界ともいわれる。光源氏の表舞台での活躍を主とする桐壺巻・若紫巻・紅葉賀巻などの長編的な物語と比べれば、短編的な小話が重ねられる趣である。成立の順序を問う議論では、のちに挿入されたとの説(武田宗俊)もある一方で、むしろ『源氏物語』以前の光源氏の伝説的物語を吸収し、帚木巻あたりから書き始められたとの説もある(和辻哲郎)。成立の順は定かではないが、帚木三帖は、光源氏の本来の身分では出会わない中流階級の女達との恋の物語であり、各巻に新たな女君が登場し、それぞれが独立的に完結している点に特徴がある。

こうした光源氏のひた隠しにする行状を語り伝えたのは、いったい誰だったのだろうか。玉上琢彌氏は、物語の語り手、ナレーターとは、光源氏のそば近くに仕える侍女たち、すなわち「女房」だと想定した。光源氏の動向を身近で見聞きした女房が、別の女房に噂話をし、それを聞いたさらに別の女房が書き留める、といった具合である。帚木巻頭では、噂話をする女房の口さがなさを、「おしゃべりね」と批判しながら、その実、自分がぺらぺらと光源氏のお忍びの恋を暴露してしまう。複数の女房たちが何段階かにわたって噂を語り伝えたり筆記したりした結果、読者である我々が読んでいるという構造を物語に内在させることで、作中世界が読者の現実となだらかに繋がるという格好なのである。

雨夜の品定め

光源氏と、葵上の兄弟にあたる頭中将（とうのちゅうじょう）らは、長雨の降りやまない夜、宮中で宿直し女性談義を繰り広げた。この場面だけに登場する左馬頭（ひだりのうまのかみ）、藤式部丞（とうしきぶのじょう）が話題を提供、理想の女性像を論じたのち、左馬頭は指喰いの女、浮気な女、頭中将は常夏の女、式部丞は博士の娘の話を披露する。それぞれが独創的で印象的な小話であり、もとは独立した歌物語だったかとも思わせるが、ここでは光源氏を恋の冒険へと促すきっかけとなる座談として据えられている。こうした座談を骨格に話が進行する形式は、のちの『大鏡』『無名草子（むみょうぞうし）』などに引き継がれていく。複数の人物が座談の場で話をする形をとることで、短編的に独立した話を長編の中に組み込むことができ、単一的な価値観に縛られない多様な話を包摂できることにもなる。ともあれ、この雨夜の品定めに刺激されて、光源氏は、方違（かたたが）えの先で中（なか）の品（しな）の女、中流貴族の女との恋に落ちることになるのだった。

雨夜の品定めののち、光源氏は方違えのために紀伊守の邸を訪れた。方違えとは、陰陽道の風習で、「方塞がり」になった天一神(中神)がいる凶の方角を避けて目的地に移動するために、一時的に別の場所に身を移すことをいう。『蜻蛉日記』上巻にも、日記の筆者の藤原道綱母の四十五日の忌違えが記されているから、当時の実際の習慣だとわかる。とはいえ『源氏物語』では、方違えや物忌みはしばしばご都合主義的で、帚木巻の方違えは、空蟬との出会いを自然に設定するための装置だろう。しばし逗留する貴人を性的にもてなす話は、『伊勢物語』六二段や、芥川龍之介の『芋粥』の原話の『今昔物語集』巻二六第一七話にも見える。

方違えの貴人

紀伊守の邸は風流に造られていた。光源氏は、紀伊守の父である伊予介の家の女たちが、自分のことを噂するのに聞き耳を立て、夜更けに寝所に忍び入った。突然忍び込んできた光源氏に、伊予介の後妻である空蟬は動揺し、抵抗する。この場面は事細かで長い。結局、光源氏は抵抗する空蟬をなだめて契りを交わした。空蟬は自らの身の上を「憂し」、つらいと思う一方で、光源氏に心惹かれ、父の元にいる娘時代だったなら、たまさかの光源氏の訪れを待つこともできたのにと嘆いた。

藤壺物語の陰画

空蟬の物語は、あまり詳細に叙述されない光源氏と藤壺の密通を代弁するとの見方もある

(岡一男)。類似の人間関係が、細部を少しずらして繰り返されるのは、この物語に一貫する傾向である。一つの物語で書ききれなかったことを別の人物上で補完しつつ、物語が長編化するともいえようか。

紫式部の自画像

空蟬の父は衛門督で、娘の宮仕えを望みながらも実現を見ないまま亡くなったため、空蟬は年老いた地方官の伊予介と結婚した。伊予介には、空蟬と同世代の紀伊守や軒端荻といった子がいる。こうした人間関係は、二十歳ほど年長の藤原宣孝との紫式部自身の結婚に似ているため、空蟬は紫式部の自画像とも評されてきた。藤原道長の妾ともされる紫式部であるが、『紫式部日記』の記述の限りでは確証はない。もっとも当時の女房の、主君との性的な関係はごく自然だった。空蟬は享受史上、貞女として評価された時期もある。

小君との関係

光源氏は、空蟬の弟の小君を手なずけて紀伊守邸に忍び入るが、空蟬との再会はかなわない。ただ、光源氏が小君を空蟬の代わりに抱いて臥すのは、やや珍しい場面である。『源氏物語』では、光源氏と頭中将、夕霧と柏木、薫と匂宮など親しい貴公子同士の関係や、光源氏と惟光など近しい主従関係が見えるが、性的な関係の有無は話題にならない。平安末期、院政期の左大臣藤原頼長の日記『台記』には男色を好んだことが記録されているものの、『源氏物語』成立時期の実態は不明である。小君は父の衛門督の没後は姉の結婚相手の伊予介のもとに出入りするものの、まだ元服できず、はかばかしい展望はなかった。光源氏の恋の手引きに加担するのも、ただ無邪気というよりは栄達への近道と考えたのだろう。

二人の女を垣間見る

続く空蟬巻、光源氏は再び小君の手引きで紀伊守邸を訪れると、華やかで大柄で太った美しい女と、やや不器量だが上品な女が碁を打っていた。伊予介の娘の軒端荻と、後妻の空蟬だった。垣間見た折に女が二人いるという話の前例としては、『伊勢物語』初段、「昔男」が奈良の京、春日の里に狩に行ったところ、「いとなまめいたる女はらから」を垣間見て、心乱れて思わず和歌を贈ったという話が有名である。もっとも空蟬巻では、二人の女は姉妹ではなく継母と継娘だが。これに類する話は少なくない。竹河巻では夕霧の子である蔵人少将は、鬚黒と玉鬘の娘の大君と中の君が囲碁を打つのを垣間見ており、橋姫巻で薫が、宇治八宮の娘の大君と中の君を垣間見るのも同工異曲である。若紫巻で光源氏が紫上と祖母の尼君を垣間見るのも、この変形だとの説もある(原岡文子)。

受領の女との恋

夜になって光源氏が忍び入ると、目当ての空蟬は装束を一枚残して逃げ隠れてしまう。そこにいたのは、伊予介の娘の軒端荻の方だったが、人違いだとも言えず、そのまま関係を持ってしまい、とうとう空蟬とは逢えなかった。

美しいがやや軽々しい軒端荻よりも、容貌は劣っても奥ゆかしい空蟬に心惹かれるところに、光源氏のこだわりが滲んでいる。帚木巻頭で「あやにく」な「癖」があると評された光源氏ならではと言えようか。多情だが、無軌道や無節操とはほど遠い。空蟬がひそかに心惹かれながらも、自らの身の上を自覚して光源氏に応じようとはしないため、かえって光源氏は執着する。いっぽう、誤って関わった軒端荻がさほどの抵抗もなく自分を受け入れたことで、光源氏は興醒めしている。この丁寧な恋の機微の描写こそ、『源氏物語』が他の物語を凌駕して千年を超えて読み継がれた所以、この物語の魅力であろう。

空蟬巻の巻末歌

痛恨の思い醒めやらぬ光源氏は、初めての逢瀬の翌朝なのだから早々に軒端荻に手紙を贈らねばならないところ、むしろ逢えなかった空蟬に手習の歌を記した。軒端荻は小君がその辺をうろつくのを見るにつけても胸が苦しくなるが、光源氏からの便りはない。

空蟬の身をかへてける木のもとになほ人がらのなつかしきかな

もぬけの殻の装束を残した人がやはり慕わしいという光源氏の歌を、小君はそっと姉に届けた。空蟬は、光源氏との橋渡しをしようとする弟の小君を叱責しつつも、内心穏やかではない。

空蟬の羽におく露の木がくれてしのびしのびに濡るる袖かな

光源氏から寄越された文の畳紙の「片つ方」にそっと記した。「片つ方」とは、傍ら、などと訳されることが多いが、光源氏の文を書き汚したとは考えにくく、数枚重ねて贈られた畳紙の一枚に記したのではなかろうか（高木和子）。空蟬の慕情を吐露したこの歌は、光源氏の手に渡ることはなかったが、物語は光源氏に心惹かれてやまない空蟬の内面を読者に伝えている。

手習と古歌　「手習」とは習字の運筆のお稽古の意味で、無聊を慰めるために古歌を思い出し、写し書いたりすることをも「手習」と称した。ここでの光源氏と空蟬との贈答歌は「手習」の独詠歌、いわばそれぞれが独り言の体である。この空蟬巻の巻末歌は、宇多天皇の中宮温子に仕え、宇多天皇の寵を得て皇子を産んだ、伊勢の私家集『伊勢集』に載っており、『源氏物語』作中和歌七九五首の内でただ一首だけ、紫式部の作でない可能性がある。とはいえ当時の家集（かしゅう）は家族や子孫によって編纂されることが多く、当人の歌だけでなく別作者の歌が混じることも少なくなかった。この「空蟬の羽におく露の」の歌については、(1)伊勢の歌を『源氏物語』が取り込んだ、(2)既存の古歌を『伊勢集』も『源氏物語』も借用した、(3)『源氏物語』の歌が『伊勢集』に紛れ込んだなど、いくつかの可能性が考えられる。物語が古歌に着想して作られた（藤岡忠美）のだとすれば一層面白い。

巻名の由来　『源氏物語』の巻名は、紫式部の命名か、後代の読者によるものかは議論が分かれるところである。作中和歌の言葉である場合が多く、「帚木」「空蟬」もその例である。「帚木」とは信濃国の園原にある伝説の木で、遠くから見ると箒(ほうき)の形に見えるが、近づくと見えなくなるという。女を箒にたとえるところには侮蔑の意識が色濃い。「空蟬」とはセミの抜け殻のことで、光源氏が誤って軒端荻と契った後、空蟬の脱ぎ捨てた薄衣(うすごろも)一枚を持ち帰ったことを踏まえている。空蟬が汗にまみれた装束を持ち去られて恥じ入るところなど、生々しい感覚が伝わってくる。この装束は夕顔巻末、空蟬が夫とともに伊予に下る折に、光源氏から返される。借りたもの、預かったものを返す行為が、この物語の一旦の終焉を意味するのである。

自ら詠みかける女

巻は変わって夕顔巻(ゆうがおのまき)。光源氏は、五条に住む乳母(めのと)の病気見舞いに赴いた折、ふと見やると隣の家の塀に弱々しくまつわりつく草が、はかなげな花をつけている。花の名を尋ね、花を一枝求めたところ、少女が「これに置いてさしあげたら」と、歌を記した扇を差し出した。夕顔というらしい。

この時代一般に、歌は男の側から女に詠みかけるもので、女から詠みかけるのは特殊な場合が多いともされる(鈴木一雄)。そのため、ここで女から光源氏に歌を贈ったのは、愛人の頭中将と見間違った(黒須重彦)、花を所望する高貴な人にあいさつの歌を贈った(藤井貞和)、女房たちの合作の歌だった(玉上琢彌)、夕顔の遊女性など諸説紛々だった。その夕顔の歌とは、

心あてにそれかとぞ見る白露の光そへたる夕顔の花

「それ」「白露の光」「夕顔の花」が光源氏と夕顔のいずれの比喩かも諸説あったが、表現の連想からすれば、「光」は光源氏を、「夕顔の花」は夕顔を暗示すると見るのが穏当だろうか。これとは対照的に「六条わたり」、六条に邸のある、高貴だがやや気づまりで今一つ夢中になれない女の邸には、朝顔が咲いていた。

「あやし」の世界

関心を抱いた光源氏は、惟光に命じて女のもとに手引きをさせて、互いに素姓も名のり合わぬままに逢瀬を重ねる。ここには三輪山伝説、『古事記』や『日本書紀』にも見える古い伝承で、うら若い娘のもとに名を名乗らず通ってくる男の、正体を探ると実は三輪山の神、あるいは蛇だった、といった説話の影響が指摘されている。あるいは唐代の伝奇小説『任氏伝』、魅力的な女と出会ったと思ったら、その正体は狐だったという話の影響ともいう。いずれも人間と人間ならざるものが通じる、いわゆる異類婚姻譚である。さらにいえば、男が女を荒れ果てた場所に連れて行ったところ、鬼に殺されたという展開は、『伊勢物語』六段の芥川章段に見える。夕顔と光源氏の熱く激しく短い逢瀬が、既知の物語を下敷きに創られているのが興味深い。

夕顔巻では「あやし」という語が繰り返し用いられている。江戸末期の国学者、萩原広道が

『源氏物語評釈』で指摘したもので、逢瀬の場の下世話な風情を意味する「賤し」、不思議な出会いと夕顔の不可解な死を象徴する「怪し」の入り混じった世界と言えようか。

物の怪の正体は？

八月十五夜、屋根から月の光が差し込み、隣の家の声が聞こえる。下賤の者が身近にいる五条の家の様子に落ち着かない光源氏は女を車に乗せて、連れ出した。人気のない荒れ果てた某の院は薄気味悪いが、光源氏は女との恋に溺れて一日を過ごした。すると宵を過ぎた頃、光源氏がうとうとしたところ、枕元に美しい女が座って、

「おのがいとめでたしと見たてまつるをば尋ね思ほさで、かくことなることなき人を率ておはして時めかしたまふこそ、いとめざましくつらけれ」

「私が素晴らしいと拝見しているのを気にかけてくださらず、こんな大したこともない人を連れて来て、持てはやしていらっしゃるのが、心外で恨めしい」と言って、横で眠る女をかき起こそうとする。光源氏は得体の知れない何かに襲われた気がして、はっと目を覚ました。そしてまもなく、夕顔は冷たくなってしまう。

枕元にあらわれた女は、いったい誰なのか。夕顔を分不相応に大事にし過ぎだ、「めざまし」と目障りに思っている様子だから高貴な存在らしい。光源氏の薄情さに苦しんでいる様子だから、例の「六条わたり」の女かとも見える。一方で「おの」とは、当時の若い女の言葉遣いで

はないともされる。光源氏も夕顔没後の忌明けの頃には、自分に魅力を感じた廃院の物の怪が、夕顔を取り殺したと考えている。そもそもこの場面は、河原院に宇多法皇が京極御息所と泊った際に、源融（八二二—八九五）の霊が現れたという逸話を意識したものだろう。源融は嵯峨天皇の皇子で、源の姓を賜って臣下となり、応天門の変（八六六）などの政変をくぐり抜け、左大臣にまで昇って、光源氏のモデルの一人に数えられる人物である。

後の葵巻での六条御息所の生霊が葵上を取り殺す物語を読めば、夕顔巻の事件も同じ女の仕業と読みたくなるが、夕顔巻を単独で読む限り、「六条わたり」の女の実像ははっきりしない。光源氏を慕う女の生霊か、荒れた院に棲みつく物の怪か、読者の好みに委ねてよいだろう。

女君の死の季節

夕顔は八月十六日の夜、光源氏の正妻の葵上は八月二十日ごろ、紫上も八月十四日に没している。『竹取物語』のかぐや姫の月への昇天も八月十五夜であった。帝や竹取の翁に惜しまれながら昇天した物語を踏まえて、男に惜しまれながらこの世を去っていく女君の物語が創られたのだろう。夕顔の遺骸は惟光が葬ったが、光源氏も鳥辺野まで最後の別れに出かけ、その後は死の穢れに触れたために自邸に籠って女の死を悼んだ。実はこの夕顔は、雨夜の品定めで頭中将が失踪したと語っていた愛人であり、頭中将との間に玉鬘を生んだ女なのだった。

三　憧れの人とゆかりの少女——若紫・末摘花巻

北山からの国見

若紫巻の冒頭、光源氏がわらわ病、マラリアの治療のために、高徳の僧がいる北山を訪ねた。古来鞍馬寺がモデルとして注目され、最近では岩倉の大雲寺などが有力視されているが、定かではないし、所詮史実ではない。時は三月も末、都ではすでに散った桜も、ここでは今が盛りである。

少し快復した光源氏は、小高い所から京の都のほか、諸国を見渡した。伴の者たちは、あちらが富士山の方、などと紹介する。まるで絵に描いたような風景だ。いくら高台でも京から富士山は見えないだろうが、富士山から煙が立ち昇ることは『竹取物語』にもあって、有名だったのだろう。とある従者は、播磨国の明石の浦が素晴らしいと紹介する。国守だった偏屈な男が任期満了後も京にも戻らず、娘を高貴な人と娶せようと、平凡な求婚はみな断って高望みをしている、と話す。海竜王の后になる娘だな、自分も求婚して断られたのでは、と周囲に茶化されるこの男、良清という名で、須磨・明石巻で活躍することになる。

ここで話題の娘は、後に光源氏が明石の地で巡り合う播磨国の元の国守、明石入道(あかしのにゅうどう)の娘の明石の君である。父の入道が家の将来を託すべく祈願してきた特別な娘で、その祈願の歳月からして、明石の地で光源氏が巡り合う頃には明石の君は少なくとも十八歳である。だとすると若紫巻の時点では九歳ということになるが、多くの求婚者の求愛を受け、断り続けているという若紫巻の話の印象からは、ややかけ離れている。逆にこの時点ですでに適齢期だとすれば、明石巻で光源氏と結ばれる時には二十代半ばになってしまう。この明石の君の年齢が、光源氏の時間の進行と辻褄が合わないという物語の歪みは、『源氏物語』の成り立ちと関わっていようか。もとは独立した短編的なエピソードに過ぎなかった物語が、光源氏の物語の一角に据えられることで長編性を獲得したという、物語の成長過程を想像させる端緒でもある。

明石の君の年齢

若紫巻の長編性

帚木三帖に続く若紫巻は、冒頭では光源氏が病を患っているなど、夕顔巻で、夕顔没後に消沈し、病に臥す光源氏の姿と漠然と連続した印象がある。また、紅葉賀巻の朱雀院への行幸に向けた舞楽の準備も話題となっているなどといった連続性もみられ、若紫巻は前後の巻との接続が確かである。それと同時に若紫巻では、明石一族の登場、紫上の登場、藤壺との密会といった、いずれも光源氏の生涯の中核に関わる人物たちが登場する。若紫巻は、『源氏物語』の骨格ともいえる大きな軸を意識して、長編的な射程で構想されたのだろう。明石の君の年齢など、光源氏の物語の時間的進行とは矛盾を抱えるが、それは『源氏物語』が既存のより小さな物語を吸収しながら、より巨大な物語に成長した可能性を示唆していよう。

山の桜の盛り

曲がりくねった坂の下の風情ある家の様子を、光源氏はお供をする乳母子(めのとご)の惟光とともに垣間見た。感じの良い大人の女房が二人ほどいて、童が出たり入ったりして遊んでいる。

> 中に、十ばかりやあらむと見えて、白き衣(きぬ)、山吹(やまぶき)などの萎(な)えたる着て走り来たる女子(をむなご)、あまた見えつる子どもに似るべうもあらず、いみじく生(お)ひ先見えてうつくしげなる容貌(かたち)なり。髪は扇をひろげたるやうにゆらゆらとして、顔はいと赤くすりなして立てり。「何ごとぞや。童べ(わらはべ)と腹立ちたまへるか」とて、尼君の見上げたるに、すこしおぼえたるところあれば、子なめりと見たまふ。「雀(すずめ)の子を犬君(いぬき)が逃がしつる、伏籠(ふせご)の中(うち)に籠(こ)めたりつるものを」とて、いと口惜(くちを)しと思へり。

十歳ほどかと見えて、白い装束や糊の取れた山吹襲(やまぶきかさね)の装束を着て走ってきた少女は、他の大勢の子供とは別格で、成長後の美貌が予感される可愛い顔立ちである。髪は扇を広げたようにゆらゆらと、顔はこすって赤くなって立っている。「どうしたの、女の童と喧嘩なさったの」と言って尼君が見上げたところ、少し似ているので、子供のようだとご覧になる。「雀の子を犬君が逃がしちゃったの、伏籠の中に閉じ込めてたのに」と少女はたいそう残念がっている。

光源氏が北山を訪れたのは、都ではすでに散った桜が、山ではまだ盛りの頃である。その中で光源氏が見つけたのは、貴族の娘としてのしかるべき作法をまだ身につけていない無垢な少女、ちょうど遅咲きの山の桜のように奥手の少女だった。当時の大人の女性ならばする身だしなみ、眉を剃ったり、お歯黒の鉄漿もせず、顔を紅潮させてみずみずしく、髪は櫛梳るのを嫌がるものの豊かでふさふさしているという。光源氏はその面差しをじっと見つめながら、あの憧れの藤壺によく似ているから心惹かれるのだと気づくのだった。この垣間見は『伊勢物語』の初段、昔男が奈良の古都を訪れ、美しい「女はらから」に心乱れる物語のパロディでもある。

ちなみに、この場面の冒頭は、「日もいと長きにつれづれなれば」で知られるが、今日しばしば底本とされる写本、大島本では「人なくてつれづれなれば」である(室伏信助)。『源氏物語』の本文については池田亀鑑以来、藤原定家の系統の写本である青表紙本系、源光行・親行の系統の写本である河内本系、その他の別本に分類されて理解されてきた。総じて青表紙本系が重んじられ、中でも五十三巻が揃っている大島本は、今日の多くの活字本文の底本にされているが、この箇所は他の多くの青表紙本系の写本に従って「日もいと長きに」の本文が採用されることが多かった。池田亀鑑による本文の整備があってこそ今日に到る源氏研究の発展があったが、分類法や本文の校訂方針については、現在議論の途上にある。

後見のない子女

さて、北山の僧都（そうず）や尼君の話から、少女は尼君の孫で、少女の母は十年余り前に亡くなったとわかった。尼君の夫は按察大納言（あぜちだいなごん）で、娘を入内させるつもりだったが、大納言は亡くなってしまう。娘には兵部卿宮が通い始め、子供もできたが、宮の北の方に意地悪をされて娘は亡くなった。少女はその遺児だという。光源氏は、兵部卿宮は藤壺の兄弟だから、少女は藤壺の姪で、だから似ているのだと合点した。光源氏は少女に心惹かれ、引き取りたいと尼君や僧都に懇願した。少女の境遇は、母桐壺更衣を亡くして、後ろ楯のいない孤児同然の光源氏と似ている（今井久代）。藤壺への思慕だけでなく、身寄りのない少女への共感から、庇護したい気持ちが募ったのだといえようか。

紫上は光源氏の贈歌に返歌もできない。尼君は、孫娘はまだ歌も作れないほど幼いから、光源氏の求婚相手としてはふさわしくないと、暗に結婚の申し入れを断っている。だが逆に、尼君が早々に光源氏の求愛を受諾したら、ずいぶん安っぽく見えるのではなかろうか。紫上が年齢不相応に幼く、歌を詠めない未熟さを抱えているのは、求愛の受諾を先送りするのにふさわしい設定でもある。まだ歌が詠めないからと祖母の尼君が光源氏の歌に代わりに応じるのは、紫上を格式高く結婚させるための大事な手続きなのである(高木和子)。

憧れの人との逢瀬

都に戻った光源氏は、藤壺が病のために里下がりをしたと耳にすると、この機会でなければ叶わないとばかりに、藤壺の女房の王命婦(おうみょうぶ)をせっついて藤壺の寝所に忍び入った。心高ぶる光源氏には、「現(うつつ)とはおぼえぬぞわびしきや」と現実のこととは思われず、ただ無我夢中である。一方藤壺は「あさましかりしを思(おぼ)し出(い)づるだに、世とともの御もの思ひなるを」と、驚きあきれたかつての出来事を思い出すだけでも悩みの種だったのに、と嘆いているから、二人の逢瀬はこれが最初ではないようにも見える。とはいえ、二人が結ばれた場面は、この物語中ここにしかない。このことから、藤壺との最初の逢瀬と六条御息所との馴れ初めを書いた巻も想定された。だが藤原定家『奥入(おくいり)』には「かがやく日の宮」の巻名があるが、本文はないとされる。神話では〈一夜孕み〉、神は一度の関係で子が産まれるとされたから、光源氏と藤壺との聖なる関係は一度の逢瀬で子が産まれたと読むのが自然だろう。仮に二度逢ったのだとしても、一度しか書かないことで聖性を担保したのだとも言えようか。

風景のない夜

光源氏と藤壺の逢瀬は、この物語でもとりわけ重要な場面のはずだが、それにしては詳細さを欠いている。そのため、ここでの藤壺の抵抗や惑乱の詳細は、たとえば空蟬の物語によって補って理解できるなどともされてきた(岡一男)。

何ごとをかは聞こえつくしたまはむ、くらぶの山に宿もとらまほしげなれど、あやにくなる短夜にて、あさましうなかなかなり。

　見てもまたあふよまれなる夢の中にやがてまぎるるわが身ともがな

とむせかへりたまふさまも、さすがにいみじければ、

　世がたりに人や伝へんたぐひなくうき身を醒めぬ夢になしても

何をお話し申し尽くせたというのか、ずっと暗いままの暗部山に泊まりたいくらいだけれど、皮肉にも短い夏の夜で、あきれるほど早い夜明けに気が気ではない。光源氏は「今夜は逢えても、再び逢うことはまずなさそうなこの夢の中に、そのまま溺れる身となりたいよ」とむせび泣く。さすがに藤壺も可哀そうに思って、「世間話に人が語り伝えるのだろうか、比べようもないほどつらい我が身を、醒めない夢にするとしても」と詠んだ。

男女が向き合う息詰まるひと時が、ただ漆黒の闇の中にある。一般にこの物語では、男女が向き合う場面には、風物の描写が欠かせない。庭の草木、風の音、鳥の声、月の傾きに、四季の風情や時の推移を感じさせる仕立てだが、ここはただ「あやにくなる短夜」とあるだけだ。今度いつ逢えるとも期待できない短い逢瀬に溺れる、光源氏の想いの象徴といえようか。

斎宮との密会

『伊勢物語』六九段には、在原業平らしき男と伊勢の斎宮との密会の物語がある。勅使の男を斎宮が接待するうちに、夜のひと時を共にしたという。伊勢の斎宮とは伊勢神宮の最高の巫女で、天皇の代替わりごとに未婚の内親王や女王が任命された。もとより男性との関係は禁忌である。六九段では、斎宮が自ら男の寝所に出かけたもののそれをおぼめかして、

君や来しわれや行きけむおもほえず夢かうつつか寝てかさめてか

「あなたがいらしたのか、私が行ったのかわかりません、夢だったのか現実だったのか、寝ていたのか目覚めていたのか」と二人の時間を「夢」に託して詠みかけると、男は、

かきくらす心の闇にまどひにき夢うつつとは今宵さだめよ

「心の闇に惑ってしまった、夢か現実かは今夜確かめよう」と応じたが、二人は二度とは会えなかったという。なお、男の返歌の第五句は『古今和歌集』恋三では「世人さだめよ」となっている。

父帝の最愛の皇妃との密会という、この上ない禁忌の恋の物語である光源氏と藤壺の逢瀬がこれを踏まえているのは明らかだろう。光源氏が逢瀬という「夢」のうちに耽溺する一方、藤壺は「醒めぬ夢」、亡きあとまで続く世間の噂を気にかけるのである（鈴木日出男）。

光源氏の夢占い

光源氏は藤壺との逢瀬の後、「おどろおどろしうさま異なる夢」、不思議な夢を見て訝しみ、夢占いをさせる。「違ひ目ありて、つつしませたまふべきこと」と不遇に沈淪する将来が暗示された。折も折、藤壺の懐妊の噂を聞いた光源氏は、自分の子かと疑った。

すでに述べたように、光源氏については三つの予言がある。一つ目の予言は桐壺巻、高麗の相人が、帝王の位に匹敵する資質だが、帝位につくわけでもなく、臣下で終わるわけでもないとしたものだった。これを受けて、光源氏が臣下である現状をいかにして乗り越えていくかという重要な節目に、この二つ目の夢占いの予言がある。藤壺との関係が、不義の子の誕生による光源氏の栄華への道筋を用意していくからである。とはいえ、光源氏が帝位への野心ゆえに藤壺に近づいたのだとしたら、実に陳腐な物語になってしまう。この物語は、あくまで光源氏のやむにやまれぬ情念ゆえに藤壺と関わったとするところが、優れているといえようか。

継子苛めの回避

藤壺とのやむにやまれぬ関係ののち、紫上のその後が語られる。晩秋、北山から帰京した祖母の尼君は重篤になり、死の間際に訪れた光源氏に、「のたまはすることの筋、たまさかにも思しめし変らぬやうはべらば、かくわりなき齢過ぎはべりて、かならず数まへさせたまへ」と、求愛のお気持ちに変わりがなければ、この子が大人になったらよろしく頼みます、と紫上の将来を託して亡くなった。光源氏は紫上が実父の兵部卿宮に引き取られるのに先んじて、手もとに引き取ろうとする。寝ぼけている中にも泣く紫上を抱き上げて、車に乗せて二条院に連れていく。心配顔の乳母の少納言がぴたりと寄り添った。

この一連の出来事を、まるで少女誘拐事件のように説明する向きもあるが、臨終の尼君は、光源氏の孫娘への求婚を許して後事を託しているのだから、尼君の遺言を前提に紫上を庇護したという形を取ることが肝要である。紫上の実父の兵部卿宮のもとには、継母にあたる北の方がいる。実父に引き取られれば、『落窪物語』のように継母に苛められて育つことになる。光源氏は、紫上を継母の苛めから事前に回避させた、救世主と理解すべきだろう。それは光源氏が継母の弘徽殿女御方に敵視されて育った中から生まれた共感でもあった。

藤壺のゆかり

紫上は無邪気にも、次第に光源氏になついてくる。光源氏は教育かたがた、筆をとり、「武蔵野といへばかこたれぬ」と、「知らねども武蔵野といへばかこたれぬよしやそこそは紫のゆゑ」（古今六帖・第五）という歌の一節を書く。藤壺の姪だから紫上を大事にするのだという思いだが、もちろん真意は口に出さない。光源氏の歌は、

　ねは見ねどあはれとぞ思ふ武蔵野の露わけわぶる草のゆかりを

まだ「根」は見ていない、「寝」てはいないけれど、可愛い人だと思うという趣旨である。

かこつべきゆゑを知らねばおぼつかないかなる草のゆかりなるらん

と紫上は応じた。「いったい何ゆえに私を大事になさるのか、わからなくて不安です」、これが紫上が詠んだ最初の歌、才気の滲み出た歌である。身寄りを亡くした少女が、親族でもない男に引き取られた不安であり、光源氏と藤壺との秘密に分け入る重たい問いでもあった。

女房の策略

さて、巻は変わって末摘花巻(すえつむはなのまき)。夕顔を亡くしたのち、光源氏は喪失感を埋められずにいた。そんな折に大輔命婦(たいふのみょうぶ)が、亡き常陸宮(ひたちのみや)の姫君の話をするものだから、関心を寄せて手紙を贈るようになった。この大輔命婦は、光源氏の乳母の子で、常陸宮邸にも出入りする侍女、当時の言葉で言えば「女房」だった。女房は複数の主君筋の家に出入りしながら、物や情報の流通に一役買う存在だった。常陸宮の姫君の存在を光源氏の耳に入れたのは、光源氏の興味を惹くためのいたずら心でもあり、姫君を零落から救い、自らの立場をも安泰にしようとしたのだろう。

頭中将との競い合い

光源氏は垣間見に出かけ、ほのかな琴(きん)の琴(こと)の音に心ときめかせる。琴(きん)は中国伝来の七絃の琴(こと)で、一条朝当時には弾かれなくなり奏法がわからなくなっていたが、この物語では皇族に伝わる高貴な楽器とされている。すると、頭中将が後をつけてきていた。頭中将は左大臣の子で、葵上と同腹の兄弟、母は桐壺帝の姉妹である大宮だから、素姓の良さからプライドは高く、末摘花や、のちに源典侍をめぐって光源氏の恋敵を演じるが、藤壺や朧月夜との重要な関係には気づけず、光源氏の引き立て役の域を出ない。葵上への通いの足の遠のきがちな光源氏を左大臣邸に連れて帰るのが目的だったのだろう。光源氏より年長らしいが、葵上の兄とも弟とも両説ある。

代作する女房

いくら常陸宮の姫君に手紙を贈ってもなしのつぶてで、頭中将に靡いたのかと焦った光源氏は、秋の夜に訪問した。和歌を詠みかけると、いつも一向に返歌をよこさなかった末摘花が歌を返してきたものだから、光源氏は思わず御簾のうちに押し入った。ところが実はその返歌は、乳母子の女房の侍従が詠んだものだった。当時、結婚に至るまで、男は女に歌を贈るが、その返歌は往々にして女の母親や乳母らの代作であるのがむしろ普通だった。もちろん光源氏もその風習を知っていたのだが、稀にもらえた返歌に、ふと惑わされた。侍従が巧みに姫君当人を装って答えたからでもあろう。騙し騙され、なかなか実像がつかめないのが、平安朝の男女関係だった。

特異な容貌

何やら奇妙な末摘花の様子に、落胆は隠せず、行幸の準備もあって通いの足は遠のいた。久々に訪れた雪の日の朝、光源氏は姫君の容貌をまざまざと見てしまう。

まづ、居丈の高く、を背長に見えたまふに、さればよと、胸つぶれぬ。うちつぎて、あな

> かたはと見ゆるものは鼻なりけり。ふと目ぞとまる。普賢菩薩の乗物とおぼゆ。あさましう高うのびらかに、先の方すこし垂りて色づきたること、ことのほかにうたてあり。色は雪はづかしく白うて、さ青に、額つきこよなうはれたるに、なほ下がちなる面やうは、おほかたおどろおどろしう長きなるべし。

座った丈が高く、胴長なので、ああやっぱり、とがっかりした。続いて、なんと不細工なと見えたのは鼻だった。思わず目が留まる。普賢菩薩の乗り物の象の鼻みたいで、あきれるほど高くすっと伸びていて、先の方が少し垂れて赤いことといったら、何とも不細工である。肌の色は雪も恥ずかしく感じるほどに白く青ざめて、おでこも広々として、さらに下半分が長いから、恐ろしく面長なのを、扇で隠しているのだろう。

『源氏物語』では、女君は「うつくし」「らうたし」などと漠然と褒められ、目鼻立ちに具体性がない場合が多いが、ここは実に克明である。『紫式部日記』に見える紫式部周辺の五節の弁は「額いたうはれたる人」とある女房で、色白で額が広く、髪が身の丈より一尺長かったとあって、末摘花のモデルとの説もあるが、「絵にかいたる顔」ともあるから引目鈎鼻のような美人だったのだろう。また『落窪物語』の「面白の駒」は男性だが、色が白くて首が長く、顔が馬のようで、鼻がふくれていたというから、これに着想したのかもしれない。末摘花が着ていた「黒貂（ふるき）の皮衣（かはぎぬ）」は、シベリア産のイタチの皮でできた高価な綿入れだが、流行遅れの男物だった。

長い黒髪

末摘花の唯一の取柄は髪だった。身の丈より「一尺ばかり余りたらむ」、三十センチほど長く、どんな姫君にも負けず美しい。黒くまっすぐに長い髪ほど、美人とされたのである。『大鏡』には、村上天皇の宣耀殿（せんようでん）女御藤原芳子は、体が牛車に乗っても、髪はまだ屋内の母屋（もや）の柱のもとに溜まるほど長かったとある。末摘花は後に蓬生（よもぎう）巻で、長年仕えた女房の侍従が旅立つ際に、抜け落ちた九尺余りもある美しい髪を集めて鬘（かつら）にし、香と共に箱に入れて餞別にした。困窮していたからでもあるが、自らの分身を贈ったということだろう。ちなみに、若紫巻で扇のように広がるふさふさとした髪が印象的だった紫上は、没後もその髪が絶讃されている。

醜女との関係

末摘花の話は、噂に期待を募らせて出会った姫君が予想外の不美人で、和歌のやりとりもできない無風流な女性だったという、色男の光源氏の失敗談、いわゆる〈をこ物語〉である。しかし、不細工な末摘花を見て、光源氏はかえって哀れをもよおし、面倒を見ようと決意した。

なつかしき色ともなしに何にこの末摘花を袖（そで）にふれけむ

慕わしいというわけでもないのにどうして末摘花に関わったのかと、紅花(べにばな)の赤色に喩(たと)えて自嘲的に歌った。光源氏は鼻を赤く塗って、紫上と戯れるのだった。

なぜ多くの美女に囲まれた光源氏が、醜い女とも関わるのか、神話に准える理解もある（鈴木日出男）。『古事記』では、日向に降臨した天照大御神の孫である邇邇芸命(ににぎのみこと)が、大山津見神(おおやまつみのかみ)の娘、木花之佐久夜毘売(このはなのさくやびめ)に求婚すると、大山津見は喜んで姉の石長比売(いわながひめ)を共に寄越したが、石長比売は不細工だったために親元に返した。岩のように不変で永遠性の象徴である石長比売を返したため、父の神は怒って、花のように限りある命をその子孫に与えた。木花之佐久夜毘売が一夜孕みで産んだ子の一人が神武(じんむ)天皇の祖父にあたるため、天皇の命は有限になったとされる。ちなみに平安時代には『古事記』は読まれておらず、主に『日本書紀』が講義研究されていた。『古事記』の説話は『日本書紀』などの文献のほか、口承の伝承を通しても知られていたようである。

『伊勢物語』六三段では、老女にも情けを示す男を「思ふをも、思はぬをも、けぢめ見せぬ心なむありける」としている。醜い女でも見捨てず、生涯世話をするという光源氏の美徳は、伝統的な色好みの男の理想像であり、王者性の証だったと言えるだろう。

四　不義の子の誕生――紅葉賀・花宴巻

青海波の舞

紅葉賀巻、紅葉美しい十月、朱雀院への行幸に同行できない藤壺に見せようと、桐壺帝は宮中で「試楽」、リハーサルを催した。今を時めく光源氏と頭中将が、唐から伝来した雅楽の「青海波」を舞った。葵上と同腹の兄弟である頭中将でさえ、光源氏の魅力の前には「花のかたはらの深山木」、何の変哲もない木のように見えた。光源氏の美貌はいつも以上に輝き、漢詩文を吟詠する声はまるで「御迦陵頻伽」、極楽浄土の美声の鳥を思わせた。弘徽殿女御は、「神など空にめでつべき容貌かな。うたてゆゆし」と、こんなに美しい人は神隠しにあうのではと、呪詛するかのようにつぶやく。かたや藤壺は、「おほけなき心のなからましかば」と、桐壺帝への畏れ多い裏切りがなければ光源氏を心から賞讃できたのにと思った。

藤壺の歌

翌朝光源氏は、昨日の舞はどのようにご覧になりましたかと、藤壺に歌を贈った。

　もの思ふに立ち舞ふべくもあらぬ身の袖うちふりし心知りきや

「あなたに心を奪われて、とても冷静に舞うことなどできない私が、それでも袖を振って舞っ

た心中をお察しくださいましたか」という光源氏の訴えに、藤壺も堪えきれず、

　　から人の袖ふることは遠けれど立ちゐにつけてあはれとは見き

唐の人が袖を振って舞ったという異国の故事には疎いけれども、あなたが立って座って舞うのにつけて、心にしみて感動しましたよ――青海波が唐楽であることを踏まえ、「袖ふること」に「古事（ふること）」を掛けて応じた。たとえば『飛燕外伝（ひえんがいでん）』で、趙（ちょう）飛燕が太液池（たいえきち）で歌舞の折に天に昇りそうになった故事を意識したものとされる。めったにない藤壺からの返歌に光源氏は、中国の故事にまで精通する教養深さに、中宮となるのにふさわしいお方と感嘆したのだった。

朱雀院に住む人

朱雀院への行幸当日は、色づいた紅葉の中から青海波の舞の装束を身に着けた光源氏と頭中将が登場、天も感じ入って時雨れるほど、素晴らしい舞だった。訪問先の朱雀院は、平安初期に嵯峨天皇が創建、帝が退位後に住む後院（ごいん）で、十世紀前半に本格的に用いられた場所である。ここに住むのは桐壺帝の父か兄、紅葉賀巻に「一院（いちのゐん）」として登場する人物で、長寿を祝う四十賀（しじゅうのが）か五十賀（ごじゅうのが）のための行幸らしい。結局、物語に登場する桐壺帝以前の帝は、桐壺巻に登場する藤壺の父である「先帝」とこの「一院」の二人だが、先述のように系図上の関係は明らかではない。

桐壺朝末期の盛儀である朱雀院行幸の青海波は、光源氏が准太上天皇（じゅんだいじょうてんのう）となる藤裏葉巻の冷泉

帝の六条院行幸や、若菜上巻の紫上主催の光源氏四十賀など、光り輝く光源氏の王者性の証として繰り返し反芻される。後代、紅葉賀巻の名場面として絵画にもされた。院政期以降は現実の行幸で『源氏物語』の青海波が模倣され、王権讃美の証となった。『建礼門院右京大夫集』では、平維盛が後白河法皇の五十賀で青海波を舞ったことが、光源氏に准えられて回想されている。

罪の子の誕生

藤壺は十二月だった予定の日を過ぎても産気づかず、二月中旬になってようやく若君が誕生した。「ほどよりは大きにおよすけたまひて」とやや成長の早い子だという。桐壺帝の子としては月遅れの誕生であるが、実は光源氏の子としては順調な誕生だったわけだから、子供が大柄なのは、光源氏の子であることを隠蔽する物語の操作だろう。桐壺帝は、光源氏にそっくりの皇子の誕生を喜んだ。光源氏を優れた皇子と愛しながら、世間が許さないばかりに東宮にできなかったのが痛恨で、高貴な藤壺から「同じ光」とばかりに生まれた若宮は「瑕なき玉」と手放しに喜んだ。訪れた光源氏に、皇子はたくさんいるが、お前だけは幼少の頃から手元で見慣れていたせいか、実によく似ているね、と語りかけたものだから、光源氏は感動と恐懼を覚えた。同席する藤壺は、ただ汗を流して恐れおののいた。密通の真相を知らない、いささか滑稽にも見える桐壺帝の若宮への愛情が、不義の子を東宮へと押し上げていくことになる。

若紫の成長

藤壺と文を交わしても心満たされない光源氏は、二条院に迎えた紫上に心慰められた。昼夜を分かたず共に過ごす紫上は、箏(そう)の琴(こと)など次第に上手に弾くようになる。光源氏が女のもとに通おうとすると、膝に寄りかかって眠っては外出を引きとどめる。少女ならではの無邪気な振舞いだったが、世間は二人が兄妹のごとき仲とは想像もせず、身分の低いお手付きの女房の、軽々しい戯れかと噂した。いきおい外出も滞りがちで、妻の葵上との関係は一層ぎくしゃくする。小耳にはさんだ桐壺帝は、葵上との結婚が心に染まないのだと、光源氏を不憫がった。藤壺との関係を知らないまま、桐壺帝は、息子の結婚生活を案じるのだった。

源典侍との戯れ

不義の子誕生という深刻な事態を物語る紅葉賀巻は、意外にも滑稽な顛末で終わる。源典侍(げんのないしのすけ)と光源氏、頭中将が戯れる物語である。桐壺帝の身近に仕える源典侍は、光源氏に、「押し開いて来ませ」と催馬楽(さいばら)「東屋(あづまや)」の一節を踏まえた露骨な言葉で戯れかける。催馬楽は民間の歌謡を吸収して宮廷で外来の雅楽の曲調にあわせて整えたもので、時として猥雑な言葉も見える歌である。軽くいなす光源氏にすがりつき、共に夜を過ごしていた夜更け、太刀を抜いた男が踏み込んでくる。源典侍の愛人かと思いきや、光源氏を脅かそうと構えていた頭中将だった。頭中将は揉み合ううちに、光源氏の袖をちぎり取ってしまった。翌朝、源典侍から光源氏に和歌とともに、間違って頭中将の帯が届けられた。本来男から贈る後朝の歌が、女から届いた格好である。『伊勢物語』六三段にも老女が垣間見をし、自ら歌を贈る話があって、この流れを汲んだものだろう。まもなく頭中将から光源氏に袖が届いたから、光源氏は源典侍から届けられた頭中将の帯を送り返して、かろうじて面目を保った。源典侍は、実は五十七、八歳だった。

露見する密通

源典侍は、桐壺巻で先帝の四宮が桐壺更衣に似ていることを伝えた、三代の帝に仕えた典侍と同一人物だと見る説もある。だとすれば光源氏の運命に深く関わる女だということになる。源典侍は長く桐壺帝に近侍していたから、お手付きだったのだろう。桐壺帝の関わる女に接近し、それを父帝に見透かされるという事態は、藤壺との関係の露見の代償とも読める仕立てでもある(三谷邦明)。一方、頭中将が光源氏を追いかけるのは、光源氏を葵上のもとに通わせようとする、左大臣家の使命ゆえでもある。末摘花の時と同様に一種の三角関係となるのだが、光源氏の重要な秘密には近づけないのが頭中将の限界だった。帚木巻の冒頭で、光源氏のもとにある恋文を見たがる頭中将に、当たり障りのないものしか見せないという光源氏の応対が、その後の人間関係の縮図となっていくのである。

紅葉賀巻末、藤壺は中宮になった。若宮を東宮にするための桐壺帝の配慮だった。

花の宴

巻は変わって花宴巻（はなのえんのまき）。翌春の二月二十日過ぎ、宮中の桜の宴で光源氏は漢詩と唐楽の「春鶯囀（しゅんのうてん）」の舞を披露する。桐壺帝の治世の最末期の花の宴は、前巻の紅葉賀と対になっている。光源氏の作った漢詩を、「講師」の博士が感動のあまりに句ごとに読み上げるとされるが、その漢詩自体は物語には書かれていない。物語は女の世界だから漢文のことは記さないという体である。光源氏の作は、専門家の博士たちを唸らせるほど優れていたという。『源氏物語』では総じて、専門の漢学者や音楽家より、高貴な光源氏たちの素人芸の方が優れているとされる。学者や芸能の専門家の社会的地位は低く、ともすると侮蔑的に描出されることが多い。紫式部自身が博士の娘であることを考えれば、いささか自虐的でもある。

春鶯囀を舞う光源氏は、紅葉賀の青海波同様に美しく、人々は賞讃した。ただ、光源氏に舞を所望するのは光源氏の兄の東宮、後の朱雀帝であって、桐壺帝の治世が残りわずかだと感じさせる。とはいえ、娘の葵上への通いの少なさを恨めしく思う左大臣も、美しい舞姿に感涙する。桐壺帝の讃美、左大臣の庇護に包まれて、光源氏はひときわ輝いていた。

藤壺の秘めたる想い

藤壺は、弘徽殿女御が光源氏を目の敵にするのを不思議に思いながら、自らの光源氏への慕情に気づいて、心のうちに歌を詠むのだった。

おほかたに花の姿を見ましかば露も心のおかれましやは

「心置く」には二つの意味がある。通常は「心を隔てる」の意に取って、「密通などの事情がなく普通の立場で見たならば、何のわだかまりもなく賞讃できたのに」と解釈される歌だが、「心をかける」の意に取ると、「並一通りに花のような姿を見るのであったら、露ほども執心されることがあるだろうか、花に露が置くように、特別な思いをこめてこの人を見つめずにはいられない」(鈴木宏子)となり、藤壺の秘めたる光源氏への思慕を掬い取った解釈ともなり得る。

「御心の中なりけむこと、いかで漏りにけん」と地の文が添えられる。御心の中にあったことが、どうして漏れてしまったのでしょうかと、藤壺の心の内のひそやかな歌を、なぜ女房が知り得たか辻褄が合わないと、語り手はとぼけてみせる。藤壺の光源氏に対するひそやかな慕情と葛藤を、かろうじて描き出したことへの弁明ともとれようか。

朧月夜との出会い

その夜更け、酔い心地の光源氏は藤壺のもとをうかがうも、守りは堅い。だが弘徽殿の戸が開いており、「朧月夜に似るものぞなき」と歌を口ずさむ女と出会う。

照りもせず曇りもはてぬ春の夜の朧月夜にしくものぞなき　(千里集)

との歌を踏まえたという。「しくものぞなき」は漢文調だから女性らしく「似るものぞなき」に変えたとも評される。とはいえ、高貴な女性は多く語らないのが常であり、見知らぬ男に声を聞かれ、姿を見られた段階で、軽々しさは否定できない。光源氏は女の袖を捉え、抱き下ろして戸を閉め、震える女に、「まろは、皆人(みなひと)にゆるされたれば、召し寄せたりとも、なんでふことかあらん」と、自分はあらゆる人に許されているから人を呼んでも無駄だよ、と言い放つ。女は光源氏だとわかってホッとしたのだから、やはり格別の魅力の持ち主だったのだろう。

右大臣家の娘たち

右大臣家には弘徽殿女御をはじめ、六人の娘がいるらしい。光源氏は扇を取り交わして別れた、はかない逢瀬の相手が、「帥宮(そちのみや)の北の方」か、頭中将の正妻の四の君ならよいが、未婚の五の君、とりわけ入内予定の六の君なら可哀想になどといささか不届きな思いを巡らした。

右大臣家は、もともと葵上を弘徽殿女御の生んだ第一皇子にと願っていた。しかし左大臣は光源氏に娶せた。花宴巻までくると、その理由の一端が明らかになる。すなわち、東宮には将来的に右大臣家の娘の誰かが入内し、中宮になる可能性が高いから、葵上が入内したところで勝ち目がない、という脈絡である。ところが光源氏と右大臣家の姫君とのはかない一夜の逢瀬は、右大臣家の後宮政策に大きな変更を余儀なくさせることになる。

藤の宴への招待

三月下旬、弘徽殿女御腹の二人の皇女という異母姉妹の裳着(もぎ)の日に、光源氏は右大臣家の藤の宴に招かれた。裳着は女性の成人式で、結婚の前に執り行われることが多い。右大臣家から迎えが来て、桐壺帝に促されて、遅れ気味に光源氏は右大臣邸を訪れた。「藤」は藤原氏の象徴である。『伊勢物語』一〇一段も、美しい藤をめでる中に藤原氏への讃美と揶揄が交錯していた。桐壺帝の譲位（じょうい）は間近、右大臣の孫の東宮の即位も近いなか、光源氏を自らの勢力圏に取り込もうとする右大臣と、追従を拒む光源氏の駆け引きが絶妙である。

その夜、光源氏は扇の主が東宮に入内予定の六の君だと知った。光源氏の恋は一見好き者（すきもの）の酔狂の体だが、結果的には右大臣家の計画に水を差すことになる。だが物語はあくまで、「女のために女が書いた女の物語」(玉上琢彌)、生ぐさい政局をどこまでも恋の戯言として語るのである。

Ⅱ　試練と復帰

一　御代替わりの後——葵・賢木・花散里巻

年立の空白

　桐壺帝の御代は花宴巻が最後で、葵巻冒頭ではすでに譲位が済んで朱雀帝の御代になっている。葵巻では賀茂神社に仕える斎院が交代して、桐壺院の女三宮に決定した。斎院が「卜定」、決定されると、まず宮中の初斎院に入って潔斎、翌々年の四月の賀茂祭で御禊を行って斎院入りするのが通例であった。花宴巻で裳着をした女三宮が、葵巻で通説通り二度目の御禊を行ったとすれば、花宴巻と葵巻の間に二年近い空白があったことになる。なお斎院の交代は必ずしも帝の譲位とは連動せず、平安中期、大斎院選子内親王は天延三(九七五)年から長元四(一〇三一)年まで、円融、花山、一条、三条、後一条天皇の五代五十七年の長きにわたって務めている。また伊勢神宮に仕える斎宮は天皇の即位とともに卜定され、翌々年の秋に伊勢に下向する。翌年の賢木巻頭で新斎宮が伊勢に下向することも勘案すれば、斎院と斎宮の交代が桐壺帝の譲位に伴うものだとするとやや辻褄が合わないが、ここでは譲位そのものを描写しないところにこの物語の方法意識を認めるにとどめたい。

六条御息所の造型

葵巻冒頭では、藤壺は桐壺院とともに暮らしており、弘徽殿大后は不満げである。「我を思ふ人を思はぬむくいにやわが思ふ人の我を思はぬ」(古今集・雑躰・誹諧歌)を引用しながら、心を寄せる女たちにつれない光源氏が、自分自身は藤壺に心傾けても満たされないと語られる。続いて「まことや」と、「かの六条御息所の御腹の前坊の姫宮」が紹介される。「まことや」は「それはそうと」とふと思い出したかのような語り口だが、あとに続く話題の方が重要だとも言われる。夕顔巻や若紫巻で「六条わたり」「六条京極わたり」に住む高貴な人として登場した女は、実はすでに亡くなった東宮、桐壺院の弟らしい人の御息所で、娘が斎宮になったのを機に、一緒に伊勢に下ろうかと悩んでいると、具体的に肉付けされて再登場するのである。桐壺院は六条御息所に関心を寄せていたのだろう、「斎宮をもこの皇女たちの列になむ思へば」と、斎宮は娘同然のつもりだったのに、と六条御息所と浮名を流す光源氏を叱責する。光源氏は、この上、藤壺との秘密を父に知られたらどうなることか、と動揺したのだった。これから始まる六条御息所の生霊事件を予感させる巻頭である。

朝顔姫君の思慮

桐壺院の兄弟、式部卿宮の娘の朝顔姫君は、六条御息所の風聞を耳にして、自分はそんな苦労の多い関係に踏み込みたくないと光源氏の求愛を受け入れない。朝顔姫君は帚木巻で、「式部卿宮の姫君に朝顔奉りたまひし歌などを、すこし頬ゆがめて語るも聞こゆ」と、朝顔にまつわる歌を光源氏と交わした女性として噂されていた。夕顔巻の六条あたりに住む女の邸でも朝顔の花が話題になっていたから、この二人の女の造型はどこか混線気味でもある。その六条御息所と朝顔姫君が、ともに桐壺院の兄弟の縁者として再登場、一方の不幸を一方が観察する関係として造られているあたりがあざとい。

六条御息所が娘とともに伊勢に下るのは、斎宮女御徽子女王(九二九—九八五)がモデルだともされている。徽子女王自身が斎宮となって伊勢に下向したが(九三八)、母の服喪のために退下して京に戻り(九四五)、村上天皇に入内して女御となって(九四八)、「斎宮女御」と称された。晩年には娘の規子内親王が伊勢の斎宮に卜定され、娘に同行して再び伊勢に赴いた。風流を好んで人々を魅了し、三十六歌仙の一人に数えられた。ところが『源氏物語』では、母と娘で伊勢に下るのは前例にないとされるから、作中世界は徽子女王以前の設定ということになる。六条御息所の物語は、史実を重層的に踏まえながらも独自の虚構の世界なのである。

祭りの日の車争い

新しい賀茂の斎院の御禊の日、人々は光源氏を見に出かけた。懐妊中の正妻である葵上も、女房達に促され、日が高くなってから出かけた。すでに大路は牛車が立て込み、葵上の供の者たちは粗末な風情を装った牛車をどかして場所を取る。それは、光源氏の晴れ姿を一目見ようという六条御息所の車だった。牛車を半ば壊されて屈辱を嚙みしめながら、見物を辞めて帰ろうとするが、あたりは牛車で混みあっていて身動きできない。

ものも見で帰らんとしたまへど、通り出でん隙もなきに、「事なりぬ」と言へば、さすがにつらき人の御前渡りの待たるるも心弱しや、笹の隈にだにあらねばにや、つれなく過ぎたまふにつけても、なかなか御心づくしなり。げに、常よりも好みととのへたる車どもの、我も我もと乗りこぼれたる下簾の隙間どもも、さらぬ顔なれど、ほほ笑みつつ後目にとどめたまふもあり。大殿のはしるければ、まめだちて渡りたまふ。御供の人々うちかしこまり心ばへありつつ渡るを、おし消たれたるありさまこよなう思さる。

　影をのみみたらし川のつれなきに身のうきほどぞいとど知らるる

「お通りだ」と言うので、やはり恨めしいあの方のお通りが待たれてしまうのも、気の弱いことよ。「笹の隈」、「笹の隈檜の隈河に駒とめてしばし水かへ影をだに見む」（古今集・神遊び歌）の歌のようでさえなく、そっけなく光源氏がお通り過ぎになるにつけても、かえって胸が痛む。皆普段より風情を凝らした車で、注目されたいとばかりに出し衣をして、装束の端を牛車の御簾から垂らすのに、光源氏はそっと微笑んでは流し目を送ったりする。「大殿」、葵上の牛車ははっきりわかるので、光源氏も真面目くさって、お供の者たちも畏まって気を遣って通り過ぎるのを、すっかり圧倒されたと御息所はお感じになる。「影を宿しただけで、流れ去る御手洗川のようにそっけないので、我が身のつらさがますます思い知らされる」と詠んだ。

祭の日に牛車が場所を争う話は、『落窪物語』にも見られる。継母に苛められていた落窪の君と結婚した道頼は、賀茂祭に出かける継母の一行の牛車に狼藉を加えて恥をかかせているから、車争いは平安時代の日常的な風景だったのだろう。とはいえ、ここでの語りの視点は、六条御息所の眼と心に寄り添うかのようで切なく、圧巻である。祭の当日は、光源氏と紫上が牛車に同乗して見物に出かけた。源典侍は歌を贈ってやっかんだ。

生霊の出現

葵上一行に狼藉されて、悩みを深めた六条御息所は、心身の不安定を感じるようになる。一方、懐妊中の葵上も体調不良が続き、御息所の亡き父大臣の霊か、「二条の君」、二条院で寵愛される女のせいかと噂された。紫上がまだお手のつかない少女だとは世間は知らず、光源氏と共に牛車で出かけることで、格下の女房か何か、軽い身分の女だと思われていたのだ。葵上は出産間近になっても、体調はよくならない。光源氏が枕元で、ひたすら泣く葵上に、夫婦の縁は二世の縁というから生まれ変わってもまた巡り合うよと語りかけると、

「いで、あらずや。身の上のいと苦しきを、しばしやすめたまへと聞こえむとてなむ。かく参り来むともさらに思はぬを、もの思ふ人の魂はげにあくがるるものになむありける」

となつかしげに言ひて、

なげきわび空に乱るるわが魂を結びとどめよしたがひのつま

「いえいえ、そうではなくて。私の身が苦しいから祈禱をしばらく緩めてくださいとお願い申したくて、こうして参上しようとはゆめゆめ思いませんのに、物を悩む人の魂はなるほど彷徨うものなのですね」と慕わしそうに語りかけ、「嘆き苦しむあまりに虚空に乱れ出た私の魂を、装束の端を玉結びして魂を体に返しておくれ、わが愛しい夫よ」とおっしゃる声も雰囲気も葵上とは別人で、まさしく六条御息所のそれであった。

物の怪と家の争い

平安朝の人々は、物の怪の存在を本当に信じていたのだろうか。当時の古記録、男性貴族の漢文で書かれた日記には、家と家との争いで敗北した側が、勝利した家の者に怨霊となって祟った例が記されている。そこから、もともと六条御息所の父の大臣家と葵上の父左大臣家との間に政治闘争があり、六条御息所の父が敗北したのだと想定する向きもある。もっとも、記録に見える物の怪は死霊であって生霊ではなく、憑坐の童などに乗り移ってしゃべるものであり、憑依された者がそのまましゃべるものではない。また往々にして調伏する僧や憑坐は、家同士の闘争の予備知識もあったと想定される。その中で『源氏物語』は、物の怪出現を単なる政争の結果とするのではなく、生霊化する六条御息所側の内面の揺らぎから活写するところに特徴があり、男女関係のもつれ、後妻打ち(うわなりう)の要素を組み入れ、「心の鬼(こころおに)」の意識による独自な内面劇に仕立てている(藤本勝義)。

葵上の死と哀傷

生霊事件を乗り越えて、葵上は無事に息子の夕霧を出産した。左大臣家の人々はほっとして、折しも昇進が発表される司召(つかさめし)の日だというので一同出仕したところ、その間に葵上は急逝してしまう。八月二十余日、光源氏も左大臣も、悲嘆にくれつつ野辺送りをする。光源氏は左大臣家にとどまり、正妻の死にふさわしい期間、喪に服した。光源氏は、女君たちや左大臣家の人々と和歌を贈答、死者を悼(いた)む哀傷の歌を詠んだ。さほど愛情深くなかった葵上のためにしては、丁重過ぎるほどにたくさんの哀傷の贈答歌が詠まれている。亡き人の魂を鎮めて、彷徨わないよう丁重に葬ったということだろうか。

古代の文学は、死は死にゆく側からよりも、死を見送る側によって歌い祀られるのが基本であった(今西祐一郎)。『万葉集』に見える「挽歌(ばんか)」は、元は死者の柩(ひつぎ)を挽く時の歌の意で、葬送儀礼の一環でもあった。『古今集』においても、死を題材とする哀傷の部は、大半が死者を見送った後の哀悼の歌で、辞世の歌はごくわずかである。『源氏物語』でも、桐壺更衣を亡くした桐壺帝、夕顔・葵上・藤壺・紫上を亡くした光源氏、大君を亡くした薫という具合に、女を亡くした男の悲しみに焦点が合わせられる場合が多い。葵巻の光源氏は、左大臣家に忌(い)み籠(ごも)りして、人々と和歌を交わし、葵上の魂を鎮める。正妻が愛人の生霊によって亡くなったという複雑な経緯だったが、丁重な哀悼ゆえか、葵上は死霊となって現れることはなかった。

紫上との新枕

葵上の四十九日の後、光源氏は二条院に戻ると、紫上が予想以上に大人に見えた。ある朝、紫上がなかなか起きてこない。新枕を交わしたのである。紫上はこれまで無邪気に慕っていた光源氏の無体な振舞いに涙する。その夜、ちょうど亥の子餅（いのこもち）が差し入れられた。亥の月にあたる陰暦十月の亥の日亥の刻に、無病息災を祈って食べるイノシシの姿に似た餅である。光源氏はこんなにたくさんでなく明日の夜に持って来るよう、惟光（これみつ）に求めた。惟光は即座に、暗に三日夜餅（みかよのもち）を用意するものと合点した。三日夜餅とは、当時結婚三日目の夜に新郎新婦が食べるという儀礼で、本来は妻方が用意するものである。光源氏が紫上の乳母（めのと）の少納言でなく、自分の乳母子の惟光に用意させているところに、寄る辺ない身の紫上にとって、自らが父親代わりでも婿でもあるといった特殊な位相が炙り出されてくる。

ここで紫上と契りを交わすのは、物語の展開上、非常に重要である。そもそも葵巻では六条御息所の苦悩の果てに生霊となって、葵上は亡くなり、光源氏の正妻の座は空いている。女たちは我こそは光源氏の正妻にと色めき立つのだが、六条御息所は生霊となった顚末を光源氏に知られて可能性を失ってしまい、朝顔姫君は六条御息所の醜聞を耳にして光源氏との関係に積極的になれない。右大臣は、朧月夜が光源氏に執着しているので、葵上が亡くなった今なら結婚を認めようかとも願った。だが光源氏は葵上の没後かえって左大臣家との交流を深くし、ましてや紫上との新枕の後は、右大臣家に婿としてかしずかれるのを望む風もなく、弘徽殿大后の強い反対もあって実現せず、朧月夜は尚侍（ないしのかみ）として出仕した。こうして紫上は、光源氏の最も重要な女性としてふっと躍り出てくる。葵上という正妻の死と同時に、他の有力な女君を上手に排除して、紫上を最上の人として位置付けるべく新枕を交わす展開なのである。

葵巻は、車争い、生霊事件、葵上の死と服喪、紫上との新枕と話題満載で、『源氏物語』の中で最も劇的で魅力的な巻の一つとなっている。

野宮での別れ

賢木巻（さかきのまき）冒頭、六条御息所は、斎宮となった娘とともに伊勢に下ることにした。光源氏はこのまま会わずに別れるのも薄情かと、重い腰を上げて訪問した。六条御息所は嵯峨野の野宮で潔斎する斎宮とともにいる。野宮を訪れるまでの道すがら、秋の風情に心掻き立てられた光源氏は、対面を渋る御息所に榊（さかき）(賢木)の枝を差し出した。

「変はらぬ色をしるべにてこそ、斎垣（いがき）も越えはべりにけれ。さも心憂く（こころう）」と聞こえたまへば、

神垣（かみがき）はしるしの杉もなきものをいかにまがへて折れるさかきぞ

と聞こえたまへば、

少女子があたりと思へば榊葉の香をなつかしみとめてこそ折れ

平安時代、和歌は男の側から詠みかけるものだとしばしば言われるが、光源氏は枝を差し出すことで六条御息所の歌を引き出そうとする。光源氏の言葉には、

ちはやぶる神垣山の榊葉は時雨に色も変はらざりけり　（後撰集・冬・よみ人知らず）

ちはやぶる神の斎垣も越えぬべし大宮人の見まくほしさに　（伊勢物語・七一段）

ちはやぶる神の斎垣も越えぬべし今はわが身の惜しけくもなし　（拾遺集・恋四・柿本人麿）

と、「榊の葉の色は時雨が降っても紅葉せず常緑であるよ」「あなたに逢いたいから神の垣根を越えてしまおう」「命を失うのも厭わず越えてしまおう」といった情熱的な恋を訴える歌が踏まえられている。光源氏は和歌そのものではないにせよ、しばしば和歌に詠まれる植物である榊の枝を差し出して、「変わらない私の心に導かれて、神聖な垣根を越えて来たのにひどい扱いをするね」と語りかける。長い無沙汰の気まずさを紛らわしつつ、御息所が和歌で応じてくれると高を括っているのだ。案の定、御息所は歌で応じた。これは、

わが庵は三輪の山もと恋しくはとぶらひ来ませ杉立てる門　（古今集・雑下・よみ人知らず）

「私の家は三輪山の麓ですから恋しいのならどうぞ訪ねて下さい、杉の立っている家の門を」という訪問を促す古歌を踏まえつつも覆して、「ここの神の垣根には、目印になる杉もないのに、いったい何を間違って折った榊でしょうか。貴方の訪問などお待ちしていないのにどうしてお越しになったのでしょう」と男の訪問を咎めた歌である。いかにもきつく切り返した風情だが、女側から進んで和歌を詠みかけた時点で、御息所はすでに恋の駆け引きに負けている。

光源氏もまた、

少女子が袖ふる山の瑞垣の久しき世より思ひそめてき　（拾遺集・雑恋・柿本人麿）

榊葉の香をかぐはしみ尋め来れば八十氏人ぞまとゐせりける　（拾遺集・神楽歌）

「昔から慕っていた」「香しいので慕って来た」といった古歌を踏まえ、「神に仕える少女のいるあたりなので、榊葉の香が慕わしいので訪ねて手折ったのです」と情愛を訴え続ける。

総じて光源氏と六条御息所の贈答歌は、素朴な情愛の発露というよりは、多くの古歌を踏まえて技巧的で、六条御息所の教養の高さを暗示する。その気品高さゆえに光源氏は憧れ、また気詰まりに感じたのではなかろうか。しかし互いの教養を試し合うような高尚な和歌の応酬は、生霊の姿に立ち会った後でさえ、光源氏が御息所を疎み切れなかった所以かもしれない。そして御簾のうちに入った光源氏。二人はそれなりに心通う、濃密な時間を過ごせたのだろうか。

見送る眼差し

無情にも別れの時、夜明けがやって来た。

あかつきの別れはいつも露けきをこは世に知らぬ秋の空かな

光源氏は、夜明けの別れはいつも涙にくれるけれど、今朝は格別名残惜しいと歌で訴え、女の手を取って立ち去るのをためらう。風はひんやりとし、「松虫の鳴きからしたる声も、をり知り顔なる」と鳴き涸らした虫の音も、まるで別れを察するかのようだ。御息所の返歌は、

おほかたの秋の別れもかなしきに鳴く音（ね）な添へそ野辺（のべ）の松虫

秋の別れはいつも悲しいけれど、と光源氏の贈歌の上の句と似た格好で歌い出す。初句は「あかつきの」「おほかたの」と「～の」に揃え、第二句では「別れ」の語を引き受け、第三句に形容詞を詠むなど、光源氏の贈歌とぴたりと呼応する。下の句の「鳴く音な添へそ野辺の松虫」では、「鳴く」に「泣く」を掛けて、これ以上鳴いて悲しみを添えるな、と松虫に呼びかける。「松虫」は「待つ」と掛詞だから、光源氏を待ち続けた六条御息所のひそかな泣き声の比喩だろう。光源氏を待ち続けて涙にくれた自身の苦しみを凝視した返歌である。通常この物語では、逢瀬の前の贈答歌か、夜明けの贈答歌か、どちらかしか描かないのだが、この野宮の場面では、双方がある。いかにこの場面が丁寧に作られているかがわかるだろう。

六条御息所の女房たちは、去り行く光源氏の月の光に照らされた姿や残り香に、どうしてこ

んな素敵な方と別れられるのか、と光源氏を絶讃する。邸を出ていく男君の美しさを誉めたたえ、見送る女君の執着心を強調する場面は、夕顔巻の六条の女、朝顔（あさがお）巻の紫上などにも見られる、物語に類型的な場面である。男君への絶讃は、女君自身の言葉としてよりもむしろ、やや思慮に欠ける若い女房たちの憧れとして語られる場合も多い。必ずしも詳しい内面が語られず、喜怒哀楽も明瞭にされない女君の心を、代弁させる手法なのである。

斎宮の出立

光源氏は伊勢に下る六条御息所と斎宮母娘に歌を贈り、斎宮が幼い頃に顔を見ておけばよかったと執着し、「世の中定めなければ、対面するやうもありなむかし」、いずれ対面の時もあろうと考える。だが斎宮の退下は譲位に連動するのだから、やや不謹慎でもある。

斎宮が下向する時に執り行われる、宮中での別れの櫛（くし）の儀の折、朱雀帝は可愛らしい斎宮に心惹かれた。斎宮は十四歳で、六条御息所は自身が「十六にて故宮に参りたまひて、二十にて後（おく）れたてまつりたまふ。三十にてぞ、今日また九重（ここのへ）を見たまひける」と、十六歳で前の東宮に参入し、二十歳で死別し、三十歳でまた宮中に娘とともに参内したという感慨にふけっている。この時点の光源氏は、今日通行の年立（としだて）によれば二十三歳であり、御息所の回想が正しいとすれば、光源氏十三歳の時、御息所の夫が没したことになる。だが、光源氏四歳以降は現在の朱雀帝が東宮なので、御息所の夫が東宮だったのはそれ以前ということになり、いったん東宮の位に就いたものの、その座を追われたことになる。前東宮が廃太子されたとの説もかつてはあったが、現在は否定的な見方が有力である。だがいずれにしても、年立は矛盾している。

『源氏物語』の作中の出来事を年表にした「年立」は、今日よく用いられるのは本居宣長が作った「新年立」、それ以前の一条兼良のものは「旧年立」と呼ばれ、唯一の正解はない。総じて藤裏葉巻に、翌年の光源氏の四十賀の準備をすることから光源氏の年齢を逆算したもので、他の人物の年齢を同時に換算すると矛盾が生じることもある。しばしば作者の数え間違い、巻の成立順序等の理由付けがされるが、そもそも作中世界は一枚のきれいな年譜に収まるものではない。御息所が東宮に参入した年齢が十六歳とあるのは、『白氏文集』巻三の新楽府「上陽白髪人」で、後宮に入ったものの楊貴妃に睨まれ、帝の寵愛を受けられないまま上陽宮で朽ちたのを嘆いた一節「入りし時は十六、今は六十」を典拠とするからだともされる。作中の時間の整合性とは別種の必然性から生じた年齢である可能性も捨てきれない。

桐壺院の遺言と死

桐壺院は重体になり、見舞いに訪れた朱雀帝に東宮や光源氏のことを遺言した。

「はべりつる世に変らず、大小のことを隔てず何ごとも御後見と思せ。齢のほどよりは、世をまつりごたむにも、をさをさ憚りあるまじうなむ見たまふる。

> かならず世の中たもつべき相ある人なり。さるによりて、わづらはしさに、親王にもなさず、ただ人にて、朝廷の御後見をせさせむと思ひたまへしなり。その心違へさせたまふな」と、あはれなる御遺言ども多かりけれど、女のまねぶべきことにしあらねば、この片はしだにかたはらいたし。

私の存命中と変わらず、何事も隔てず光源氏をご後見役とお思いなさい。光源氏は年齢の割にはしっかりしていて、この世の中を治める運勢の人だからこそ、親王にもせず臣下にして朝廷の御後見をさせようと思ったのですから、決して私の意志に背かないように、と光源氏を重んじるよう遺言した。朱雀帝の背後にいる右大臣や弘徽殿大后が、東宮や光源氏につれないことを知っての遺言である。最後に、政治向きのことに女は口出しすべきでないのに、と言い訳するのは、この物語の常套である。

光源氏には朝廷に仕え、東宮の後見を果たすよう言い遺した。まるで光源氏が東宮の実父と知っているのかとも感じさせる一幕である。桐壺院の没後、光源氏が不遇を極めて須磨に下るのは、一面では朱雀帝の遺言違反の結果である。遺言を守らぬ者は制裁を受けるというのが説話に見られる型だから、遺言に違反した朱雀帝は制裁され、光源氏が返り咲くことになる。その意味では、『源氏物語』前半の物語は、いささか説話風であり予定調和的といえる。

「癖」による情事

桐壺院の崩御後、年始の挨拶に訪れる人も少なくなり、光源氏はこれまでにない不遇感を癒しかねて、朧月夜との逢瀬を重ねていた。その頃、朧月夜は尚侍となり、弘徽殿に住むようになっていた。宮中での居所である殿舎は親族間で継承されることもあり、桐壺院の弘徽殿大后が妹に殿舎を譲ったのである。弘徽殿は天皇の居所である清涼殿にも近く、有力な妃が住まうことが多かった。朧月夜は女官としての宮仕えながらも朱雀帝の寵愛を受けていたが、光源氏に心を奪われて情事を重ねていた。物語では、光源氏の「例の御癖なれば」と、困難な恋ほど心奪われるという光源氏の性癖に起因すると説明される。国家の重大事に行う修法である「五壇の御修法」のさなかにも、光源氏は例の弘徽殿の細殿の局に忍んでいく。だが、承香殿女御の兄弟の藤少将に見られるなど、次第に世に隠れなくなった。

この「癖」とは、帚木巻頭で、厄介な恋にかえって執着する光源氏の性癖と紹介されたものである。賢木巻では、光源氏の「癖」が朧月夜のほか、斎宮となった六条御息所の娘や、新たに斎院となった朝顔に対する情動としても語られる。思えば、光源氏の朧月夜尚侍・伊勢の斎宮・朝顔斎院への執着は、朱雀帝を支える寵妃や巫女への恋慕に相当するから、朱雀朝への反逆の匂いさえする禁忌の恋だといえよう。

藤壺への求愛

一方、光源氏は藤壺への抑えがたい情念を訴え、寝所に忍び入った。若紫巻以来、光源氏が藤壺に接近する二度目の場面である。切々と訴える光源氏を拒むうちに、藤壺は体調が悪くなった。「男」、光源氏も動転して帰れず、そのまま塗籠(ぬりごめ)に隠れて留まった。光源氏は外をのぞき見て、藤壺が「対(たい)の姫君」、紫上に酷似していることを改めて確かめる。光源氏は再び藤壺に接近して口説くが、ついに関係を結べないまま退散するほかない。

藤壺は、光源氏の自分への執着が東宮の将来に触ると考え、ひそかに出家を決意した。東宮に自分が姿を変えたらどう思うかと問うと、東宮は泣いては虫歯を見せて笑う。それは「ただかの御顔を抜きすべたまへり」と光源氏に瓜二つで、藤壺は「玉の瑕(きず)」に思った。一方光源氏は藤壺にあてつけるように雲林院(うりんいん)に籠り、出家を願うものの、紫上を思うと決心はつかない。光源氏は早くは若紫巻、藤壺との罪に悩んだらしい北山の場面以来、生涯に何度も出家を願うが、主に紫上への思い故にやはり出家できないと、振り子状の思考を繰り返す(高木和子)。

光源氏は雲林院から紫上や朝顔斎院と和歌の贈答を交わし、帰京した。光源氏は土産に持ち帰った紅葉の枝を藤壺に贈るが、藤壺は枝に付けた文に気づき、疎ましさを感じる。光源氏は参内し、朱雀帝は斎宮下向の折のこと、光源氏は野宮での別れの折のことを親しく話した。退出する光源氏に、弘徽殿大后の兄弟の藤大納言の子の頭弁(とうのべん)が、「白虹(はくこう)日を貫けり、太子畏(お)ぢたり」と、燕の太子丹が秦の始皇帝を討つべく残した刺客の失敗を恐れたという『史記』の一節を朗詠して、謀反の気持ちがあるのではと皮肉った。

藤壺の出家

心ひそかに出家を決意した藤壺は、珍しく自ら進んで光源氏に歌を詠みかけた。

ここのへに霧やへだつる雲の上の月をはるかに思ひやるかな

と歌う。幾重にも霧が隔てているのか、雲の上の月、宮中の帝や皇統の人々を遠くから案じていますよ、と歌う。光源氏とぎくしゃくし、東宮への支援を失うのを恐れたからか。和歌は通常男から詠むもので、女から詠みかけるのは危機感の表れだともされる典型例である(鈴木一雄)。光源氏は涙して、

月かげは見し世の秋にかはらぬをへだつる霧のつらくもあるかな

と応じた。藤壺の贈歌の「霧」「月」の語を引き受けつつ、月の光、私の心は時を経ても変わらないのに、霧のようなあなたの隔て心が恨めしいと、恋の思いを訴える意味に差し替えた。

桐壺院の一周忌の法華八講の最後の日、藤壺は突然出家をした。皆も驚き、光源氏も動揺するが、もはやとどめようもない。光源氏は、自分まで出家しては東宮を守れる人がいなくなると、出家を思いとどまるという、まさに藤壺の思惑通りの顚末となった。

右大臣方は一層勢力を強くし、藤壺や光源氏方への圧迫が強く、左大臣は「致仕」、辞職してしまった。左大臣の息子の三位中将、かつての頭中将は、右大臣家の四の君を妻とするも、通いは途絶えがちで、先方も心打ち解けられる婿とは思っていない。光源氏と三位中将は韻塞ぎという漢詩の遊びに興じ、二日後、負けた中将側が饗応する負態を行った。中将の次男が催馬楽の「高砂」を歌う声が可愛らしい。

漢詩漢文の教養を通した共感が政治的な連帯に繋がるというのは、平安朝の創成期の政治理念である。それを他愛もない遊戯の中に再現し、光源氏を囲む人々の連帯を確認する趣なのである。光源氏は「文王の子、武王の弟」と『史記』の一節を口ずさむ。兄の武王を助け、甥の成王即位後は摂政となった周公旦の故事を踏まえるが、桐壺院が文王、朱雀帝が武王、周公旦が光源氏ならば、成王つまり東宮の何にあたると名のるつもりかと、物語の語り手が危ぶむ。

とはいえ、左大臣の辞職は単なる不遇感の表れではない。葵上の父であり、光源氏の庇護者であった左大臣だが、実は息子の三位中将は右大臣の婿なのである。一見右大臣の権勢拡大で不遇とも見えるが、むしろ自らが光源氏や東宮支援に傾きすぎず影を薄くすることで、右大臣の婿である息子が活躍の機会を得やすくなると判断したのではなかったか。桐壺巻以来、光源氏をかしずくように可愛がった左大臣だが、一方で嫡男の三位中将と右大臣の四の君を結婚させ、どちらに転んでも自家が生き延びる用意をする、したたかで老獪な政治家なのである。

光源氏は体調を崩して里下がりした朧月夜に、忍んで通う。弘徽殿大后の居所に近く恐ろしいが、「かかることしもまさる御癖（くせ）なれば」、緊迫した状況ほど情念を抑えがたい性癖なのだ。ある夜明け方、急に雷雨となって帰るに帰れずにいたところ、

朧月夜との情事

右大臣が娘の居室にずかずか入ってきて、具合はどうかと話しかけた。「舌疾（したど）にあはつけき」、早口で落ち着かない様子に、光源氏は苦笑した。すると朧月夜について、薄二藍（うすふたあい）、紅に藍色を重ねた色の男物の帯や、歌を書き交わした手習（てならい）の畳紙（たとうがみ）が出てくる。恥じ入る娘にも構わず、右大臣が几帳の内をのぞくと、悪びれもせず光源氏が横になっていた。朧月夜は死なんばかりである。右大臣は弘徽殿大后に報告すると、大后は激怒した。朱雀帝は昔から皆に見下されていたし、元の左大臣、今は大臣を引退した致仕大臣（ちじのおとど）も葵上を入内させずに光源氏と結婚させてしまった。入内予定だった朧月夜も光源氏の手がついて正式には入内できなくなり、「尚侍」という女官として帝に仕えることになり、それでも帝が寵愛してくれているのに朧月夜は光源氏に惹かれている。光源氏は斎院とも文通などして不埒だと、悪口雑言だった。さしもの右大臣も、話さなければよかったと後悔した。

かくして光源氏は無軌道な恋の果てに、朧月夜との恋の露見によって都にいられなくなる。

それは藤壺との秘事は隠蔽したまま光源氏に贖罪させる、物語が与えた試練の道なのであった。

桐壺院懐旧

しかし物語は、即座に光源氏を須磨に出立させず、間奏曲とも称される短い巻を差しはさむ。花散里巻である。桐壺院存命中を懐かしむ光源氏は、桐壺帝の後宮で、さして華やぎもせず、御子もいなかった麗景殿女御とその妹の三の君を訪れる。光源氏は藤壺のみならず、父の後宮の女性たちとは、誰彼となく懇意だったのである。三の君とは宮中ではかない関係があった様子の、一般に花散里と呼ばれる女である。光源氏からは離反する人々も多い中で、変わらぬ親愛の情を交わし続ける誠実さが際立つ。もっとも光源氏の支援がなければ没落する後ろ楯のない一族であったことも見過ごすべきではない。

中川の家の女

途上、中川の小さな家が目に留まり、かつて訪れた家だと思い出した。「中川」とは京極川、鴨川と桂川の間に位置する。帚木巻で光源氏が方違えに出かけた紀伊守の邸も、中川のあたりであった。通りがかりに思い出す程度だから、心底大事な女ではなかったのだろう。光源氏は詠みかける。

をち返りえぞ忍ばれぬほととぎすほの語らひし宿の垣根に

と、かつてお話しした懐かしさをこらえきれずに声を掛けました、という歌に、女は応じた。

ほととぎす言問ふ声はそれなれどあなおぼつかな五月雨の空

ホトトギスが訪れて問う声はかつてのままだけれど、はっきりしない五月雨の降る空ですよ、女は光源氏かどうだかわからない体で、空とぼけて応じない。取次ぎを求めて邸に入った光源氏の乳母子の惟光は、おそらく新しい男がいるのだろうと気を利かして深追いせずに退散する。浅い関係と見切って心変わりして去る者は追わず、ひたすら待つ者には「心長し」、気長にお世話をするのが光源氏の流儀だった。内心女は臍を噛んだのかもしれないが、ここでは女の苦悩は掘り下げられない。女の苦悩に焦点を合わせたら、光源氏の栄華の物語が破綻するからだ。

懐旧の風景

光源氏は麗景殿女御を訪れて対面、桐壺院存命中を思って語り合った。麗景殿女御の邸は、ホトトギスの鳴く花橘の咲く家であった。「橘」は「左近の桜、右近の橘」と並び称され、『古事記』中巻(垂仁記)では多遅摩毛理が「常世国」、海の向こうの不老不死の国から持ち帰った永遠性の象徴であり、心変わりしない麗景殿女御と三の君の比喩である。同時に、没落しかけているこの家は、姉が女御だから父は大臣だったとすると、平安中期の橘氏の史上の実態とは合わないものの、かつては有力だったが今は力を失った一族の印象は強い。賢木巻では朱雀朝の麗景殿に住む女御が今を時めく右大臣家の関係者、弘徽殿大后の兄弟である藤大納言の娘だと触れられているから、身内に殿舎を継承できなかったことになり、政治力は弱く、その不遇感こそ光源氏との共感の所以だろう。ちなみにホトトギスは渡り鳥で、初夏の景物である。夜に鳴くのが特徴で、田植えの頃に飛来するため、死者の国と往復する「死出（しで）の田長（たをさ）」の異名もある。

五月待つ花橘

花散里巻は、『伊勢物語』六〇段の有名な古歌を踏まえている。六〇段はこんな話である。夫が宮仕えに忙しくてさして情愛深くもなかったから、「まめに思はむ」、誠実に愛そうという男とともに、妻は他国に出奔してしまった。夫は後に大分の宇佐神宮（うさじんぐう）への勅使としての旅の途上、宿をとった役人の家で元の妻と再会する。酒の肴の「橘の実」を取って、

五月（さつき）待つ花橘（はなたちばな）の香をかげば昔の人の袖の香ぞする

と昔を懐かしむ歌を詠むと、元の妻は出家をしてしまった、というものである。女の出家は異性関係の拒否を意味するから、元の夫との復縁を拒んで出家したのだろう。昔を懐かしむ橘と女の心変わりの物語である六〇段は、花散里巻の下敷きになっている。

花散里とは

光源氏は麗景殿女御とは対面して和歌を詠みかわすが、肝心の恋人の三の君との対話はほとんど描出されない。その存在感の薄さから、「花散里」は当初は邸の名であり、姉妹は未分化だなどとも批評されてきた。だが通ってくる男君に対してまず姉が応対に出て、その後、男君が妹と夜を共にする、これは当時の貴族の家の応対の常だったのでは

なかろうか。花散里は地味ではあるものの、この巻で新たに登場する女主人公である。やがて光源氏の六条院の夏の町に迎えられ、紫上が中心となる今後の物語の中で、裁縫などの実務的な妻の役割を果たし、夕霧や玉鬘の後見役を果たすことになる。

二　不遇の時代——須磨・明石巻

朧月夜との情事が発覚した光源氏は、不義の子の東宮を守るため、都の人々と別れを惜しんで須磨に出立した。出立に際しては、須磨巻冒頭近くに、「三月二十日あまりのほどになむ都離れたまひける」とあるから、いかにもすぐに出かけそうな風情である。

次々と続く別れ

ところがなかなか出立するところまでいかない。そのあと致仕大臣邸を訪れ、二条院で紫上と別れを惜しみ、花散里を訪問、朧月夜と文を交わし、藤壺に参上、桐壺院の墓所に参り、東宮を訪れ、そしてまた紫上と別れを惜しんで、ようやく出立するのである。別れの対面の場面が延々と続くところからは、光源氏がいったん都を離れれば、容易には帰京できそうもない危機感が感じられる。出立までの期間のことを簡略に述べた後、もう一度詳細に語り直す形で二度叙述するという、時間的な重複が指摘された箇所でもある（清水好子）。

都の女たちとの交流

須磨の地での光源氏は、数人の男たちとのわび住まいであった。須磨の地といえば、在原業平の兄弟の行平が「事にあたりて津国の須磨といふ所に籠り侍りける」（古今集・雑下）と蟄居した場所であり、

　わくらばに問ふ人あらば須磨の浦に藻塩たれつつわぶと答へよ

と詠んだ地である。この頃の光源氏には在原業平・行平のほか、菅原道真や源高明らの姿が揺曳する。光源氏は都の女たちに手紙を遣わすが、女たちに詠みかける和歌はそれぞれの相手ごとに歌い分けられているというよりは、やや没個性的である。女たちの返歌も含めて、「あま」「浦」「塩」などの限られた言葉で作られ、女たちの返歌もそれに応じて海浜の風景を詠んでいる。伊勢の六条御息所からは、先方が使者を立てて和歌が二首届き、光源氏も二首の歌で応じた。花散里からは邸の荒廃を訴える歌が届いた。

月夜の望郷

　光源氏は、八月十五夜、須磨の地から都を思い出す。

　月のいとはなやかにさし出でたるに、今宵は十五夜なりけりと思し出でて、殿上の御遊び恋しく、所どころながめたまふらむかしと、思ひやりたまふにつけても、月の顔のみまもられたまふ。「二千里外故人心」と誦じたまへる、例の涙もとどめられず。

月がたいそう美しくさし出てきたので、今宵は十五夜だったのだとお思い出しになって、清涼殿の殿上の間での管絃のお遊びが恋しく、都の人々も物思いにふけっていることだろうよ、と思いを馳せなさるにつけても、ただ月の面ばかりじっと見つめられなさる。「二千里の外、故人の心」と朗詠なさると、いつものように、周りの人々は涙もとどめかねている。

「今宵は十五夜なりけり」は、今夜が十五夜だとはたと気がついた、といった意味である。「けり」はいわゆる「気づき」の意で、過去の意味ではない。光源氏が都を出立する三月、致仕大臣邸では有明の月が、花散里邸では朧ろな月が美しく、亡父桐壺院に墓参した折には、

なきかげやいかが見るらむよそへつつながむる月も雲がくれぬる

父は私をどうご覧になっているだろう、その父になぞらえた月も雲に隠れてしまった、と歌に詠んだ。光源氏にとっての「月」は、都の人々の思い出のよすが、とりわけ桐壺院の象徴だったのである。「二千里外故人心」とは白居易の詩「八月十五日の夜、禁中に独り直して月に対ひて元九を憶ふ」の一節、「三五夜中の新月の色　二千里の外、故人の心」による。「三五夜」とは十五夜、「故人」は旧友の意。長安にいる白居易が、江陵に左遷された親友の元九（元稹）に思いを馳せた詩であり、光源氏は逆に遠い須磨の地から、都の人々を思い起こしている。

光源氏は「霧やへだつる」と、賢木巻で桐壺院没後、美しい月夜に参上した光源氏に、珍しく藤壺から詠みかけた「ここのへに霧やへだつる雲の上の月をはるかに思ひやるかな」という歌を思い出す。世間が邪魔をして帝や皇統の人々と隔たったことを嘆く歌で、「月」は皇統の象徴であった。とすればこの須磨巻の場面には、桐壺院への追憶と東宮の即位への願いを読み取ってよいだろう。

起筆の巻

この「今宵は十五夜なりけり」の場面には、石山寺にまつわる伝承がある。十四世紀後半に四辻善成が記した『源氏物語』の注釈書『河海抄』によれば、中宮彰子に物語の執筆を命ぜられた紫式部が石山寺で祈願した際に、琵琶湖に映った十五夜の月を見て、『源氏物語』を須磨明石両巻から書き始めたと伝承されているという。紫式部が月を眺めやり、筆を取る図は、後代に数多く絵画化されたが、中世以降の伝承で、事実とは考えにくい。

では、『源氏物語』がどこから書き始められたか、いまだ定説を見ない。光源氏の前半生の物語は、桐壺巻に始まる光源氏の公の世界での活躍を描く物語（若紫系）と、帚木巻に始まる光源氏のお忍びの恋の物語（玉鬘系）の、大きく二つの系統に分ける考え方がある。その冒頭にあたる桐壺巻、帚木巻、もしくは若紫巻あたりから書き始められたとの説が有力であろうか。

恩賜の御衣

賢木巻で雲林院から帰って藤壺と和歌の贈答を交わした夜には、光源氏は朱雀帝とも話に花を咲かせ、朱雀帝に亡父桐壺院の面影を見ていた。その折に朱雀帝から装束を賜ったのか、須磨巻には「恩賜の御衣は今此に在り」とある。これは太宰府に左遷された菅原道真の「九月十日」の題の詩、「去年今夜清涼に侍す、秋思の詩篇独り腸を断つ、恩賜の御衣は今此に在り、捧持して毎日余香を拝す」（菅家後集）の一節で、一年前の重陽の節句に「秋思」の詩を作った折に醍醐天皇から賜った衣の、香りをなつかしんだ詩である。都を退去せざるを得なかった光源氏が自らの境遇を重ねるのに、いかにもふさわしい。須磨巻には、本来男の文化である漢詩が多く引用されるが、光源氏は須磨の地に女を連れていなかったため、男ばかりだから漢籍の引用が多いともされる。いずれにせよ、光源氏の女君たちへの慕情にとどまらない、亡き桐壺院、藤壺、東宮、朱雀帝への複雑な思いが見え隠れする場面である。

流罪か退去か

そんな中で登場するのが、播磨国の前の国守の明石入道である。明石入道は光源氏と娘との縁を期待するが、妻の尼君は、「京の人の語るを聞けば、やむごとなき御妻(みめ)どもいと多く持ちたまひて、そのあまり、忍び忍び帝の御妻(みめ)をさへ過(あやま)ちたまひて、かくも騒がれたまふなる人」と光源氏は帝の妻を寝取って騒ぎを起こした人だと言っており、作中の世間から見た光源氏の立場がわかる仕立てになっている。

光源氏が須磨に行くのは、流罪になる前の自主的な退去だというのが、光源氏側に寄り添った作中の説明である。朧月夜との情事が発覚したことで、もし光源氏が正式に処分されたなら、光源氏が後見役を務める東宮の将来に傷がつくとの判断である。帝が寵愛する朧月夜との関係を続けると言えば、ずいぶん不埒に見えるが、朧月夜は尚侍という女官であって、帝の寵愛を受けてはいるものの、皇妃ではない。そこに、光源氏が厳格には罰せられず、朧月夜もなお朱雀帝に許されて寵愛を受け続けるといった、きわどい展開が可能になる余地がある。

頭中将の訪問

都の人々がいつまでも光源氏に心を寄せていることに憤った弘徽殿大后は、「朝廷の勘事なる人」、光源氏との交流を批判したため、都との交流は次第に遠のいていく。その中で左大臣家の嫡男であるかつての頭中将、今の宰相中将は須磨の地まで訪問、光源氏を感動させた。先に掲げた白居易と元稹の交流を下敷きにしているとも読める。だが宰相中将は、時の権勢家、右大臣家の四の君が妻であり、それ故の自由な振舞いであることは見逃すべきではない。そして、やがて光源氏の須磨からの帰京後は、光源氏の政敵になっていく。

須磨巻末尾、三月の最初の巳の日、禊をするとよいと勧められて、陰陽師を呼んで祓をした。光源氏が、自分は罪を犯したのでもないから神も憐れんでくれるだろうと、

　八百よろづ神もあはれと思ふらむ犯せる罪のそれとなければ

と詠むと暴風雨に見舞われた。夢に、宮からのお召しになぜ参らぬのかと見て、海の竜王が自分を愛でて取りに来たのかとこの地での暮しを耐え難く感じた。

桐壺院の霊の出現

明石巻、まだ暴風雨は続いている。心配した紫上からの使者が到着し、悪天候は「物のさとし」だと言われていると話す。天変地異は政治の乱れをさとすという古代中国からの発想が根底にある。ついに邸に落雷、火事になった。ようやく風雨が

おさまり、疲れ果てて、うとうとした光源氏の前に、父桐壺院が現れる。住吉の神の導きに従ってこの浦を去るように言う。すっかり弱気になって、もうこの渚で死んでしまおうかという光源氏に、

「いとあるまじきこと。これはただいささかなる物の報いなり。我は位に在りし時、過つことなかりしかど、おのづから犯しありければ、その罪を終ふるほど暇なくて、この世をかへりみざりつれど、いみじき愁へに沈むを見るにたへがたくて、海に入り、渚に上り、いたく困じにたれど、かかるついでに内裏に奏すべきことあるによりなむ急ぎ上りぬる」

今の苦難はちょっとした「物の報い」だ、自分の在位中には過失はなかったけれど自ずと犯しがあったので、その罪を償うために忙しくてこの世のことを忘れていたけれど、お前がひどい苦難にあっているのを見ると我慢できず、海に入り、渚に上り、ひどく疲れたが、このついでに帝に申し上げねばならないことがあるから、急いで上京する、と励ました。

物の報いとは

「物の報い」がもし源氏と藤壺との密通だとすると、桐壺院が藤壺の密通を知っていることになって辻褄が合わなくなるから、人として生きていると自然に犯す罪の報い、と理解するのが通説である。また、醍醐天皇が菅原道真に怨まれて死後地獄に落ちたという堕地獄伝説を踏まえるとされることもある。だがどのように説明しても、やはり

読者は光源氏と藤壺の密通と不義の子が東宮位にあるという、重大な秘事を連想せずにはいられない。光源氏の苦難を知って急いで現れ、さらに朱雀帝に訓戒しようとする桐壺院はあくまで光源氏の守護霊的であり、死後の桐壺院は密通を知ってもなお、光源氏を守るのだという読み方を許す余地がある。

光源氏が泣いて慕って見上げても人の姿はなく、月の顔だけがきらきらしていた。名残惜しくもう一度夢を見ようとしても眠れず、夜が明けた。その日、明石入道の迎えの船が来た。

明石入道の迎え

光源氏のもとに桐壺院が現れたのと同様、明石入道のもとには「さまことなる物」が現れ、十三日には霊験（れいげん）を見せるから船を用意して、雨風がやんだらこの浦に寄せるように、とのお告げがあったという。若紫巻に出てきた良清の仲介で、光源氏は「父帝の御教へ」もあったからと、親しい数人だけで明石の地にたどり着いた。住吉の神の霊験譚の仕立てである。

入道の邸は風流なもので、鄙（ひな）の地であるだけにかえって趣きを感じた。明石入道は琵琶（びわ）や琴が見事で、延喜の帝から弾き伝えて三代になり、今は岡辺の家に住んでいる娘も琵琶が得意だと話して、光源氏に勧める。光源氏が文を贈ると、意外にも娘は気位が高く、自ら返事をしようとはしない。入道の代筆の手紙に光源氏は「めざましう見たまふ」、分不相応に気位が高いなと、紫上を気にかけつつも、やはり心惹かれるのであった。

光源氏が明石で暴風雨にあったころ、都でも「物のさとし」がしきりにあって、雷や雨風に悩まされていた。朱雀帝の夢に桐壺院が出てきて、清涼殿の階段の下の所にお立ちになって、帝をお睨みになって訓戒なさった。光源氏のことを話したらしい。ちょうど明石の地で光源氏の夢に出た後、桐壺院の霊が都まで上ったことになる。

朱雀帝と弘徽殿大后

朱雀帝は不安になって母大后に相談すると、「雨など降り、空乱れたる夜は、思ひなしなることはさぞはべる。軽々しきやうに、思し驚くまじきこと」、雨が降って空が荒れる夜は、思い込みでそういうことが起こるのです、軽々しく驚いてはなりません、と気丈に応じた。しかし朱雀帝は父に睨まれたせいか眼を患う。弘徽殿大后の父太政大臣（元の右大臣）も亡くなった。この一連の経緯は、桐壺院の遺言を守って光源氏を大事にしなかったことへの罰、遺言違反による報復といった説話的な風情だが、その中で弘徽殿大后の気丈で正気な感覚が際立つ。実は弘徽殿大后こそが、常識人だともいえようか。

明石の娘に通う

八月十二、三日のころ、光源氏は明石の君の住む岡辺の家に赴いた。琴を弾きならす様子も風情があって、「伊勢の御息所にいとようおぼえたり」と、六条御息所に似た感じがした。これをもって明石の一族と六条御息所の一族は血縁関係にあるのだと想定する説もある(坂本和子)。光源氏と娘が結ばれたことで父親の明石入道は宿願がついにかなうと喜ぶが、明石の君は自身の身分の低さを自覚して、かえって悩んでしまう。光源氏は紫上に明石の君との関係をほのめかし、紫上への配慮から、通いは間遠であった。

都への召還

翌年、都では朱雀帝が眼病を患い、弘徽殿大后も病がちで、右大臣の娘、承香殿女御の腹に生まれた男子が二歳になったから、いずれはこれを東宮にしよう、ついては「朝廷の御後見」、世の政治を収めるのにふさわしい人は光源氏だというので、朱雀帝の病が治らないまま、七月下旬、ついに赦免の宣旨が下りた。流謫の身から許されて本官に復するのは、平安時代の歴史上の実態とは異なる、物語ならではの展開である。都への帰還が決まって、光源氏は明石の君に夜離れなく通った。懐妊していたのだった。京から持ってきた琴(きん)の琴(こと)を形見として残して、光源氏は明石の一族と別れを惜しんで帰京した。そして権大納言(ごんだいなごん)に昇進、朱雀帝に再会した。

貴種流離の物語

光源氏の須磨明石への退去は、作中では表面上は朧月夜との関係によって処罰を受けるのを避けるためだが、深層ではやはり、光源氏の秘めたる藤壺との関係と不義の子が東宮となっている現状を贖罪する意味合いが強いのだろう。須磨での不遇な日常、暴風雨による恐怖は、光源氏に内省をうながす時間だったともいえる。暴風雨の猛威は、光源氏の罪を問い詰めると同時に、桐壺院の霊出現、住吉の神の霊験といった、超自然的な展開を導き、光源氏を救済する展開ともなっている点で、重層的である。

高貴な人が不遇なひと時を過ごした後、より巨大になって復帰する、という種の物語の型は、折口信夫の用語で〈貴種流離(きしゅりゅうり)〉とも言われる。スサノオノミコトやオオクニヌシノミコトなど神話の主人公たちは、旅をしながら各地の女と関わり、より巨大な力を手に入れる。また菅原道真は太宰府に下ってその地で亡くなったが、後に都に起きた天変地異を治めるために神として祀られた。そして光源氏は、須磨の地で亡き父桐壺院に許されたことで、藤壺との不義や冷泉帝誕生の贖罪を果たし、住吉の神の導きで明石の君と出会い、実の娘を得て、より巨大になって都に復帰するという、物語ならではの数奇な運命を生きるのである。

三　待つ者と離反する者――澪標・蓬生・関屋巻

政敵となる頭中将

澪標巻、光源氏は明石から帰京、朱雀帝は退位し、不義の子である冷泉帝が即位した。光源氏は、内大臣として政権に返り咲いた。ひとたび政界を引退していた元の左大臣、致仕大臣も、摂政となり太政大臣として政権復帰した。息子の宰相中将は、今は権中納言となっており、娘を冷泉朝の後宮にいち早く入内させた。娘は弘徽殿女御と呼ばれた。桐壺朝の弘徽殿女御は元の右大臣家の長女だったから、朱雀朝では六の君である朧月夜が弘徽殿を用いていた。四の君が頭中将の妻だから、右大臣家の権勢を頭中将が継承した格好になる。光源氏の須磨のわび住まいを訪ねた交友関係のように、一面では光源氏に親愛の情を示しながら、一方では右大臣政権下での立ち位置を盤石にしていたのである。澪標巻以後、頭中将は次第に光源氏と対立的になっていく。

予言に導かれた栄華

藤壺との不義の子が即位し、三月初めには明石の君との間に女の子が無事誕生する。願い通りの幸運に、かつて宿曜道という星の運行で占いをする人に、「御子三人、帝、后かならず並びて生まれたまふべし。中の劣りは太政大臣にて位を極むべし」と、子は帝・后・太政大臣となると予言されたことを思い出し、お妃教育のために乳母を遣わした。桐壺巻で桐壺帝が光源氏を占わせた頃のことだろうが、この内容が明かされるのはここが初めてである。

光源氏にまつわる予言は三度目である。桐壺巻では高麗の相人が、帝位に上るはずの相だがそうなると国が乱れ、さりとて朝廷の柱石として国政を補佐するのでもないと予言したのを受けて、桐壺帝は光源氏を東宮に立てることを断念し、源の姓を与えて臣下に降した。若紫巻、藤壺との密通の後に見た夢は、「及びなう思しもかけぬ筋のこと」と不義の子誕生と、「その中に違ひ目ありて」と、一時の不遇が予言された。「御子三人」という三つ目の予言は、あくまで明石姫君の誕生と関わる回想で、桐壺巻からの既定路線だとは必ずしも言えない。

光源氏の不義の子が即位したことで、光源氏は改めて予言を反芻した。

宿世遠かりけり

みづからも、もて離れたまへる筋は、さらにあるまじきことと思す。あまたの皇子たちの中にすぐれてらうたきものに思したりしかど、ただ人に思しおきてける御心を思ふに、宿世遠かりけり、内裏のかくておはしますを、あらはに人の知ることならねど、相人の言空しからず、と御心の中に思しけり。

「もて離れたまへる筋」、帝位などというかけ離れた位につくことは絶対にあってはならないと光源氏は考える。桐壺帝は多くの親王たちの中で自分をとりわけ慈しんで下さったけれども、東宮にせず、臣下に降すとお決めになったご心中を察するに、「宿世遠かりけり」、そもそもの宿命からして自分は帝位には縁遠かったのだ、今上帝が帝位についておられるから、実は私の子だとは世間は知らないにせよ、相人の予言はあたったのだ、と合点した。光源氏は後に薄雲(うすぐも)巻で藤壺没後、光源氏を実父と知った冷泉帝が譲位を匂わせても、固辞し続ける。

藤裏葉巻で光源氏が准太上天皇(じゅんだいじょうてんのう)に、御法(みのり)巻で明石女御は中宮になっていて予言は実現するが、息子の夕霧の太政大臣昇進は物語中では実現しない。また「御子三人」は実質的には冷泉帝・夕霧・明石姫君でありながら、光源氏の晩年の妻の女三宮が柏木との不義の子薫を産むことで、世間的には夕霧・明石姫君・薫として実現される形に、巧みにすり替えられていく。

「宿世」という運命観

「宿世」とは、仏教的な価値観で「前世からの因縁、宿命」といった意である。「契(ちぎ)り」「さるべき」という表現でも似た意味になる。現世での幸不幸は、前世での行いの因果として予め決まっているという運命論である。当時は生まれついた階層や境遇は宿命と諦観して受け入れるしかなかったから、浸透しやすい考え方だったのだろう(井上光貞)。『源氏物語』では特に「宿世」の語の使用が多く、しばしば家の系譜、親子や夫婦の縁にまつわって、どうにもならない関係から逃れられないことを諦念する言葉となる。

「宿世遠かりけり」と慨嘆される、帝位につくべき相でありながら帝位にはつけない光源氏の「宿世」と、数奇な栄達への悲願を背負う明石の一族の女の「なべてならぬ宿世」、この二筋の「宿世」は、光源氏の物語の骨格を貫く大きな軸となっていく。

乳母を遣わす

予言を思い出して、明石姫君が中宮になると予感した光源氏は、お妃教育をするべく、それにふさわしい教養のある乳母を遣わした。桐壺院に仕えていた宣旨の女房と、宮内卿の宰相との間の子である。光源氏はこの女を須磨に下す前に、わざわざ訪問して説得、光源氏に心酔させた。宣旨の娘は明石の君より本来身分はむしろ格上だから、宣旨の娘を迎えた明石の君は、教養ある話し相手を得て喜びつつも、自身がいかに格別な厚遇を受けているか、自らの運命の高さに誇りを持ち、光源氏からの誕生五十日（いか）の祝いに喜んだ。姫君には光源氏から「御佩刀（みはかし）」が贈られた。

光源氏は、紫上に明石の君のことを話して理解を求めた。紫上は珍しく嫉妬をあらわにするが、光源氏のとりなしに機嫌を直す。光源氏は明石一族の背負う尋常でない宿命を感じ、都に引き取ろうと二条東院（にじょうとういん）を造営、花散里を訪問して旧交を温め、かつて関わりのあった五節（ごせち）など然るべき女も集めて後見にと思った。乳母を都から遣わすのも、紫上に姫君を養女とするよう依頼するのも、いずれも予言を信じたからであり、裏を返せば、光源氏は「御子三人」の予言から、紫上との実子をなかば諦めたことになる。

住吉の神のしるべ

光源氏は明石一族と出会ったことを、長年の明石一族の住吉の神への祈願の賜物と感じていた。住吉の神とは、海運の神として全国各地に多くの分社を持ち、和歌の神としても知られる。その住吉の神に、明石入道が一族の命運を祈願していたのである。

秋、光源氏は、願ほどきに住吉を参詣した。上達部、殿上人らも供として従った。葵祭の折に光源氏の仮の随身を務めて右近将監となったのに、光源氏の失脚とともに官職を召し上げられて、光源氏の供をして須磨に下った者も、今は随身を引き連れた蔵人である。折しも明石の君も住吉詣に来ていたが、光源氏の威勢の華々しさを遠くから眺めるほかなく、対面のすべはない。惟光のはからいで、光源氏は人目を忍んで明石の君に歌を遣わす。

みをつくし恋ふるしるしにここまでもめぐり逢ひけるえには深しな

「澪標」とは船の往来の目印で、「身を尽くし」を掛ける。心を傾けて恋した効果で、船の往来の目印である難波で貴女と巡り合えた、やはり縁は深いですねと詠みかけた。明石の君は、

数ならでなにはのこともかひなきになどみをつくし思ひそめけむ

と数の内に入らず、生きる甲斐もないわが身なのに、どうして貴方を想い始めたのかと嘆いた。

六条御息所の遺言

六条御息所の娘は、朱雀帝の譲位とともに斎宮を降りて母とともに都に帰った。病になった六条御息所は、伊勢神宮に身を置いて仏教と離れた罪を浄化したいと、出家をした。訪問した光源氏に、臨終の六条御息所はいつになく饒舌で、娘の将来を託すものの、女として相手にはしないでほしいと釘を刺し、亡くなった。六条御息所を光源氏の妻妾と数えるかどうかは微妙だが、娘の後見を引き受け、六条の邸宅を伝領したことからすれば妻妾の一人だとも言える（増田繁夫）。光源氏は、六条御息所の遺言を守って、ついに娘の元斎宮とは男女の仲にはならなかった。母と娘と共に関わるのは、神道の祝詞である『大祓の祝詞』に禁忌とされるからだともいう（藤井貞和）。光源氏は藤壺と計って、斎宮を冷泉帝の後宮に入れるよう算段する。

心変わらぬ者

さて続く蓬生巻は、光源氏の須磨行き以後、時の権勢家の右大臣一族におもねって人々が光源氏と距離を置く中で、あくまで光源氏を待ち続けた花散里や末摘花は変わらぬ誠実さが報いられ、最終的に光源氏に見出だされて幸福を得るという、善因善果、悪因悪果の説話的な仕立てである。光源氏の不遇期に辛くあたった紫上の継母らが、光源氏の政権復帰後、暗に報復を受けるのと対照的である。もっとも花散里や末摘花はひどく困窮して、光源氏から離れては暮らしが成り立たず、心変わりしようもないのが実情だった。

光源氏が須磨に下ったことで庇護を失った末摘花は、没落の一途を辿った。邸は荒れ果て、仕えていた者たちはめぼしい物を持って離散した。末摘花は「はかなき古歌(ふるうた)、物語などやうのすさびごと」につれづれを紛らわせ、「唐守(からもり)、藐姑射(はこや)の刀自(とじ)、かぐや姫の物語の絵に描(か)きたる」を手慰みにしていたという。「唐守」「藐姑射の刀自」はいわゆる散逸物語、今日は残っていない物語で、「藐姑射の刀自」は帝が姫君に求婚する内容を含んだらしい。一条朝の当時にはやや古風な物語だったのだろうか。末摘花が読経や勤行などの仏事には関心を持たなかったという点でも、末摘花巻での登場以来の浮世離れした風情を保っている。

大宰大弐の妻

末摘花の母の姉妹は、生前末摘花の母に受領の北の方になったことを侮蔑されていたものだから、末摘花の没落が小気味よい。夫が大宰大弐になると、末摘花を娘の「いとうしろやすき後見(うしろみ)」、安心できる後見役だと考え、自分の娘の侍女として連れて行こうと誘う。上流貴族の出でも、親族の没後の経済的な困窮などによって、しばしば女房層に身を落としたのである。だが、亡き父の邸を守り抜こうと末摘花は下向を承諾しない。末摘花に長年仕えた侍従は、末摘花の母の姉妹の甥と関係ができて太宰府に下っていく。末摘花は餞別にするものがないままに、先述のように九尺ほどもある自分の抜けた美しい髪を鬘にして、薫衣香(くのえこう)を添えて渡した。髪はその人の分身と意識されたのだろう。

寂しく残された末摘花の邸はいっそう荒れ果てたが、ある日、通りかかった光源氏に見出だされた。この幸運を導いたのは、末摘花の、父常陸宮の遺した邸を守る意識である。末摘花の昼寝に亡き常陸宮が現れるくだりもある。ちょうどそれは、明石巻で光源氏のもとに桐壺院が姿を現した物語の焼き直しにも見える。蓬や葎（むぐら）は邸の荒廃の象徴であるが、あくまで父宮の邸に住まい続けた末摘花を、父の霊が守ったともいえようか。蓬は香りが高く邪気を払う草で、まるで、邪悪な者が寄り付くことから末摘花を守るかの風景でもある。そして「葎（むぐら）の門（かど）」の女をたまさかに訪れる恋の形こそが、帚木巻の、雨夜の品定め以来の男の理想でもあった。末摘花はおよそ美貌ではないものの、蓬生巻では立派な女主人公に変容しているのである。

祖霊と蓬

松に藤の構図

花散里を訪問する光源氏は、松に藤がからまる邸のもとを通りかかって、かつてを思い出す。

大きなる松に藤の咲きかかりて月影になよびたる、風につきてさと匂ふがなつかしく、そこはかとなきかをりなり。橘（たちばな）にはかはりてをかしければさし出（い）でたまへるに、柳もいたうしだりて、築地（ついぢ）もさはらねば乱れ伏したり。見し心地する木立かなと思（おぼ）すは、はやうこの宮なりけり。

大きな松に藤が咲きかかって月の光になびいて、風に乗って匂うのが慕わしく、微かに良い香りがする。橘ではないが風情があるので、牛車から身を乗り出してみると、柳もしだれかかり、築地も手入れしていないので崩れていた。見覚えのある木立と思ったら、常陸宮の邸だった。

惟光が光源氏に傘をさして案内する構図は、国宝「源氏物語絵巻」にも残る。「松」は人を「待つ」の意を掛けると共に常緑で、心変わりせず光源氏を待ち続けた末摘花の象徴である。「橘」は懐旧の情を象徴する「五月待つ花橘の香をかげば昔の人の袖の香ぞする」(古今集・夏、伊勢物語六〇段)から花散里との連想が強く、それにやはり末摘花は光源氏を待っていたのだろう。「藤」は通常藤原氏の象徴だから、末摘花の母は藤原氏なのかもしれない。

侍従は「ままの遺言」、末摘花に仕えるようにとの亡き母の遺言を違えることを詫びていた。遺言に違反すると罰を受けるのは説話の型である。蓬生巻末で、侍従が、末摘花が光源氏に救済されたのを喜びつつも、共に待てなかったことを悔やむのは、当然の顛末ともいえよう。

人物造型の変容

末摘花巻では和歌もろくに詠めない、浮世離れした姫君として、読者の笑いの対象とされた滑稽な姫君が、この巻では世の人々の浮薄さとは一線を画して、光源氏を待ち続ける頑迷さが美徳となる。しかもこの巻では、光源氏の歌にもまともに応じている。末摘花巻で笑われた欠点が蓬生巻で美徳となるのは、人物像が物語の主題に連関して作られるからであろう（森一郎）。しかし人物造型に一貫性がないことを意味しない。その物語の情況に応じて、一人の人物の異なる側面に光があてられたに過ぎない。『源氏物語』は実在の人物に取材した歴史物語ではないのに、実に多くの人物が相応に一貫性のある個性を保っているところに完成度の高さがある。いわゆる〈人物論〉という分野が発展した所以であろう。

離反した者との再会

巻は変わって関屋巻。かつて光源氏と一夜の関係を結んだ空蝉は、光源氏の求愛を拒んで夫とともに伊予に下ったのち、さらに夫が常陸介になったのに付き従っていた。晩秋、任期を終えた夫と共に上京する途上、石山寺に参詣をする光源氏と、逢坂の関で十数年ぶりに偶然すれ違う。上京する空蝉たちは、風情ある装束の端をのぞかせた牛車十台ほどで、紅葉と霜枯れの秋草の野辺を、華やかな装束で通り過ぎる光源氏一行を待って控えていた。空蝉の弟の小君は、光源氏の庇護を受けて従五位下に叙せられたのに、光源氏の須磨行きには従わず、姉の空蝉とともに常陸国に下ったから、光源氏はひそかに隔意を抱くが顔には出さない。それは例の右近将監だった者が実は、常陸介の息子でかつて紀伊守だった男の弟で、光源氏と須磨の不遇を共にして重用されたのとは対照的である。光源氏は、小君、今の衛門佐を呼び寄せて空蝉への手紙を託した。小君が光源氏を空蝉に取り持って挽回したいと願うところには、世俗的な野心が見え隠れする。

逢坂の関での再会

「逢坂の関」とは和歌によく詠まれる地名、いわゆる歌枕の一つである。山城国と近江国の国境、現在の滋賀県大津市にあった関所で、「逢ふ」と掛詞になり、男女の逢瀬や人と人の出会いを連想させた。『百人一首』の蟬丸の歌、「これやこの行くも帰るも別れつつ知るも知らぬも逢坂の関」（後撰集・雑一、百人一首では第三句「別れては」）は逢坂の関を行き交う人々を歌ったもので、関屋巻に投影しているともされる（新編全集頭注）。

御心の中いとあはれに思し出づること多かれど、おほぞうにてかひなし。女も、人知れず昔のこと忘れねば、とり返してものあはれなり。

行くと来とせきとめがたき涙をや絶えぬ清水と人は見るらむ

え知りたまはじかしと思ふに、いとかひなし。

光源氏はご内心、まことにしみじみと回想なさることが多いものの、人目が多くてどうしようもない。女も、人知れず昔のことを忘れていないので、思い返して感無量で歌を詠んだ。

この空蟬の和歌の「行くと来と」は、まさに蟬丸の歌を思わせる。行く光源氏と来る私という意にも見えるが、「人」を光源氏とすれば、空蟬自身が下った折も帰京する今も、の意になる。「せきとめがたき」は、涙を「塞き止めがたい」の意に、「逢坂の関」の「関」を掛ける。私の涙も、ただ逢坂の関の清水と見るだけだろうと、光源氏には伝わらないことを嘆いた。

空蟬の歌は心のうちで光源氏に歌いかけているが、伝えるすべはなく、「え知りたまはじかし」、光源氏はご存知になれないだろうよと嘆くほかない。光源氏と空蟬はともに「あはれ」を感じながら、心のうちの想いをそれぞれ「かひなし」と、互いに伝え合うことはできない。こうした独詠歌は「かひなし」と評されることも多く、相手に届かない虚しさが強調される。

一人で詠む歌を独詠歌(どくえいか)、二者間の歌を贈答歌(ぞうとうか)、三者以上が交わすのを唱和歌(しょうわか)と呼ぶとすれば、『源氏物語』に圧倒的に多いのは贈答歌である。和歌は基本的にコミュニケーションの手段だったからだろう(鈴木日出男)。独詠歌といえども心のうちで誰かに、ことに故人に詠みかける風情の例も多い。空蟬巻末で光源氏の贈歌に応じた空蟬の歌も、光源氏には伝わらない歌だった。伝達不能な贈歌が独詠歌のまま終わることで、空蟬の秘めた心を形象するのである。

空蟬のその後

その後、空蟬の夫の常陸介が他界した。亡くなる前には、くれぐれも自分の没後に空蟬を頼むと子供たちに明け暮れ言い置いたが、みなそれを忘れ、唯一、例の紀伊守、今の河内守だけ親切だったのは懸想心ゆえだった。河内守の求愛を受けた空蟬は、出家する。継子の求愛を厭う継母の出家という展開は、賢木巻で桐壺院没後に光源氏が藤壺に迫り、藤壺の出家に至った物語と実によく似ており、ここでも藤壺の陰画としての空蟬という位置づけになっている。なお当時、女の出家は男の求愛を拒む唯一に近い手段でもあった。

四　権勢基盤の確立――絵合・松風・薄雲・朝顔巻

朱雀院の執着

絵合巻、朱雀院は、六条御息所の娘の斎宮が、賢木巻で伊勢に下る前に対面した折から、強く心惹かれていた。自身の譲位とともに斎宮も退下していたから、朱雀院は求愛する。しかし、臨終間際の六条御息所に斎宮の将来を託された光源氏は藤壺と連携し、朱雀院の恋慕の情を知りながらも、冷泉帝の後宮に入れた。絵合巻冒頭で、朱雀院は、冷泉帝に入内が決まった斎宮に、櫛の箱、香の箱などを祝いとして贈って、なおも執着を示すのだった。

斎宮は、朱雀帝の御代に帝に代わって伊勢神宮に仕えた存在だから、その宗教上の強い連帯関係からすれば、斎宮が朱雀院に入るのは自然でもある。ところが光源氏は、横取りするように斎宮を自らの勢力拡大の重要な足掛かりにする。事実上、光源氏の息子である冷泉帝の後宮には、光源氏の実の娘を入内させられず、世間に容認される形で光源氏と冷泉朝との強固な連帯は作れない、だから光源氏の支援する養女を冷泉帝のもとに入内させる必要があった。だから光源氏には年頃の娘がいない設定になっているとさえ言えよう。

それだけではない、斎宮の父、かつての東宮は帝位にはつかなかったが、世が世なら帝位につき、その子孫たちもまた次の王権の担い手ともなったところである。その意味では、帝位につけなかった王統の血脈を冷泉帝の後宮が取り込むことで、冷泉の帝としての正統性を誇示し、強化することになる(福長進)。朱雀院の斎宮への執着の根底にも同様の意味合いがあるのだとすれば、斎宮を得ることは冷泉帝の優越を象徴することにもなる。

弘徽殿という居所

冷泉帝の後宮には、元の頭中将、権中納言の娘の弘徽殿女御がすでに入内しており、冷泉帝の格好の遊び相手だった。弘徽殿を居所とするのは、母が元の右大臣の娘の四の君、すなわち桐壺朝の弘徽殿女御の妹だからである。弘徽殿は帝の居所である清涼殿にも近く、歴史上も有力な女御の居所とされてきた。この物語では、桐壺朝の弘徽殿女御から、朱雀朝では妹の六の君である朧月夜へと継承され、後宮における元の右大臣家勢力の拠点となっていた。こうした弘徽殿という殿舎が、冷泉朝になって、朧月夜の姪とはいえ権中納言の娘に継承されたというのは、この間の政治情勢の大きな変転だと考えられる。すなわち、元の右大臣家にも男子はいるが、その娘は弘徽殿という有力な殿舎を継承はできなかったことになる。太政大臣に返り咲いた元の左大臣の息子である権中納言が、元の右大臣家の勢力基盤をわがものとして継承したところに、太政大臣の深慮遠謀がうかがえる。澪標巻以後、光源氏と権中納言の政治的対立が深まるものの、気の置けない旧友であった両者ゆえに、いずれは融和することも予感される。

絵合という遊戯

光源氏が後押しする斎宮女御は、冷泉帝より年齢がかなり上で大人だったが、絵が上手だというので帝の興味を引き、弘徽殿女御と寵愛を二分した。紫上の父の兵部卿宮も、北の方腹の娘の入内を願うが、その隙がないほど二人の女御がときめいていた。冷泉帝が絵を好むというので、弘徽殿女御の父権中納言も優れた物語絵を献上するなど、女御たちが絵をめぐって争うようになり、とうとう藤壺の御前で「絵合」を行うことになった。

絵合とは、左方と右方に分かれた二つのチームから、それぞれの自信作を出しあい、相撲のごとくに一番一番、勝負を決していく「物合（ものあわせ）」の一つである。平安中期、九世紀末から「歌合（うたあわせ）」が盛んになり、左右に分かれて和歌の優劣を競う遊戯が盛んに催されたが、絵と絵を番（つが）えて勝負を決する絵合は、『源氏物語』以前の実施例の記録がなく、『源氏物語』の創作によって、物語を範として後代に催された可能性もある。作中での絵合は、左右がそれぞれ赤系統・青系統の色の装束を着するところなど、天徳四(九六〇)年三月に村上天皇主催で催された天徳内裏歌（てんとくだいりうた）合（あわせ）をモデルにするともされ、作中の冷泉朝は歴史上の天暦（てんりゃく）年間(九四七—九五七)、村上天皇の時代に准えられるともされる。

「物語の出で来はじめの親なる竹取の翁」、すなわち『竹取物語』と『うつほ物語』、『伊勢物語』と『正三位』など、左右が同時に出す物語の絵は、当時の物語の同時代評を伝えて興味深い。左と右では一般に左の方が格上で、光源氏の支援する左方が『竹取物語』『伊勢物語』を出すから、当時すでに名作の評価があったのだろう。あくまで優美な風流の背後に、熾烈な政治闘争を暗示させるのである。

絵合の勝敗の行方

いよいよ冷泉帝の御前で絵合が行われるにあたっては、朱雀院は斎宮女御への贈り物を用意した。毎年の節会を昔の名人が描いた絵に、「延喜の御手づから」、醍醐天皇がご自身で言葉を添えたものに、朱雀院の御代で、斎宮が伊勢に下った日の儀式のことを、巨勢金岡の孫の公茂に描かせ、自らの歌を添えた。

身こそかくしめのほかなれそのかみの心のうちを忘れしもせず

いま私は宮中の外にいて、あなたとは遠くなりましたが、今も変わらぬ想いです——儀礼的な絵に、恋の心を交えた歌を添える。朱雀院の情念の滲み出た贈り物に、斎宮女御は困惑しつつ、

しめのうちは昔にあらぬ心地して神代のことも今ぞ恋しき

宮中はすっかり変わってしまい、あなた様の御代で神に仕えた頃も恋しく思い出されます、と応じた。朱雀院はなおも斎宮女御への執着やる方なく、光源氏の仕打ちを恨めしく思った。

絵を通して歴史上の実在の帝の盛儀が確認され、作中の朱雀朝が回想され、それが斎宮への慕情という形で今の冷泉帝の手元に献上され吸収されるところに、冷泉帝の王権基盤を強化する意識が見て取れる。光源氏の支援する斎宮女御方、権中納言が支援する弘徽殿女御方、それぞれに支援者たちが贅を凝らした絵を奉仕することで、冷泉朝はいっそう豊かに繁栄するのである。最後の決め手には、光源氏の須磨の不遇時代の手すさびの絵日記が出され、名工の技巧を凝らした作よりも、人々の感涙を誘った。須磨の浦の風景に、草仮名を散らし混ぜて書き、優美な和歌を添えたもので、結局左方、光源氏の支援する斎宮女御が勝利した。名人の技芸よりも貴人の風流が優れているというのは、『源氏物語』に繰り返される価値観である。

栄華の実感と出家願望

光源氏は絵合での勝利に自らの栄華を実感し、あまり若くして高い位に上った人は長生きしないものだと、ふと嵯峨野のあたりにお堂を作らせ、出家を心に思うようになる。光源氏の出家への願望は、これまで主に藤壺への恋の不如意から兆すことが多かったが、ここでは栄華の達成を自覚したことと連動していて興味深い。もっとも紫上や子供たちの将来が気になるから、と実現には向かわないのが常である。

光源氏にとっては不義の子である冷泉帝も、自身ではまだその秘密を知らない。斎宮女御という養女を後宮に送り込み、絵合を通して冷泉帝の寵愛を確かにすることで、光源氏は冷泉朝と強力な縁を結んだ。これは、次の松風巻で未来の后ともなる明石姫君が上京することとも連動する。絵合巻は、須磨明石からの復帰後の光源氏の、権力基盤を揺ぎ無くする巻なのである。

松風巻（まつかぜのまき）では、光源氏は二条東院に花散里を迎えた。光源氏は、明石姫君を劣り腹の明石の君の娘として育てては傷がつくと懸念し、明石の母娘を自らのもとに引き取ろうとする。明石の女たちは入道をかの地に残したつらい別れの末に、明石の母の尼君の祖父、中務宮（なかつかさのみや）が所領した大堰（おおい）川のほとりの邸を改築して移り住んだとある。これまでは須磨巻に、明石入道の父と光源氏の母方の祖父の按察（あぜち）大納言が兄弟とされたが、ここにきて明石の君の母が皇族の血筋だとされ、明石の君の素姓は格上げされる。未来の后にふさわしい血筋に位置づけるためだろう。

大堰に移り住む

では明石の君はなぜ、すぐに光源氏の邸に入るのをためらうのだろうか。明石の君は光源氏に引き取られれば、妻妾というよりは召人（めしうど）、お手付きの女房程度の身分である（阿部秋生）。高貴な女性との結婚では、男が女のもとに通う通い婚から始まる風俗の中で、あえて光源氏を大堰まで通わせて、自らの格式の高さを演じたのであろう。

光源氏は嵯峨野に造営中の御堂を見に行くのを口実に、明石の君を訪ねた。大堰で明石姫君に初めて対面した光源氏の感動の傍らで、殿上人たちが大勢迎えに来る。光源氏が桂の院に移って、人々を歓迎して酒に管絃に興じていたところに、冷泉帝からの使者が歌を持って訪れる。光源氏が応じて人々が和歌を唱和する様子は、光源氏のただならぬ威勢を示すのだった。

きしんだ夫婦の和解

帰邸した光源氏は、紫上に明石姫君を迎えとる許しを乞う。明石の君から届いた手紙を、光源氏はわざと紫上に見せるから、紫上も横目でちらちら見やる。光源氏は余裕の笑顔で、「蛭の子が齢にもなりにけるを。罪なきさまなるも、思ひ棄てがたうこそ」、三つになって、欠点もない風なのも見棄て難くて、と説得する。「蛭の子」とは、『日本書紀』神代上には、伊奘諾尊・伊奘冉尊が天柱を行き巡って女神から声を掛けると蛭児が生まれ、葦船に載せて流した話があり、それを三年とする話もあるのを踏まえる。「かぞいろはあはれと見ずや蛭の子は三年になりぬ足立たずして」(『日本紀竟宴和歌』大江朝綱)と詠まれた。「かぞいろ」とは両親のこと。明石姫君は三歳、出来の悪い子だと謙遜しつつ、まだ童女姿だから、紫上のもとで初めて袴を着ける袴着の儀式を行いたいと機嫌を取った。

紫上には、終生子ができない。子供の有無が妻の立場の明暗を分ける時代、子に恵まれない妻と夫が、どこまで感情だけで結ばれ続けられるか、愛の重みが計られる物語なのである。

継母子の関係

平安時代には『落窪物語』などの、いわば日本版シンデレラ物語、継母が継子を苛める話があった。高貴な血筋に生まれながら、継母に苛められて育った娘が、素敵な男性が現れて救われ、継母側は報復されるといった展開である。『源氏物語』では、紫上は継母の兵部卿宮の北の方に陰口を言われるなど苛められるが、紫上自身は継子の明石姫君を可愛がることで、理想的な人柄が強調される。もっともそれは紫上が実子に恵まれないからでもあろう。一方で継子の男子と継母は、光源氏が藤壺に憧れる、といった形にもなる。『源氏物語』は従来の継子物語を踏まえながらも、新しい物語を模索しているのである。

明石姫君の引き取り

薄雲巻(うすぐものまき)冒頭では、明石の君がなかなか光源氏の邸に入ろうとはしないものだから、光源氏は姫君だけを養女に迎えようとする。明石の君は苦悩しながらも、姫君の将来を願って断腸の思いで、姫君を紫上の養女として差し出した。澪標巻での姫君誕生以来、明石の地での苦楽を共にした乳母の宣旨の娘とも、ここで別れることになった。姫君は無邪気で、牛車に乗ってお出かけだとはしゃいでは、一緒に乗ろうと母の袖を引き、涙を誘った。光源氏や乳母と共に二条院に入った姫君は、母がいないのに気づいてむずかるが、乳母がなだめて落ち着いた。実子に恵まれない紫上は、姫君の愛らしさに心ほだされ、これまでの明石の君へのわだかまりが和らいでいく。光源氏は明石の君を慮り、わざわざ大堰まで訪問するという配慮を示した。

姫君も紫上も大きく抵抗を覚えないあたり、ややご都合主義的な運びとの印象も否めないが、何より明石姫君は、光源氏の唯一の娘であり、将来の政治基盤を支える重要な女性である。やがて入内し、中宮となろうかという将来のためには、身分の低い明石の君の子としてではなく、光源氏の手元で紫上の娘として処遇されるのが最良だと誰もが思ったということだろう。明石の君は、いわば家の繁栄のために、母としての素朴な情愛を押し込めたのである。明石の君のこの判断は、母の尼君の勧めでもあり、そもそも明石入道の宿願でもあった。家の繁栄のために個の感情の犠牲を余儀なくされる時代、哀切な情を誘う物語である。

天変地異

太政大臣が亡くなった。光源氏は若い頃から父親のようにかわいがってくれた人であり、また政治面でも頼れる人であっただけに、打ちひしがれる。このころは、「公ざまに物のさとししげく、のどかならで、天つ空にも、例に違へる月日星の光見え、雲のたたずまひありとのみ世の人おどろくこと多くて」と、天変地異が続いた。天変地異を政道への天の戒めだとする考え方は、古代中国に見られる。「物のさとし」の語は明石巻での暴風雨の折にもあって、光源氏の召還と朱雀帝の譲位につながったのだが、ではここでは何を戒めるための天啓なのか。世の人が腑に落ちずにいる中で、「内大臣のみなむ、御心の中にわづらはしく思し知ること」と、光源氏は合点しているという。

藤壺の死

藤壺は三十七歳、女性の大厄の歳だという。病になった藤壺は、「高き宿世、世の栄えも並ぶ人なく、心の中に飽かず思ふことも人にまさりける身」、並々ではない栄華のうちに生きたけれども、人一倍の無念を抱えた人生だったと慨嘆した。それは光源氏への内心の思慕のままに生きられなかったことへの無念の思いなのだろうか。

『源氏物語』では藤壺、紫上、光源氏がそれぞれの晩年、自身の生涯を振り返って栄華の大きさを認めつつ、それゆえの憂愁の深さを慨嘆する(阿部秋生)。これに類似する思考が『源氏物語』の主要な人物たちに繰り返されることは意味深いだろう。世間から見てどんなに優れた人生を生きる人でも、けっして満たされないというのは、人生の深淵なものを語り伝えて余りある。

藤壺は「灯火などの消え入るやうに」亡くなった。光源氏は二条院の桜を眺めて「深草の野辺の桜し心あらば今年ばかりは墨染めに咲け」(古今集・哀傷・上野岑雄)の一節を口ずさみ、一人御堂に籠って、人知れず泣き、心ひそかに歌を詠んだ。

入日さす峰にたなびく薄雲はもの思ふ袖に色やまがへる

夕日のさす峰にたなびく薄墨色の雲は、悲しみに暮れる私の袖の色に似せているのだろうか。

「人聞かぬ所なればかひなし」、誰も聞かない念誦堂での歌で、甲斐がないという。それでは光源氏の秘密の独詠歌を、いったい誰が聞き取って物語にしたか、不審である。物語の語り手の縦横無尽さとも、ご都合主義とも言える立ち位置がうかがえる場面である。

冷泉帝出生の秘事

藤壺の死によって生じる最大の問題は、光源氏と藤壺のひそかな連携によって保たれていた冷泉朝の人間関係に、重要な欠損がきたされたことである。冷泉帝自身は自らの出生の秘密を知らないから、冷泉帝にとっての光源氏は単なる時の権勢家で、寵愛する斎宮女御の養父でしかない。そこで藤壺の死と同時に物語は、少しおしゃべりな僧侶を一人登場させる。夜居(よい)の僧都として、藤壺の母の后の頃から近侍して祈禱をしてきた僧都だという。藤壺様が懐妊なさった頃からねんごろな祈禱をし、光源氏様が須磨に下った時にも格別の祈禱をした。あなたは本当のことをご存じないまま帝位についておられるから、このほど「仏天の告げ」、すなわち天変地異が起こっているのだ、と告げた。自らの出生の秘密に気づいた冷泉帝は、古来の先例を学んだあげく光源氏に譲位の意向を伝えるが、光源氏は固辞して認めない。光源氏は、藤壺との関係を取り持ってきた王命婦(おうみょうぶ)が告げたのかと問い詰める。命婦は否定しながら、藤壺は冷泉帝が真相を知ることを恐れつつも、実の親を知らないままであるのも仏罰を受けるのではと最後までご懸念だった、と話した。

藤壺の死という、光源氏が最愛の人を喪（うしな）った巻の最後に、なぜ蛇足とも不謹慎ともいえるような、養女の斎宮女御への懸想の物語があるのだろうか。

春秋優劣論

秋の雨の降る中、光源氏は鈍色（にびいろ）、黒に近い色の直衣（のうし）を着ている。太政大臣らが亡くなり天変地異もあるから、との口実だが、内心は藤壺の喪に服する気持ちがあるのだろう。そんな中で光源氏は、斎宮女御と対面しては、自分はもう出家をしたい、どうぞ私の亡き後も明石姫君の面倒をみてほしいと頼んだ。さらに、春と秋、どちらが好きか問う。古来〈春秋優劣論〉と言われたもので、『万葉集』巻一の額田王（ぬかたのおおきみ）の歌にもあり、『更級日記』でも源資通（すけみち）と筆者ら女房がこれを話題に歌を詠んでいる。斎宮女御は「あやしと聞きし夕（ゆふべ）こそ、はかなう消えたまひにし露のよすがにも」と、はかなく亡くなった母の記憶にちなんで秋が好きと答える。それは単に斎宮女御個人の記憶ではなく、賢木巻での野宮の別れ、ひいてはそもそもこの物語の当初から、秋に登場することの多かった六条御息所の記憶の総体を、物語が回想するかの趣である。そして斎宮女御は、「いつとても恋しからずはあらねども秋の夕（ゆふ）べはあやしかりけり」（古今集・恋一・よみ人知らず）と、いつだって恋しくない時はないのだけれど、秋の夕暮れは格別に不思議な気持ちになる、という恋の歌を引き合いに出しながら、秋が好きだと応じており、光源氏の懸想に嫌悪を覚えつつも、すっかりそのペースに巻き込まれてしまっている。

光源氏は、「かうあながちなることに胸ふたがる癖のなほありけるよ」と、どうにもならない恋に心を痛める性癖が、まだ自分にもあったのかと我に返りながらも、かつての藤壺への思慕は「恐ろしう罪深き方は多うまさりけめど、いにしへのすきは、思ひやり少なきほどの過ちに仏神もゆるしたまひけん」と、藤壺への恋慕は皇妃との恋で子までなしたのだから、罪はより重かったものの若気のいたりと仏神も許してくれるだろう、今回は斎宮女御、実の子である冷泉帝の妻だが、分別ある大人としてはもはや許されまいと深く自省する。斎宮女御との関係は、女御に厭われたから実現しなかった風に書かれているが、物語の深層では母と娘の双方と関係を結ぶことを禁忌とする古代の意識が守られたのであろう。

養女への恋の顚末

光源氏の懸想に嫌悪した斎宮女御ではあったが、光源氏の庇護から離れるわけではない。むしろ光源氏は、斎宮女御の母六条御息所の旧い邸を吸収し、六条院を造営する。それは四つの町を占めた巨大な邸宅であり、宮廷さながらであった。この光源氏の権威の象徴である邸宅の秋の町を斎宮女御が担うことが、この会話の顚末である。そこから逆算されるかのように、紫上は春の町の主人となる。春は藤壺の死の季節であり、紫上との出会いの季節でもあった。

老女たちの応対

藤壺を亡くした光源氏は、斎宮女御と朝顔姫君という、朱雀院の在位中に斎宮、斎院を務めた二人の女君に懸想する。以前にもその二人に心を寄せた賢木巻は、思えば藤壺の出家を物語る巻でもあった。藤壺を失った心の空虚は、宮家の血を引く高貴な女君を求めることによってしか埋められないのであろうか。

朝顔巻(あさがおのまき)冒頭では、桐壺院の兄弟の式部卿宮が亡くなったため、その娘の朝顔が斎院を辞したのを、光源氏は弔問かたがた何度も訪問した。朝顔が住むのは、由緒ある「桃園(ももぞの)」と呼ばれる一条の北の邸宅である。この邸には桐壺院の姉妹の女五宮や源典侍がおり、光源氏の訪問を喜んだ。桐壺院の姉妹である女五宮は初登場で、やや失礼なほどの饒舌さで、光源氏の美貌を讃美した。挙句、「内裏(うち)の上なむいとよく似たてまつらせたまへると人々聞こゆるを、さりとも劣りたまへらむとこそ推(お)しはかりはべれ」と、今の帝は光源氏にそっくりと噂だという。光源氏がやんわりと否定するとはいえ、不義の子の真相に接近した女五宮の発言は、前の薄雲巻で、冷泉帝が光源氏に譲位の意向を示したことを考え合わせると、奇妙に重く響いてくる。

結婚拒否の女君

光源氏の熱心な求愛を受けても、朝顔姫君は光源氏を嫌う風ではないものの、自身の出自の高さと女盛りを過ぎた身を意識して受諾しようとしない。葵巻にも、光源氏の多情を知り、六条御息所の不名誉な恋の噂も仄聞してきたゆえに光源氏の求愛を受け入れないとあった。もっとも女五宮は、父の式部卿宮も光源氏との結婚を望んでいたとし、周囲の女房達も結婚を勧めている。女房たちにとっては、光源氏の庇護下に入ることが、家の維持のためにも必要だという実利的な判断もあるのだろう。朝顔姫君の結婚拒否には、宮家の娘にとって結婚は自明のことではなく、下手な結婚で家名を汚すよりは、独身でいる方がよいという感覚が見え、若菜上巻の女三宮降嫁の折の朱雀院の逡巡や、宇治十帖の大君の登場に通じるものがある。なお、『大和物語』一四二段には、実母を亡くして継母に育てられ、縁談を拒んでそのまま死んだ女の物語がある。ちなみに朝顔姫君の実母は登場しない。実母不在の結婚を拒否する女君は、平安朝の物語の一つの系譜でもあったといえよう（篠原昭二）。

冬の夜の月

光源氏が朝顔姫君を訪問したところ錠が錆(さ)びてなかなか門が開かず、門番の男がてこずる場面がある。ここで光源氏は、「昨日今日と思(おぼ)すほどに、三十年(みそとせ)のあなたにもなりにける世かな」との感慨を心に抱く。「三年」とする本文もあり、「三年」「三十年」いずれか定かでなく、また、何を思い出しているのかも定かではない。漠然と、長い歳月が経ったことへの感慨であろうか。夕霧(ゆうぎり)巻でも光源氏は、「昨日今日と思ふほどに、三年(みとせ)よりあなたのことになる世にこそあれ」と夕霧に語っており、これも「三十年」とする本文もある。無常観を表す意味合いの、当時のことわざだったのではなかろうか。いずれにせよ、過去の記憶と現在とを往復する、藤壺没後の孤独な光源氏をかたどる表現である。

再三の求愛にもかかわらず朝顔姫君には受け入れられず、すごすごと紫上のもとに戻った光源氏は、二条院の庭に積もる雪を眺めて物思いにふける。

「時々につけても、人の心をうつすめる花紅葉の盛りよりも、冬の夜の澄める月に雪の光りあひたる空こそ、あやしう色なきものの身にしみて、この世の外のことまで思ひ流され、おもしろさもあはれさも残らぬをりなれ。すさまじき例に言ひおきけむ人の心浅さよ」

光源氏は「冬の夜の澄める月に雪の光りあひたる空」について、人はとかく春秋の花紅葉に心奪われるが、冬の月夜に雪の光り合う風景も格別で、「この世の外のことまで思ひ流され」、現世にはないことまで想像され、面白さも情緒もこれ以上はない季節で、興醒めなことの例だとした昔の人は浅はかだと言う。賢木巻で桐壺院を失った年末に悲しみのうちに光源氏が藤壺を訪れたのも、冬の雪の日であった。とすれば、ここでの光源氏も、やはり暗に亡き藤壺に思いを馳せているのであろうか。現存の『枕草子』にはないが、『源氏物語』の室町時代の注釈書『河海抄』には、『枕草子』の現存しない「すさまじきもの」の段には、「十二月の月夜」や「老女の懸想」などが挙げられたとある。とすれば「すさまじき例に言ひおきけむ人」とはすなわち清少納言で、それを「心浅さよ」、思慮に欠けると紫式部が評したのならば、なかなか興味深い。

冬の夜の月のほかにも、このあたりには、『枕草子』との関係を想像させる叙述が重なっている。光源氏が「御簾（みす）捲き上げさせたまふ」と御簾を上げるよう命じるところには、『枕草子』「雪のいと高う降りたるを、例ならず御格子（みかうし）まゐりて」段が踏まえる『白氏文集』巻一六、「香炉峰（かうろほう）の雪は簾（すだれ）を撥（かか）げて看（み）る」が意識されている、という指摘もある。また、女童たちを庭に降ろして、「雪まろばし」、雪を転がし大きな雪玉を作らせる光景は、しばしば絵画化される有名な構図で、白い雪の上に童女たちの髪の黒さが映えてまことに美しい。当時の貴族の邸で見られた風景なのだろうが、『枕草子』に定子の御前で「雪山」を作らせて興じたこと（「職（しき）の御曹司（みざうし）におはしますころ、西の廂（ひさし）に」の段）と関係するかもしれない。

枕草子の影響か

女性関係を語る

光源氏は目前の風景に触発されてごく自然に、藤壺の御前で雪山を作って興じた折の記憶を、問わず語りに紫上に語り出す。藤壺から、朝顔、朧月夜、明石ら、関わりの深い女君たちを順々に批評する。自分の女性関係を妻に打ち明けるのは、ずいぶん甘えた行為とも言えるが、ここでは光源氏の甘えというよりは、紫上への信頼の証だったと見るべきだろう。物語の作りとしては、藤壺を鎮魂し（清水好子）、その身代わりの域を脱した光源氏の最愛の女君として紫上を据え直す手続きでもある（秋山虔）。しかし紫上は、それで慰められたかどうか。

こほりとぢ石間(いしま)の水はゆきなやみ空すむ月のかげぞながるる

かきつめてむかし恋しき雪もよにあはれを添ふる鴛鴦(をし)のうきねか

光源氏と紫上の交わす贈答歌には、共通の表現が少なく、贈答歌としてはややかみ合っていないとも批評される。それでも、紫上は藤壺に酷似していると改めて確かめられ、きしんだ夫婦の絆を結び直し、藤壺亡き後の光源氏の最愛の女性となっていくのである。

藤壺の夢

その夜、光源氏は夢に藤壺を見た。「漏らさじとのたまひしかど、うき名の隠れなかりければ、恥づかしう。苦しき目を見るにつけても、つらくなむ」と、自分との関係を紫上に語ったことを恨んだ。古代の人々は、夢はそこに現れる者の意識の反映だと考えた。だとすれば、これは藤壺の、死後ようやく吐露できるようになった光源氏への慕情ゆえの恨みだったのではなかっただろうか。「つらし」と、光源氏を恨めしいと訴える藤壺の様子を見てうなされる光源氏に、傍らの紫上が心配そうに声をかける。しかし光源氏は目覚めたことがただ口惜しく、また成仏せず中有(ちゅうう)にさまよっている藤壺の魂を救済すべく、ひそかに菩提を弔うのだった。

Ⅲ　栄華の達成

一　幼馴染の恋――少女巻

光源氏の教育方針

少女巻、年が改まり、いまだ光源氏は朝顔姫君に執心し続けるものの、前斎院は受け入れる様子がなく、ほどなく話題は夕霧に移る。光源氏は元服した夕霧に、漢学の教養を身につけさせようと、大学寮での勉強を課した。光源氏の息子として四位にとも思うが、あえて六位から始めさせた。当時、有力者の子息は他を圧して早く昇進できたから、光源氏の息子ならば官位はほしいままだった。だからこそあえて、早すぎる昇進によって世間の反発を買わないための教育方針だった。同時に、学ばねば身につかないのは、夕霧の凡庸さの証でもある。光源氏自身は何事も学ぶともなく会得し、学問や芸道の専門家を感動させる天賦の才に恵まれていた。夕霧が澪標巻の予言に「中の劣り」と評された所以である。

漢学重視の理念

漢文の学問を重んじるのは、平安期初頭の政治理念に通じるもので、『源氏物語』が成立した一条天皇の時代としてはやや古風な価値観だった。平安朝の創成期は、中国から制度や文物を移入し、新しい国家形成を果たした時期である。勅撰漢詩集である『凌雲集』『文華秀麗集』『経国集』が編纂され、漢籍を学び、漢詩を作ることを通して、帝と臣下が連帯するのが政治の理想であった。しかし藤原氏の勢力拡張とともに、政治の場は後宮に移った。十世紀初頭に最初の勅撰和歌集『古今和歌集』が編纂され、男女が共に参加できる和文の文化が公に認知されたのも、これと連動していよう。一条天皇の時代は、清少納言、紫式部、和泉式部、赤染衛門らが活躍、和文の文化が最も花開いた時代であった。

『源氏物語』では、花宴巻での探韻、賢木巻での韻塞ぎなど、男子官人たちが漢文の教養を競い合い、光源氏や頭中将が漢才を発揮し、賞讃される。『源氏物語』が漢文文化を重視した証であろう。もっとも作中で作られたはずの漢詩は記されず、女の関わることではないからと、省略されるのが常である。しかし、この物語には『史記』や『白氏文集』などの漢籍が多く引用されている。紫式部の父、藤原為時は漢学者で、紫式部にも漢籍の素養があり、『源氏物語』は平安朝の一般的傾向以上に「諷諭詩」と呼ばれる社会批判の詩を多く踏まえている。ところが一方で、作中に登場する漢学者たちは、おおむね滑稽に描かれている。漢語を多く用いて堅苦しい言葉で話し、貧しい。雨夜の品定めでは、博士の娘が風邪のためニンニクを食べて臭かった話もある。紫式部が自らの出自を上流貴族の笑いの対象として自虐的に書いたとすれば、せつない。

雲居雁との幼い恋

夕霧は元服し、二条東院に籠ってひたすら勉強した結果、大学寮の寮試に受かって擬文章生となった。そのころ光源氏が支援する斎宮女御が中宮となり、元の頭中将の娘の弘徽殿女御は立后争いに敗れた。絵合巻以来の後宮での地位争いが決着し、光源氏は政治の実質的な場から離れて太政大臣に、元の頭中将は右大将から内大臣になった。

夕霧は葵上の子で、誕生間もなく母を亡くし、祖父母の左大臣と大宮のもとで育てられ、一緒に育った従姉弟の雲居雁と想いを寄せ合っていた。雲居雁は内大臣の娘だが、実母は按察大納言と結婚したため、大宮に預けられていた。だが内大臣にとっては、外腹であっても雲居雁は貴重だった。娘の入内によって家の繁栄を願うのが権勢家の常だからである。内大臣は夕霧と雲居雁の親密さを知って激怒し、雲居雁を自らの邸に引き取ることに決めた。別れを悲しんだ二人は、ひと時を共にした。その様子を見届ける雲居雁の乳母は、「めでたくとも、もののはじめの六位宿世よ」と、関係の始まりが六位の男が相手とは、と夕霧の身分の低さを嘲った。夕霧は六位の浅葱色の装束に屈辱を覚えて、光源氏の厳しい教育方針を恨めしく思う。内大臣は、夕霧は雲居雁の結婚相手として悪くはないが、入内に比べれば見劣りして目新しさはないと、光源氏への対抗心もあって結婚を許す気にはなれず、雲居雁を自邸に引き取った。ここから玉鬘十帖を通じての、光源氏と内大臣の対立が鮮明になっていく。

伊勢二三段の変奏

夕霧と雲居雁は、ひとたびは内大臣によって引き裂かれるものの、藤裏葉巻で結婚を許されることになる。やがて二人は多くの子をなし、仲睦まじい夫婦となるが、柏木の没後、夕霧は柏木の未亡人の落葉宮を新たな妻とする。これは『伊勢物語』二三段、筒井筒の章段を踏まえていると言われている。こんな話である。少年少女が想いを交わし合って将来を約束する。一時離れ離れになるものの、ついに結婚した。しかし夫は新たに高安の女に通い始める。妻が夫を機嫌よく送り出すので、夫が庭に隠れて妻の様子を窺っていたところ、妻が「風吹けば沖つ白波龍田山夜半にや君が一人越ゆらむ」と夫の身を案じた歌を詠んだので、高安に通うのをやめた。それでも久しぶりに高安に出かけてみると、自らしゃもじでご飯をよそうのを見て無粋だと興ざめしたという。夕霧の場合、幼馴染の雲居雁の方が無粋で、第二の妻の落葉宮の方が風流なので、逆転した引用である(藤原克己)。

夕霧のその後

さらにもう一人、夕霧の関わる女が登場する。新嘗祭の五節の舞姫として、光源氏は惟光の娘を奉った。新嘗祭とは毎年十一月に天皇が新しく採れた作物を神に供え、自らも食する儀式であり、五節の舞姫とはこの際の五節の舞に奉仕する未婚の娘である。惟光は光源氏の乳母子で、津国の国守となっている。夕霧は舞姫の役でくたびれている惟光の娘を見て、心惹かれた。惟光は、「明石の入道の例にやならまし」、明石一族のように出世する、と喜んだ。若い頃から光源氏に忠誠を尽くした惟光一族の労に報いてその繁栄を約束する、善因善果の物語である。雲居雁との恋を貫くかに見える夕霧も、五節とは通じている。もっとも正妻になれる家格ではないから、世間的には夕霧は独身である。

光源氏は花散里を、夕霧の「後見（うしろみ）」、母親代わりに決めた。夕霧は、すでに盛りを過ぎて髪も薄くなっている花散里を、父がそれでも大切にしていることに感心している。むしろ花散里への女性としての関心が薄れゆく中で、離反しなかった誠意に報い、光源氏の大切な女君の一人として六条院で重く処遇するために、夕霧の母親役を任せたと考えられよう。

六条院の潜在王権

二月下旬、冷泉帝も光源氏も朱雀院を訪れた。二人は弘徽殿大后を訪問する。光源氏は弘徽殿の長命に比べて、藤壺の早逝を惜しむ。光源氏はかねてからの計画通り、六条京極あたりに、四つの町を占める広大な邸、六条院を造った。六条京極は六条御息所の邸跡であり、近くに紫上の祖母の邸跡もあったから、その両方を吸収したと考えられる（増田繁夫）。紫上の父、式部卿宮（元の兵部卿宮（ひょうぶきょうのみや））の五十賀を新邸で催す心積りだった。歴史上の嵯峨天皇の皇子の源融が六条の四町を占めて創った河原院がモデルであり、『うつほ物語』の源正頼（まさより）を踏まえるともされる。南東は春の町で紫上、南西は秋の町で、六条御息所の旧邸だから元の斎宮女御である秋好中宮（あきこのむちゅうぐう）、北東は夏の町で花散里、北西は冬の町で多くの倉を立て、明石の君が住む。まずは紫上と花散里、五六日後に秋好中宮が宮中から退出、一段落して明石の君が移るという具合で、女たちの序列が現れている。

四方四季の六条院は、光源氏の天皇にも匹敵する王者性の象徴だった(河添房江)。光源氏は六条院で、宮中の年中行事のごとく趣向を凝らした催しを営む。過去の儀礼の次第を踏襲しながら新たな趣向を加えることで王権の強化を誇るように、光源氏の六条院での春夏秋冬の営みは、まるで新たな帝の治世のごとく、主催者光源氏の威勢を見せつけたのである。

二　新たなる女主人公——玉鬘・初音・胡蝶巻

長い挿話か

話題は大きく変わって、いわゆる「玉鬘十帖」、玉鬘巻から真木柱巻までの十帖は、夕顔の遺児である玉鬘をめぐる求婚の物語である。玉鬘巻が「年月隔たりぬれど、飽かざりし夕顔をつゆ忘れたまはず〜」と始まるのは、いまさらなぜ夕顔を追憶するのかやや唐突である。この十帖を本筋からは脱線気味の別系統の話として理解することも多く、光源氏の主筋の物語に後から挿入されたという説まである(武田宗俊)。美しい女性が多くの貴公子に求婚される「求婚譚」としては、『竹取物語』のかぐや姫をめぐる求婚物語、『うつほ物語』の、貴宮をめぐる求婚物語など前例も多い。光源氏の娘に多くの求婚者たちが集い、光源氏一族の繁栄が語られるのが本来だが、あいにく光源氏の娘は明石姫君だけで、入内が確実と思われているから、求婚する者もいない。そこで内大臣と夕顔の子である玉鬘を光源氏の実の娘と思わせ、多くの貴公子を招き寄せ、六条院を賑やかにする「くさはひ」、もてはやしの種に玉鬘を仕立て上げると同時に、光源氏自身も玉鬘の魅力の虜になっていく——、これが玉鬘十帖の物語である。求婚者たちは、玉鬘への関心から六条院に集い、六条院の繁栄に参加するという形で、あたかも帝さながらに君臨する光源氏の潜在王権に参与していくことになる。

代作の返歌

夕顔の娘の玉鬘は母の死も知らぬまま、乳母一族に連れられて筑紫（つくし）に下った。乳母の夫の大宰少弐は、姫君を上京させるよう遺言したが、息子たちは土着してしまう。美しく成人した姫君には、無粋な肥後（ひご）の豪族の大夫監（たいふのげん）が強引に求婚、乳母たちは、姫君は不具だからと偽って断るが、大夫監は乳母の息子を味方につけて求愛のために訪問してくる。

大夫監は帰り際、作法通りに歌を作ろうとするが、随分長い間思案した挙句、

君にもし心たがはば松浦（まつら）なる鏡の神をかけて誓はむ

「君」とは姫君のことで、私に心変わりがあったら、松浦の鏡の神にかけて誓おうと、やや辻褄が合わないながら玉鬘に詠みかけた。いかなる神罰も受けるという意味か。「松浦」とは、佐賀・長崎県の海岸一帯、「鏡の神」とは唐津市にある鏡神社の祭神である。大夫監が上出来だと自負する様子は、いかにも田舎びていて滑稽で、「世づかずうひうひしや」、不慣れな様子と評されている。大夫監の怒りをかわないよう、やむなく乳母が返歌をする。

年を経（へ）て祈（いの）る心のたがひなば鏡の神をつらしとや見む

長い歳月を経て祈る願いがかなわないならば、鏡の神を恨めしいと見ましょうか、といった意か。大夫監の歌の上の句「君にもし心たがはば」を受けて、乳母は「心のたがひなば」と歌い、

大夫監の下の句「鏡の神をかけて誓はむ」を受けて、乳母は「鏡の神をつらしとや見む」と、贈歌と同様に「鏡の神」の語を据え、和歌の末尾を「む」で閉じる。大夫監の贈歌の言葉を引き受け、大夫監に応じる体に見せながら、姫君が帰京できなければ神を恨むと求愛を断った。何かよからぬことを言われたのではと気色ばむ大夫監を、乳母の娘たちは、母は老いてぼけているからと取りなしている。大夫監の田舎じみた滑稽さが印象深い。

初瀬詣の霊験

大夫監から逃れようと、玉鬘に乳母とその長男の豊後介と娘の兵部の君が付き従い、筑紫を脱出して上京したものの、実父の内大臣に会うすべもないまま、玉鬘一行は石清水八幡宮に、続いて長谷寺に参詣する。長谷寺は観音信仰で名高く、現世利益のために祈願される物詣の地であった。夕顔の女房で、夕顔没後は光源氏に仕えていた右近が、長年参詣を続けており、たまたま玉鬘一行と椿市の宿で相宿になり、互いに気づいて再会を果たし、玉鬘は六条院に引き取られることになる。初瀬詣で再会するとはいえ、巡り合ったのは実父ではなく光源氏との縁で、それも観音のお導きだという一種の霊験譚である。徒歩の旅でくたびれる様子、見知らぬ人々と共に宿る様子など、当時の風俗が垣間見えて面白い。

玉鬘の物語は、光源氏の須磨流離に比べればいささか矮小ではあるけれども、一種の貴種流離の物語である。貴種流離とは、高貴な出自の人物が苦難の旅の末に、より大きくなって帰ってくる話であり、玉鬘の上京は流離の地からの帰還といえる。だが玉鬘の苦難の旅は、新たな流離の地である、光源氏の六条院でいかに生き抜くか、更なる試練を迎えることになる。

和歌への応じ方

平安時代、男たちは噂話や垣間見によって関心を抱いた姫君に、和歌を贈った。女側はまずは無視するものの、次の段階としては乳母や女房や母親などが、姫君の代わりに返歌や代筆で応じた。相手の誠意を疑うなど、はぐらかす内容が多いが、返歌すること自体、相手との関係を拒否していないという意思表示でもある。大夫監には乳母が代わりに応じたが、次に訪問されたら代作では済まなかったろう。一方、六条院に入る前に光源氏から届いた文には、玉鬘自身が返歌するほかない。求婚とは異なるものの、光源氏のような身分の高い人からの手紙には、代作や代筆の返事では済まないのである。光源氏にしてみれば末摘花で懲りたから、軽く試験をしたわけだ。玉鬘は光源氏に無難に応じて、いわば試験に合格して六条院に引き取られることになったのである。

玉鬘の六条院入り

光源氏は六条院に玉鬘を迎えるにあたって、紫上にだけは夕顔との経緯や実子でないことを打ち明けた。ここでも紫上に情報を共有させることが、光源氏の紫上を尊重する証となっている。だが他の人に対しては、実子であるかに装う。光源氏は花散里には、玉鬘を実の娘と装って夕霧と同様に母親代わりの「後見(うしろみ)」を求め、夕霧にも異母姉として紹介した。いよいよ六条院に参入するに際しては、玉鬘はいったん右近の里に引き取られて女房や装束を整えたので、光源氏は初対面の際に玉鬘がさほど田舎びていないことに安堵した。乳母一族は六条院の輝きに目を見張り、筑紫の大夫監から逃げて上京してよかったと胸を撫でおろした。もっとも、筑紫国では「ゆゆし」と神々しいほどの美しさが強調された玉鬘だが、六条院では「めやすし」、ほどほどの良さ程度の評価しか得られない。

歳末の衣配り

年末、光源氏は玉鬘への装束とともに、他の女たちにも新春に向けての装束を用意する。紫上の目の前で事を進めるのは、六条院の女主人として尊重している証であろう。紫上には紅梅の模様の葡萄染の小袿と今様色の袿が贈られる。明石姫君には桜の細長に艶やかな掻練と愛らしい。花散里には浅縹色の海浜の模様の織物に濃赤色の掻練と地味である。玉鬘には濃い赤の袿に山吹の色目の細長で、紫上は、内大臣の華麗に見えるものの優美ではない風情を連想した。末摘花には柳色の唐草模様の織物が本人よりは優美で光源氏は心ひそかに、くすっと笑う。明石の君には梅の折枝に蝶や鳥の飛び交う唐風の白い小袿に、濃い紫の艶やかな袿と格調高いものを選んだから、紫上は「めざまし」、分不相応だとやっかんだ。空蝉の尼君には青鈍色の織物や梔子色や薄紅色の装束が贈られ、二条東院に迎えられたとわかる。末摘花から無粋な和歌と装束が御礼として届いて、光源氏を失笑させた。装束の色目や関連の深い植物などの風景は、季節を象徴するものでもある。それは春夏秋冬の女主人となるそれぞれの女君の人柄を、記号的に喩えていくのである。

新春の六条院

初音巻、六条院は新春を迎えて華やいでいる。紫上の住む春の町の風情はことさらで、この世の極楽かと思えた。光源氏は年始の挨拶に女君たちを順に訪問、年末に配った装束を検分した。姫君には、母の明石の君から新春の祝いの贈り物が届いた。

年月をまつにひかれて経る人にけふ鶯の初音きかせよ

長い歳月を待って、小松である貴女に引かれて時を過ごしてきた私に、新春の今日の初声を聴かせてください、と娘からの返事を求めた。光源氏は感慨を覚え、姫君に返事を促した。

ひきわかれ年は経れども鶯の巣だちし松の根をわすれめや

お別れして時は経ったけれど、鶯は巣立った松の根、産みの母を忘れることはありません、と応じた。この母と娘の贈答歌は、「年月―年」「まつ―松」「ひかれて―ひきわかれ」「経る―経れども」「鶯の―鶯の」「初音―松の根」と同じ語や音を丁寧に辿るように応じたもので、「幼き御心にまかせてくだくだしくぞある」と語り手に批評された。だがまだ八歳だから、充分早熟で利発だといえよう。別れて暮らす母娘の交わす情愛が伝わる贈答歌である。

花散里は髪が少し細ったのも繕わない様子だった。「西の対」、西側の建物にいる玉鬘を訪れると、まだ馴れないわりには感じよく暮らしており、歳末に贈った山吹の装束が似合って美しかった。その足で、暮れ方に明石の君のもとに立ち寄ると、香を焚きしめ、和歌の手習（てならい）、古歌を記して物思いを紛らわせていた様子で、光源氏にも見えるように和歌を書いた紙が散らされている。作為的な演出だろうが、光源氏はここで新春の一夜を過ごした。春の町、紫上のもとでは「めざましがる人々あり」と女房達が不満げである。光源氏が六条院の女たちの序列の順に新春の挨拶に訪れる中で、新春の夜を紫上とではなく明石の君と過ごしたのは、姫君との痛切な別れに対する光源氏の配慮であり、明石の君の戦略勝ちともいえようか。

正月の風景

正月二日には、上達部（かんだちめ）や親王たちなどが祝いに訪れてにぎわった。男たちは玉鬘を意識してめかしこんでおり、今が盛りと六条院は活気づいていた。光源氏は新春のにぎわいを過ぎたころ、二条東院にいる末摘花や空蝉を訪問する。ともに美貌ではないが光源氏の一度関わったら見捨てないという「心長さ」によって庇護された女たちであった。こうして光源氏周辺の女君たちの様子が一覧されて、新たな六条院が紹介される。

やがて男踏歌（おとことうか）が催され、六条院にも到来する。男踏歌は正月十四日に催されたもので、清涼殿から諸家を、貴族が舞い歌って巡った。史実としては永観元（九八三）年に中止になったが、『源氏物語』に男踏歌が見えることから、一種の時代物の趣とも評される。光源氏が「私の後（ご）

宴」でも催そうかというところで巻は終わる。これを女だけの演奏会、「をんながく（女楽）」と竹河巻で回想する叙述は『源氏物語』の写本の中でも大島本にしかないが、ここでは女楽自体の描写はなく、若菜下巻で実現するのを待つことになる。

龍頭鷁首の船楽

胡蝶巻は「三月の二十日あまりのころほひ」で始まる。ちょうど若紫巻、光源氏が北山で紫上を発見した季節を反芻するかのように六条院で船楽が催された。春の御殿に秋好中宮方の人々が招かれ、秋の町に住む秋好中宮から、女房達が船に乗って遣わされた。秋の町と春の町とは、南側の池がつながっている。紫上の住む春の町では、龍頭鷁首という船の前方に龍の頭や、空想の水鳥の鷁の首をあしらった唐風の船を浮かべて、唐風の装束を着た童が船に乗って、見知らぬ異国のようだ、絵に描いたようだと秋好中宮の女房達は感嘆した。夜になって舞楽を楽しむ中には、玉鬘に関心を寄せる者もいた。六条院は四季を楽しめる四つの町を作り、恋の対象としての玉鬘をあしらった人工的な空間なのである。

春秋の争い

翌日から秋好中宮の季の「御読経」、春秋に行う大般若経の読経が始まった。紫上から仏に奉る花だと言って、鳥の装束を着た童が携える銀の花瓶にさした桜と、蝶の装束を着た童が携える金の花瓶にさした山吹が遣わされた。夕霧が使者となっている。

花園のこてふをさへや下草に秋まつむしはうとく見るらむ

花園の胡蝶までも、草の蔭で秋が訪れるのを待つ虫は、いやだと御覧になるのでしょうか、あなたはあくまで春を嫌うのですかと、少女巻での春秋争いの報復の歌を詠みかけた。

　こてふにもさそはれなまし心ありて八重山吹を隔てざりせば

「来」という言葉を響かす胡蝶に誘われて出かけたかったです、八重山吹の隔てをお作りでないなら、と中宮自身は、身軽に春の町を訪問できない立場を残念がった。

求婚者たちの批評

光源氏の実の娘とのふれこみの玉鬘には、多くの貴公子たちが集った。玉鬘には多くの求婚者から懸想の手紙が寄越される。その手紙を光源氏が検分する場面がある。まずは兵部卿宮、光源氏の最も親しい弟で、絵合巻で絵の審判役、後の梅枝巻の薫物合せでも審判を務める風流人である。右大臣家の娘、弘徽殿大后の妹を正妻としていたものの三年ほど前に死別したという。続いて鬚黒大将の手紙は、「右大将の、いとまめやかにことごとしきさましたる人の、恋の山には孔子の倒れまねびつべき気色に愁へたるも、さる方にをかし」とされる。「まめやかに」とは、実直に、の意味で、兵部卿宮の「すき」とは対照的な風情である。「恋の山には孔子の倒れ」るとは、当時の諺であろう。

さらに光源氏が求婚の手紙を見比べると、唐製の薄い藍色の紙で、香を焚き染めて、事務的な書状の形の〈立て文〉ではなく、いかにも恋文といった風情の〈結び文〉にしたものがある。

「結ぼほれたる」、くしゅんと小さく結んだままで、満たされない心の形そのもののような様子の手紙である。「これはいったいどういうわけで、結んだままましょぼくれているのか」と引き開けた。筆跡はたいそう風情よくて、

思ふとも君は知らじなわきかへり岩漏る水に色し見えねば

「私があなたを想っているとも、あなたは知らないのでしょうね、湧き返って岩から漏れる水には色がなくて見えないように、私の想いは見えないので」、と詠んだ。想いが沸き上がることを水との連想で詠んだもので、筆跡は現代風で洒落ている。玉鬘とは実は異母兄弟にあたる柏木が、それと知らずに求婚してきたのだった。異母姉妹との結婚は平安時代には実例もあるとはいえ、『源氏物語』中では忌避されている。三人の求婚者の手紙にはすべて和歌があったはずだが、柏木の歌だけ紹介されているのも面白い。ここで光源氏に恋文の筆跡を見られたため、のちに光源氏の妻の女三宮宛ての手紙の筆跡が柏木だと見抜かれるとも指摘される。なお、筆跡は「書きざまいまめかしうそぼれたり」と評されるが、「いまめかし」、現代風とは内大臣一族に共通する形容で、玉鬘も「いまめかし」と評されて、暗に同じ血脈が確かめられている（河添房江）。

複数の男の求婚

一人の女に複数の男が求婚する物語は、求婚譚、求婚難題譚、とも呼ばれ、平安文学にも数多い。『竹取物語』の五人の求婚者の話、『大和物語』一四七段の生田川の伝承などである。『うつほ物語』では、源正頼の九番目の娘、貴宮が十二歳で裳着を済ますと、源実忠、藤原兼雅、平正明、兵部卿宮など貴公子たちが、競って求婚の和歌を贈って寄越し、禁忌である同腹の兄の仲澄まで懸想する。そのほか博打や京童べに貴宮を略奪させようとする上野の宮、吝嗇家のくせに求婚のためには散財する三春高基、六十歳ほどの老いた滋野真菅の三奇人まで登場、求婚の手紙も紹介されるものの、貴宮は東宮に入内、人々を落胆させた。求婚譚は、ギリシャ神話で美女ヘレネーをめぐる男たちの争い、プッチーニのオペラで知られる「トゥーランドット」など、世界的に見られる型である。

ミイラ取りがミイラに

筆跡、和歌、薫り、装束、音楽などを通して人柄を想像するのは当時の風俗だとはいえ、娘宛の手紙は母親や乳母たちが見るのが普通だろう。それを父親代わりとはいえ他人の光源氏が検分役となり、返事の仕方まで指図する。しかも玉鬘が多くの貴公子に慕われるほど、光源氏自身も魅了され、懸想文を検分しつつ自らの恋心を抑えきれずに玉鬘に心を打ち明けた。玉鬘が光源氏の実子でないと知る紫上は、光源氏の心の揺れに気づいていた。そして玉鬘は、思いがけない光源氏の慕情に、ただ困惑するのだった。

三　翻弄される人々——蛍・常夏・篝火巻

蛍巻、光源氏は自らも玉鬘に惹かれつつ、玉鬘に恋慕する貴公子たちの品定めをする。多くの求婚者の中でも、兵部卿宮はただ遠ざけるのではなく、手紙にも応じるようにと指導する一方、自身も懸想心を打ち明ける光源氏に、玉鬘は困惑した。

恋の演出

夕顔の父三位中将の兄弟で宰相であった人の娘が、筆跡も悪くないし分別もあるというので、玉鬘の代筆として兵部卿宮からの手紙に応じた。従姉妹同士が、一方が一方に仕える関係となるところに悲哀も感じられる。それはさておき、兵部卿宮は返事があったものだから、気をよくして訪問してくる。宰相の君もさほど世慣れてはいないが、光源氏に促されてやむなく応対をする。玉鬘は光源氏自身が近づいて来そうな気配を察して逃れようとするから、結果として兵部卿宮に近づいてしまわざるを得ない。それも光源氏の戦略だったともいえようか。

何くれと言長き御答へ聞こえたまふこともなく思しやすらふに、寄りたまひて、御几帳の帷子を一重うちかけたまふにあはせて、さと光るもの、紙燭をさし出でたるかとあきれたり。蛍を薄きかたに、この夕つ方いと多くつつみおきて、光をつつみ隠したまへりけるを、さりげなく、とかくひきつくろふやうにて。にはかにかく掲焉に光れるに、あさましくて、扇をさし隠したまへるかたはら目いとをかしげなり。

長々と話す兵部卿宮に玉鬘が応じられずにいたところ、玉鬘の几帳にかかる帷子を光源氏が跳ね上げた。ぱっと光ったのは、燭台を差し出したかのようだった。蛍を薄い布に包み隠していたのを、几帳を引き繕う体で放ったのだった。急に明るく光ったので、驚いて扇で隠した玉鬘の横顔は、実に可愛らしい。兵部卿宮は玉鬘の美しさを見て、光源氏の娘だからというだけでなく、改めて心惹かれた。それも光源氏の戦略、実の親ならば絶対にしない振舞いである。恋の舞台の演出家とも、中年男のいやらしさとも、評されるところである。

蛍の光

『伊勢物語』には蛍にまつわる二つの章段がある。三九段は、源至が淳和天皇の皇女、崇子内親王が亡くなった弔問に行った際に、別の牛車に乗る女を、蛍を放って見る話である。四五段は、昔男を慕って亡くなった女の話の中で蛍が飛ぶもので、いずれも亡き人の魂を連想させる話である。和泉式部の歌にも「もの思へば沢の蛍もわが身よりあくがれ出づる魂かとぞ見る」(後拾遺集・雑六)とあるから、蛍の光に亡き人の魂を連想するのは平安中期の常識だったのだろう。蛍の光で女の姿を見るのは、『うつほ物語』内侍のかみの巻に、帝が直衣に蛍を包んで几帳を挙げて尚侍を見た物語もある。玉鬘はやがて尚侍になるから、その連想からしても蛍巻の典拠だろう。平安時代の物語には似た話が多く含まれる。似た歌や話を少し変えて新しい和歌や物語を作るのが、当時の創作の基本的方法だったのである。

なお、いわゆる蛍雪の功の故事は、『晋書(しんじょ)』「車胤伝(しゃいんでん)」、『蒙求(もうぎゅう)』に見える。貧しかった晋の車胤は油が買えず、夏は蛍を集めてその光で書物を読み、孫康(そんこう)は冬に雪の照り返しの光で読書して、ともに出世したという話は、平安時代もよく知られていた。

花散里とのその後

五月五日、六条院では夕霧が引き連れてきた若者たちが競射(きょうしゃ)に興じた。女たちも御簾のうちから見物した。その夜、光源氏は花散里のもとに泊まる。だが花散里は床を光源氏に譲って、共寝はしない。すでに光源氏との夫婦としての仲は終わっている。夕霧や玉鬘の「後見」にすれば、紫上が明石姫君の養母となったこととも釣り合いがとれ、体面が保たれる。姉が女御だったことからすれば大臣の娘とおぼしく出自は低くはなく、しかも実子がないから「後見」役を与えることで、六条院の人間関係に確かに組み込もうとしたのだろう。「後見」とは、後見する側も後見される側も、互いに結びつきを強固にすることで、相互扶助的な関係を作るものだった(高木和子)。

物語を論じる

長雨のなか、手持無沙汰な玉鬘が物語の書写に没頭している。物語に興じる玉鬘に光源氏は、「まことはいと少なからむを、かつ知る知る、かかるすずろごとに心を移し、はかられたまひて」と、真実は少ないとわかっているくせに、他愛もないことに心奪われて夢中になって髪を振り乱して書き写しているとからかい、物語など「そらごとをよくし馴れたる口つきよりぞ言ひ出だすらむ」と作り事を言うのに慣れた人がすることだと笑う。対する玉鬘は、「げにいつはり馴れたる人や、さまざまにさも酌みはべらむ」と嘘をつき馴れた人はあれこれ邪推するのでしょうと巧みに応じてみせた。光源氏は玉鬘をとりなし、「日本紀などはただかたそばぞかし。これらにこそ道々しくくはしきことはあらめ」と、歴史書よりもむしろ物語の方が、真実を伝えるのだと礼讃して、玉鬘をなだめたのだった。

この物語礼讃の批評は有名で、しばしば光源氏の口を借りた紫式部の物語礼讃だと評される。たしかに紫式部が、一条天皇に日本の正史である六国史「日本紀」を読んでいると賞讃されたため、「日本紀の御局」とあだ名されたと『紫式部日記』にあることも連想させ、史書に通じていたからこそ、物語を史書より評価したのだと理解したくもなる。とはいえ、物語の作中人物の会話をあたかも作者の肉声のごとくに解するのは、いささか短絡的だろう。あまり字義通りに捉えては誑かされる。物語は作り事なのだ。

夕霧と内大臣

玉鬘には戯れかかる光源氏も、明石姫君には色恋の物語や継子物語など読ませず厳選するようにと紫上に命じており、養女と実の娘とでは扱いの差が際立っている。その一方、光源氏は夕霧を明石姫君から、あまり遠ざけ過ぎずに育てている。平安初期には異腹の兄弟姉妹の結婚は皇族では見られたものの、『篁物語』などには小野篁と異母妹の悲恋が伝わるから、平安中期には禁忌と意識されていたのだろう。こうした微妙な距離であればこそ、異母兄妹は御簾を隔てるなど距離を置いて育てるのが本来だが、明石姫君入内後にはその後見役となるだろう将来を念頭に、夕霧が御簾の内に入るのを許している。ただおそらく明石姫君の身分の低さが前提にあって、もし姫君が夕霧より高貴であったなら、夕霧を近づけなかったのではなかろうか。夕霧は、姫君の「雛の殿の宮仕」、お人形さんごっこの相手をしながら、内大臣に妨げられたまま、結婚を許されない雲居雁を想った。光源氏と内大臣の政治闘争の一幕が垣間見える。

内大臣は、弘徽殿女御は中宮になれず、雲居雁は夕霧との仲で瑕がつくといった具合に不本意なことが多い中で、ふとかつて夕顔との間にもうけた「撫子」を思い出す。夢占いにも落胤の娘が人の子になっていると言われて探し始めるが、誰のことやら見当もつかなかった。

内大臣家の失態

常夏巻、六条院の夏の盛り、光源氏は、息子の夕霧のもとに集う殿上人たちと、釣殿で鮎などの川魚を食べ、酒を酌み交わして涼をとっていた。くつろいだ光源氏は、内大臣家が引き取った落胤の娘、近江の君を話題にした。内大臣の子息の弁少将は、父内大臣の夢語りの評判を聞いた娘が名乗り出てきたので、同母兄の柏木が会った上で引き取ったと語った。だがその娘は教養がなく、世間の笑いの種になっている。兄の柏木の失態だというつもりなのだろうが、自ら内大臣家の恥を暴露して傷を広げてしまう。弁少将は、右大臣の四の君腹の次男であり、賢木巻での光源氏の不遇期にも、漢詩の遊び、韻塞ぎ(いんふた)の勝負に負けた側がする饗応、負態(まけわざ)の際には、笙の笛を吹き、高砂(たかさご)を歌って美声を披露し、光源氏に褒美の装束をもらうなど、幼少の頃から光源氏に近侍していた。初音巻の男踏歌の折にも美声を披露するなど、声が自慢である。

　光源氏は、「いと多かめる列(つら)に離れたらむ後(おく)るる雁(かり)をしひて尋ねたまふがふくつけきぞ」と、内大臣は子沢山なのに、わざわざ数から漏れた子まで集めるとは強欲とからかい、我が家は名乗り出ても甲斐がないから誰も名乗り出てこないと言う。一見卑下する風だが、玉鬘を手元に置く光源氏は、内心余裕しゃくしゃくで、内大臣の息子たちをからかう。光源氏は夕霧に、「さやうの落葉をだに拾へ」と、内大臣に許可されない雲居雁など諦めて、「落葉」、新しく名乗り出た、出来の悪い方を拾えと言う。「同じかざし」、同じ冠に挿す花、同じ血を引く姉妹で慰めて何が悪いか、と息子をもからかう。後に、生前柏木が「落葉」と称した未亡人、落葉宮を夕霧が娶(めと)る物語を予感させるかの表現である。ともあれ、夕霧をからかう体を装いながら、結婚に反対する内大臣の強固な態度を揶揄する。実はその内大臣が探している夕顔の遺児を掌中におさめている光源氏の、したたかな余裕が感じられる一幕である。

世語りと情報操作

内大臣はかつて、夕顔との関係や子供の存在を、雨夜の品定めで語っていた。しかし、光源氏はおそらく夕顔の死の経緯を世間に知られないように、死に立ち会った女房の右近を周到にも手許に引き取っている。だからこそ、内大臣の娘である玉鬘を、世間には実の娘と触れ込み、求婚者を集めるという大芝居が打てたのだろう。一方、内大臣は落胤とはいえ実の娘の近江の君の失態を、世間の噂にしてしまう。情報戦を制した光源氏の周到さと、内大臣の脇の甘さが対照的に浮かび上がる構図である。そもそも藤壺との秘事を「世語り」にならぬよう隠しおおせるところが、光源氏の巨大さだともいえようか。

玉鬘の魅力に苦しむ

玉鬘は光源氏の懸想に困惑するものの、あまり無体な真似もしないとわかって、ひどく疎みはしない。光源氏も玉鬘に心惹かれるものの、紫上を凌ぐほどの情愛を傾けることはないからと自制して、男女の関係までは迫ろうとはしない。こうした玉鬘との関係は、中年男のいやらしさ、と評されつつも、この微妙なあわいが玉鬘十帖の魅力でもあろう。同時に、すでに述べたように六条御息所の娘の斎宮女御(秋好中宮)、夕顔の娘の玉鬘の二人は、光源氏の愛人の娘であり、光源氏はどちらとも結局関係を持たない。光源氏の意識にのぼることはないにせよ、母と娘と共に通じることを忌避する古代の禁忌『大祓(おおはらえの)祝詞(ことば)』に、違反しない顚末となっている(藤井貞和)。

近江の君の醜聞

内大臣は、無防備に昼寝する雲居雁を行儀が悪いと戒めつつ、夕霧との関係から入内が難しくなったものの、然るべき結婚をさせたいと苦慮していた。一方、近江の君は期待外れにも教養が足りず、内大臣はもてあまして弘徽殿女御のもとに出仕させた。受け答えも珍妙で、和歌を詠んでも辻褄が合わず、周りの女房たちにも笑われているが、本人は気がつかない。出自の低さゆえに教養のない近江の君を笑う様子は、都から鄙(ひな)への侮蔑であり、貴族社会の冷酷な現実を突きつける。近江より格段に都から遠い筑紫国で育った玉鬘にとっては、内大臣の豊かさに欠ける心様に怯え、光源氏に心を寄せるきっかけともなる。こうした玉鬘や近江の君への対応の違いが、内大臣と光源氏の政治闘争の結末を予感させる。玉鬘は、実父の内大臣と光源氏との微妙な関係を知り、実父との対面が容易でないと嘆くものの、実の娘を笑い者にする父の仕打ちを耳にして、光源氏に恩義を感じるのだった。

篝火のもとで

篝火巻(かがりびのまき)は『源氏物語』の中で最も短い巻で、大きな変転はない。初秋の風の吹くなか、篝火のもとで光源氏は琴をかきなでて涼をとり、玉鬘と歌を詠みかわし戯れる。

篝火にたちそふ恋の煙こそ世には絶えせぬほのほなりけれ

とは光源氏の歌。恋心が燃える炎となり煙となって、絶えることなく立ち上っているという。

行く方なき空に消ちてよ篝火のたよりにたぐふ煙とならば

こちらは玉鬘が、篝火の煙というならば、あなたの恋心を空に煙のように消してくださいな、と返したものである。親代わりでありながら懸想をしてくるという厄介な関係だが、玉鬘は機知的に応じており、このあたりが魅力なのだろう。周りの人が不審に思うでしょう、と玉鬘がたしなめていたところに、内大臣家の兄弟と夕霧らが楽を奏しながら訪れた。

琴を奏する光源氏に、「源中将」は笛を吹き、「頭中将」は心遣いして何もできず、「弁少将」は拍子を打って歌う。光源氏は琴を「中将」に譲る。「げにかの父大臣の御爪音に、をさを劣らず、はなやかにおもしろし」とあるから、琴を譲った相手が「頭中将」すなわち柏木だとわかる。玉鬘の実の兄弟への慕わしさに配慮したのだろうか。「源中将」は夕霧で玉鬘の兄弟として振舞い、「頭中将」は柏木で求婚者として振舞う。だが、間もなく玉鬘の実父が明らかになり、両者の役割は入れ替わる。物語はやや紛らわしい二人の中将を「源中将」「頭中将」と呼び分けては、両者の入れ替わり、すなわち玉鬘が実父に対面する日が近いことを予感させる。初秋でありながら残暑厳しい気候の中で、季節の移り行きと人間関係の変転を象徴的に描き出している美しい巻である。

玉鬘十帖は、玉鬘巻末の歳末の衣配り(きぬくばり)から、初音巻の新春、そして春夏秋冬の一年を季節の推移を辿るように進む。あたかも『古今集』四季歌が、春夏秋冬を追って配列されている体である。同時に『古今集』恋一から恋五では、まだ見ぬ人に恋するところから次第に相手と関わり、やがて噂に怯え、恋を失うという恋の経緯を辿っている。玉鬘十帖はいわば、『古今集』の四季の部と恋の部の双方を組み込むように、春夏秋冬の変化に即して、一人の女との恋の始まりから終わりまでを辿っていく(高木和子)。それはまるで勅撰集『古今集』が、春夏秋冬の時間の推移と恋の移ろいの経緯を通じて天皇の支配する時間を形象したのを、模したかのようである。そのような時間の支配、恋の体現者として、光源氏は四方四季の聖なる空間である六条院において、まさに実在の天皇をも凌駕した、王者性を発揮するのである。

四　玉鬘との別れ――野分(のわき)・行幸(みゆき)・藤袴(ふじばかま)・真木柱(まきばしら)巻

憧れの人の姿

野分巻(のわきのまき)、父桐壺帝の寵愛する藤壺に憧れ、密通して子までなした光源氏は、自身の息子の夕霧には同じことをさせぬよう、徹底して紫上から遠ざけていた。秋になり、台風が猛威を振るった。野分の猛威にさらされた六条院に、夕霧は六条院の女たちを見舞いに出向いた。光源氏が不在の折、夕霧は何気なく室内を覗く。

> 御屏風(びやうぶ)も、風のいたく吹きければ、押したたみ寄せたるに、見通しあらはなる廂(ひさし)の御座(おまし)にゐたまへる人、ものに紛るべくもあらず、気高(けだか)くきよらに、さとにほふ心地して、春の曙(あけぼの)の霞(かすみ)の間(ま)より、おもしろき樺桜(かばざくら)の咲き乱れたるを見る心地す。あぢきなく、見たてまつるわが顔にも移り来るやうに、愛敬(あいぎやう)はにほひ散りて、またなくめづらしき人の御さまなり。

風のために屏風も畳んであり、寝殿の廂の様子が丸見えのところ、他とは似ても似つかない美しさで、紫上だと即座に分かった。気高く華麗で、ぱっと照り映えるような美しさである。「きよらに」とは最高級の美、輝くような美しさをいう。「さとにほふ心地」の「にほふ」とは、嗅覚だけでなく視覚的な美しさを指す。紫上を「霞」の間から美しく咲きこぼれる「樺桜」に喩えて、その華やいだ美しさ、愛くるしさが、自分の顔にまで降り注ぐようだと、夕霧は感無量である。御簾を押さえる女房たちに、紫上が軽く微笑んでいる。そうか、父がこれまで隔てていたのは、あまりに素敵なこの人を見たらただでは済まないと思っておられたからだと、はたと気付いて立ち去った折も折、光源氏がお越しになった。夕霧に対する敬語が落ちており、語り手が夕霧と一体となって紫上を垣間見るような臨場感がある。光源氏は敏感に夕霧の気配を察知したようだ。夕霧が紫上を見るのはこの時限りで、再び憧れの美貌に接するのは紫上亡き後となる。

花に喩える

桜はしばしば美しい女性の象徴とされ、霞はそれを容易に見られないように隠す隔ての比喩とされたから、紫上が霞の間からこぼれ出る樺桜に准えられるのは、最高の讃美だろう。夕霧は続いて三条宮の大宮を訪問、さらに光源氏の名代として秋好中宮を見舞い、秋の装束を身にまとった童たちが庭で虫籠に露を掛けているのを見て、その優美な風情に感嘆する。また、光源氏が玉鬘に戯れかかっているのに驚愕しつつも、玉鬘に「八重山吹(やへやまぶき)の咲き乱れたる盛りに露かかれる夕映え(ゆふば)」を連想して心惹かれる。夏の町の花散里をも見舞い、異母妹の明石姫君には、「これは藤の花とやいふべからむ」と評する。このように観察する夕霧の目を通して、紫上は桜、玉鬘は山吹、明石姫君は藤と、秋の季節の今とは無縁な植物との連想を積み重ねることで、植物に託して女たちの美質を描き分けている。

王者性の陰りか

夕霧が光源氏の女たちを見て回るのは、光源氏の王者性の衰退を意味するのだろうか。これまで見られることのなかった紫上や玉鬘の姿を夕霧が見たのは、確かに光源氏の鉄壁のほころび、侵犯とも批評され、光源氏の六条院の暗転の始まりと読む説も根強い(伊藤博)。しかし夕霧はその後も決して紫上に近づけない一方で、胡蝶巻では紫上から秋好中宮への使者を務めるなど、光源氏の妻妾たちの世話をしていた。ここでの夕霧による六条院の女たちの垣間見は、基本的には光源氏の体制を維持するためのお世話の一環である。夕霧は女君たちを見舞う光源氏に付き従いつつ、明石姫君のもとでは紙と筆を借りて、幼馴染の雲居雁に「吹き乱りたる刈萱(かるかや)」に付けた文を遣わした。「まめなれどよき名も立たず刈萱のいざ乱れなむしどろもどろに」(古今六帖・第六)を踏まえたもので、真面目に振舞っていてもよいことがないから、いっそ乱れてしまいたいと訴えている。六条院の女君たちの華やぎに憧れて刺激されたことで、やや積極的な文(ふみ)を贈ったともいえようか。

密通の可能性

『源氏物語』は因果応報の物語ともいわれるように、晩年の光源氏は妻の女三宮を柏木に寝取られる。しかしもう一つ、別の可能性もあった。他ならぬ紫上が、光源氏の息子の夕霧に寝取られ、不義の子が生まれるという展開である（高橋亨）。桐壺帝の藤壺への寵愛を思えば、それに匹敵するのは夕霧と紫上の密通しかない。しかし、夕霧をおよそ密通などできない生真面目な性格に仕立てることで、光源氏と紫上の関係には傷をつけない。代わりに、光源氏の晩年の妻女三宮を、柏木が寝取ることになる。後の若菜上巻の末尾では、六条院の蹴鞠の折に柏木が女三宮を垣間見て「桜」に喩えた和歌を詠む。柏木から見れば女三宮は桜なのであり、野分巻の夕霧の垣間見の変形だと言える。

大原野行幸

巻は変わって行幸巻。大原野神社は京都市西京区にある、春日大社から移した、藤原氏の氏神である。醍醐天皇延長六（九二八）年十二月五日の大原野行幸が、歴史上のモデルだというが、物語での描写は一段と華やかである。大原野行幸の見物に出た玉鬘は、帝の美しさに心惹かれ、尚侍としての出仕に心傾いた。父の内大臣でさえ所詮は臣下と見劣りして見えた。

源氏の大臣の御顔ざまは、別物とも見えたまはぬを、思ひなしのいますこしいつかしう、かたじけなくめでたきなり。さは、かかるたぐひはおはしがたかりけり。あてなる人は、みなものきよげにけはひことなべいものとのみ、大臣、中将などの御にほひに目馴れたまへるを、出で消えどものかたはなるにやあらむ、同じ目鼻とも見えず、口惜しうぞ圧されたるや。

光源氏の大臣のお顔の様子は、帝とは別の物ともお見えでないが、気のせいか帝は今少し荘厳で恐れ多く素晴らしい様子である。高貴な人はみな美しく、様子も格別なものだとばかり、光源氏や夕霧の優美な様子に馴染んでいらしたので、見劣りして格好がつかないのか、実の兄弟の柏木や弁少将は同じ目鼻とも見えず、帝に圧倒されている。

玉鬘十帖ではしばしば、複数の人物が比較され、それぞれの美質が評価される。野分巻では夕霧が六条院の女たちを順々に見て比較しては、それぞれの個性が浮き彫りにされた。ここでは女性の玉鬘の目を通して、帝、内大臣、光源氏、兵部卿宮らが評価され、いわば対になっている。玉鬘が宮仕えに靡く用意をするためとはいえ、光源氏と冷泉帝との酷似が見透かされていることは重要である。右大将は色黒で鬚が濃く、「いと心づきなし」と見下された。

玉鬘の裳着

光源氏は玉鬘の出仕を前に裳着(もぎ)をさせようと、内大臣に玉鬘の裳着の腰結(こしゆい)の役を依頼した。裳着は女性の成人式で、十二、三歳ごろに行うと言われるが、結婚が決まってからという面もあり、没落すると適齢期を過ぎてもこの儀礼ができない場合もあった。玉鬘はすでに二十を超えている。腰結は、裳着の儀礼の際に裳の腰紐を結ぶ役で、親族の長老など有徳の人の役割だったから、光源氏はその機会に父娘の対面をさせる算段だった。だが、内大臣は容易には引き受けない。光源氏は、内大臣の母の大宮の病気見舞いかたがた訪問、内大臣との橋渡しを依頼した。玉鬘が自分の娘と知った内大臣は、光源氏とようやく再び対話し旧交を温めた。玉鬘はやっとのことで、内大臣と父娘の対面を果たしたのだった。

このあたり、非常に長大な対話の積み重ねからなっている。これまでの長い確執を水に流すための、必要な手続きなのだろう。だが、それぞれの子女である夕霧と雲居雁の結婚の許可にまでは至らない。内大臣は、玉鬘と光源氏とがただの仲ではあるまいと邪推した。玉鬘の素姓を知った求婚者たちはみな驚いた。

実父と養父の狭間で

巻は変わって藤袴巻。玉鬘は出仕を前に悩んでいた。冷泉帝の後宮では、光源氏の養女の秋好中宮、内大臣の娘の弘徽殿女御がすでに寵愛を争っている。光源氏の懸想も厄介である一方、光源氏を憚っている実父の内大臣は自分を娘として扱ってくれそうもない、どちらに向いても身の置き所がないからである。

夕霧が玉鬘のもとに訪れた。どちらも、つい先だって亡くなった大宮の孫にあたるため、喪服を身にまとっている。玉鬘は実の姉妹ではないと明かした今でも、夕霧とは御簾に几帳を添えつつも、自ら応答する。かたや夕霧は、父光源氏からの使者を装って、それらしく伝言しながら、実の姉でないと知って芽生えた恋心を訴える。玉鬘は困惑しつつも、ほどよくあしらった。夕霧は光源氏のもとを訪れ、玉鬘との関係の真相を追及するのだった。

入れ替わる兄弟

玉鬘が異母姉妹であったことを知った柏木は、これまで求愛していたものだから心中は複雑である。柏木は、玉鬘のもとに父の使者として訪れたが、玉鬘は異母兄弟と知っても、直接応対するのは憚られ、女房の宰相の君を介して話をし、兄弟としての親しい応対はしなかった。柏木は憤懣（ふんまん）やるかたないが、玉鬘は体調不良を理由に距離を保とうとした。柏木はやむなく宰相の君に、出仕に際して支援したいという父の意向を伝えた。玉鬘を姉妹と知らずに求愛してきた自らの失態を嘆きつつも、求婚者だろうが兄弟だろうが、私の玉鬘への情愛は本物なのに、この応対は何たる仕打ちかと訴える。求婚者から兄弟へと立場を変えるしかない自分と玉鬘の関係を、「めづらしき世」、滅多にない関係だ、と嘆いた。

玉鬘は、急に態度を変えては周りが変に思うから自由にできないだけで、私だって複雑な気持ちなのですよと、暗に光源氏への配慮をほのめかすので、柏木はただ歌を詠んだ。

　妹背山（いもせやま）ふかき道をばたづねずてをだえの橋にふみまどひける

「妹背山」とは歌枕、和歌によく詠まれる地名で、吉野川あるいは紀の川をはさんで向き合う妹山と背山とをいう。「妹背」は、兄弟姉妹の意から、夫婦の意に変化した言葉である。兄弟姉妹としての関係を確かめもしないで、陸奥（みちのく）の歌枕の「緒絶（をだ）えの橋」ではないが、難儀な橋に踏み惑い、贈っても甲斐のない恋文を贈り続けたよと、姉妹と知らずに恋を訴えた愚かしさを「人やりならず」、誰のせいでもない自業自得だと嘆いた。「人やりならず」は、後々まで柏木の内面を表すキーワードとなる(池田和臣)。対する玉鬘は、

まどひける道をば知らで妹背山たどたどしくぞたれもふみみし

貴方が惑っていたなんて知らない、兄弟から求愛の文が贈られて不思議だったとぞ知らぬふりをする。「まどひける」「妹背山」「ふみ」と、柏木の贈歌と同じ語を用いて親しみを表している。女房の宰相の君に、いずれは親しい対面もありましょうととりなされ、柏木も席を立つほかない。求婚者から兄弟に変転した柏木と、玉鬘の巧みな応対が見ものである。

異腹の兄弟との距離

このように玉鬘は、夕霧が実の兄弟ではないと明らかになってからも、御簾の前に几帳を添えるものの、女房の仲介によらず自ら応対していた。夕霧は思わず懸想をして玉鬘を困らせてしまう。かたや玉鬘の求婚者の一人だった柏木は、父内大臣の使いとして訪問、南の御簾の前に迎え入れられるが、女房を介してしか話を許されない。

一夫多妻であった平安時代、腹違いの兄弟姉妹はごく普通にいた。実の兄弟姉妹とはいえ、同腹か異腹かでは関係の緊密度は大きく異なった。『源氏物語』中では腹違いの異性の兄弟姉妹の間の男女関係は描かれてはいないが、平安初期の天皇家には実例がある。腹違いの男兄弟

に、女側が距離をとって警戒を示すのは当然だったが、玉鬘は実の兄弟でないとわかってからもなお、夕霧への親しみを失っていない。玉鬘の、光源氏一族への信頼の証であろう。

玉鬘を籠絡した鬚黒

巻が改まり真木柱巻(まきばしらのまき)に入ると、玉鬘にはすでに鬚黒が通うようになっている。その間の経緯は明らかではない。光源氏は不本意だがもはや致し方ないと、鬚黒を婿として迎えた。実父の内大臣は、まんざら不満でもなさそうだから、内大臣方の意向を受けた女房の手引きによるものかもしれない。内大臣は実情を知り、これまで手を出さなかった光源氏の情愛の深さにしみじみと感謝を覚えるようになっていた。一方、鬚黒は有頂天である。鬚黒の北の方は式部卿宮の娘、紫上の異母姉妹なのだった。北の方は、夫の心変わりに心のバランスを崩してしまう。玉鬘のもとに出かけようとする鬚黒が、晴れ着に香(こう)を焚きしめて身支度をしていると、急に心を取り乱し、火取(ひとり)の灰を浴びせかけてしまった。その夜、鬚黒は出かけられなくなってしまうが、北の方に対する情愛もすっかり醒めてしまった。

北の方の父親の式部卿宮は、娘の危機を知って北の方の兄弟たちに迎えに行かせる。北の方は男君や姫君を連れて、実家に帰ることになった。姫君は悲しんで、長年住み慣れた家のいつも寄りかかっていた東面(ひがしおもて)の柱のひび割れた所に、柱の色に似た檜皮色(ひわだいろ)の紙に和歌を書いて残すのだった。

今はとて宿離れぬとも馴れきつる真木の柱はわれを忘るな

今はこれまでと邸を離れるとしても、慣れ親しんできた真木の柱は私を忘れないでおくれ、という歌である。立ち去る時に歌を書き残す例は、『伊勢物語』二一段にも見られる風習である。鬚黒のお手付きの女房たちも、中将のおもとは北の方に従い、木工の君は鬚黒のもとにとどまる。鬚黒は式部卿宮家を訪れるが、式部卿宮家の対応がそっけないのをいいことに、幼い男君二人を連れて帰宅、以後は北の方を迎えにも行かなかった。式部卿宮は無念がるがどうにもならない。通い婚から始まる当時の社会で、何をもって離婚としたかはわかりにくいが、同居した夫婦が別居に移行するのは、比較的明瞭に離婚とわかる形であった。

継子物語の顚末

紫上は式部卿宮の娘である。北の方の娘ではなく、宮が通った亡き按察大納言の娘が紫上の母であった。光源氏は、実母を亡くし、祖母を亡くした紫上が継母に引き取られて苛められる前に、紫上を引き取る。そのため、紫上に対する継子苛めは一応未然に回避された。だが式部卿宮の北の方は、紫上の幸運をやっかみ、光源氏が須磨に下った不遇期には「にはかなりし幸ひのあわたたしさ。あなゆゆしや」とあざ笑った。光源氏は京に戻った後は、背信した人々につれない。その一つの表れが、式部卿宮の北の方の娘たちの結婚の失敗であった。冷泉帝に入内した王女御は、光源氏の養女である秋好中宮に押されて、期待した帝寵は得られなかった。そして鬚黒の北の方も、もう一人の光源氏の養女である玉鬘のために、結婚が破綻してしまった。式部卿宮の北の方は、継子の紫上の夫光源氏はいつも、自分たち一族にひどい仕打ちをする、とののしった。継母の実の娘の結婚が破綻するのは、『落窪物語』にも見られる、継子苛めの報復の物語の典型なのである。

光源氏の王者性

翌春、玉鬘は冷泉帝からの要請もあって、新春の男踏歌の折に参内した。玉鬘には兵部卿宮から文が届く。冷泉帝も玉鬘に心惹かれた。気が気でない鬚黒は、玉鬘の退出を願い出て、六条院にではなく、自邸に引き取った。光源氏は無念に思い、また玉鬘も心外であったがどうにもならない。光源氏は鬚黒の邸にいる玉鬘に文を贈った。

右近がもとに忍びて遣はすも、かつは思はむことを思すに、何ごともえつづけたまはで、ただ思はせたることどもぞありける。

「かきたれてのどけきころの春雨にふるさと人をいかにしのぶや

つれづれに添へても、恨めしう思ひ出でらるること多うはべるを、いかでかは聞こゆべからむ」などあり。

鬚黒の目を盗んで右近宛を装ってこっそりと文を遣わすにつけても、一方では右近が何と思うかということをお考えになると、光源氏は何ごともお書き続けになれなくて、ただお察し下さるにまかせたことをお書きになった。「空が低く、降り続けてのどかな頃の春雨に、旧い里にいる私をどれほど懐かしんでいるだろうか――手持無沙汰であるのに加えて、恨めしく思い出されることが多いですのを、いったいどのように申し上げればよいでしょうか」などとあった。

密かな共感を訴えた光源氏の文に、玉鬘は心揺さぶられて返歌した。

　ながめする軒のしづくに袖ぬれてうたかた人をしのばざらめや

長雨で軒が濡れるように、物思いにふけって涙に袖は濡れて、わずかな間もあなたを慕わずにいられましょうか。ひそかな慕情を伝える玉鬘に、光源氏は、「すいたる人は、心からやすかるまじきわざなりけり」と、色を好む人は、常に心穏やかではいられないのだ、と慨嘆して一人、琴をかき鳴らす。その姿は「恋しき人に見せたらば、あはれ過ぐすまじき御さまなり」、恋しい人に見せたならば、とても感動を禁じ得ないご様子だったとある。

斎宮女御への懸想、玉鬘との関係、どちらも光源氏は心を傾けながら、男女の仲にはならない。中年の恋のいやらしさとも評されたところである。だが、女たちと関係を持たない光源氏は、だから凋落したという読み方は、単純に過ぎよう。性的な結びつきではなく、精神的な結びつきによって女たちの心をつかむ――。光源氏の威力の質は、光源氏が年齢を重ねるごとに、物語が進むとともに、次第に変化していく。それは物語の豊かさの深まりなのだといえようか。

五　六条院の栄華——梅枝・藤裏葉巻

梅枝巻、明石姫君の入内が近づき、光源氏はその準備として、薫香の調合を親しい者たちに依頼したことから、六条院に風流な薫物合せが繰り広げられる。光源氏も紫上も、居所を分けて調合に夢中になった。光源氏がみなに二種の薫香の調合を依頼した中で、紫上が三種を調合、花散里は控えめに一種しか調合しないなど、薫香などの風流を通して人柄を暗示させるのも、この物語の常套的な手法である。

六条院の薫物合せ

「判者」、審判役として登場する蛍兵部卿宮は、光源氏の異母弟で玉鬘の求婚者の一人だったが、梅枝巻には玉鬘は登場しないため、求婚者の面影は残っておらず、いわゆる玉鬘十帖とは断層がある。とはいえ、絵合巻では絵合の審判役を務め、蛍巻では蛍の光によって玉鬘の透影を見るなど、物語中随一の風流人という役どころは一貫している。

薫香は種類によってふさわしい季節が決まっている。蛍宮が評価したのは、朝顔前斎院は「黒方」で冬の香、光源氏は「侍従」で秋の香、紫上は「梅花」で春の香、花散里は「荷葉」で夏の香だった。紫上と花散里は、六条院の春と夏の町に住むから香の季節と合致している。

だが朝顔前斎院は「朝顔」からの連想ならば秋のはずだが、冬の香が評価されている。さらに冬の町に住む明石の君は、装束に用いる「薫衣香(くのえこう)」の一種、百歩先まで匂うという「百歩(ひゃくぶ)の方(ほう)」を調合して評価された。念願の娘の入内が近づき、冬の女を脱却したのだろう。この後、明石姫君の入内に際して、「後見(うしろみ)」という女房の立場にせよ、あたかも薫衣香のように、季節を超えてひたと娘に付き添い、存在感を見せつけることになる。

明石一族の格上げ

明石の君の薫衣香は、「前(さき)の朱雀院」伝来とされる。一般にこの「前の朱雀院」は史上の宇多天皇(八六七―九三一、在位八八七―八九七)で、それを作中の朱雀院が継承したと理解されている。「公忠朝臣(きむただのあそむ)」も三十六歌仙の一人である源公忠(八八九―九四八)で、歴史上の人物の系譜上に物語の作中人物を据えることで、確かな現実として権威付けられるのである。松風巻で、明石姫君の二条院入りを前に、明石尼君の祖父は中務宮(なかつかさのみや)だったと皇統の系譜に据えたのにも似ている。明石の君調合の香の重厚な由来は、作中の朱雀院の嫡子である東宮に、田舎で生まれた姫君を入内させるための格上げにほかならない。

「朱雀院」とは

「朱雀院」とは九世紀に嵯峨天皇(七八六―八四二、在位八〇九―八二三)が造った「後院(ごいん)」、譲位後の天皇の住居だった。史上の宇多天皇、朱雀天皇(九二三―九五二、在位九三〇―九四六)が譲位後に住んだが焼失し、以後、後院としては用いられなくなった。『源氏物語』中では「朱雀院」とは通常光源氏の兄を指すが、紅葉賀巻には「朱雀院」に住む桐壺帝以前の帝で、桐壺巻に見える藤壺の父の「先帝」とは別人である「一院」、おそらくは桐壺帝の父か兄にあたる人物が登場する。このため、古来『源氏物語』は、物語制作から数十年前の時代を舞台に作られたものとされてきた。とすると、この梅枝巻の「前の朱雀院」は、史上の宇多天皇と作中の「一院」を重ねたものかもしれない。光源氏兄の朱雀院は絵合巻冒頭、斎宮女御入内に際して「百歩の外」まで香る薫物や薫衣香を調合して贈っていたから、それが光源氏の手を介して明石の君に伝わったのかもしれない。史上の天皇と、作中の二人の「朱雀院」とが交錯する香の伝来は、明石一族の格上げの演出だったともいえよう。

紫上はここで「対の上の御は、三種ある中に、梅花はなやかにいまめかしう、すこしはやき心しらひを添へて、めづらしき薫り加はれり」と、「対の上」と称される。

紫上の居住空間

これまで多くは「女君」「上」と称され、野分巻の夕霧垣間見の折には寝殿に住んでいたらしい紫上が、ここで「対の上」と称されるのは、若菜上巻の女三宮降嫁を前に、紫上の住まいをひそかに対の屋に移したとも指摘される(玉上琢彌)。寝殿はその邸の中で一番格式高い場所であり、最近では紫上が寝殿に居住していたのは入内を控えた姫君の養母としてであって、正妻であった証ではないともされる。とはいえ平安朝の物語には稀少な「対の上」という呼称で紫上が呼ばれ始めるところに、紫上の位置づけの危うさと特殊性が暗示されていよう。

姫君の入内準備

二月十日の薫物合せの翌日には姫君の裳着が行われた。嫁入り道具として名筆の数々も集められる。明石姫君の裳着の腰結役は、秋好中宮が務めた。秋好中宮にあやかって、ゆくゆくは中宮にと光源氏が願ったからである。東宮の元服は二月下旬だった。光源氏に遠慮して皆、娘の入内を控えたから、光源氏は明石姫君の入内を繰り延べた。左大臣の三の君が入内、麗景殿に入った。明石姫君は四月に入内、桐壺に住むこととなった。

光源氏は手本となる名筆も集めた。六条御息所、秋好中宮、藤壺、朧月夜、朝顔前斎院の仮名の筆跡を紫上の前で評するのは、朝顔巻の女性批評や玉鬘巻の衣配りに類する女性批評とも見える。兵部卿宮は、嵯峨天皇の古万葉集(こまんようしゅう)を選んで書写した四巻、醍醐天皇が古今集を巻ごとに異なる書風で書写した本をお祝いに贈った。こうした由緒ある書は、先の明石一族の朱雀院由来の香と同様、入内する姫君の格上げを意味するとともに、ひいては往年の天皇由来の品々が東宮に集まることで、東宮がより権威づけられることになる。

内大臣は、明石姫君の入内準備の噂を耳にして、雲居雁が入内もできないことを悩んだ。夕霧には縁談もある由、夕霧自身の心は揺らがないものの、噂を聞いた内大臣も雲居雁も焦り始め、結婚を許そうかと思った。それは光源氏の策略だったのかもしれないけれども。

夕霧の結婚

巻は変わって藤裏葉巻。大宮の三回忌、内大臣は堂々と振舞う夕霧の成長を見届けて、自邸で催す藤の宴に来るよう招待した。雲居雁の処遇に苦慮した内大臣が、自ら折れて機会を設けたのである。夕霧から話を聞いた光源氏も、満足な面持ちであった。「藤」は藤原氏の象徴であり、かつて花宴巻で、光源氏が右大臣の邸に招かれたことが思い出される。あれは朧月夜との再会の場であった。『伊勢物語』一〇一段にもみられるように、藤原氏の繁栄の象徴ともいえる藤の宴の場に、「源」氏が呼ばれるという構図である。

美しい藤のもとで盃が廻り、順々に歌を詠む。内大臣の次男の弁少将は催馬楽の「葦垣」を歌った。男が女を連れ出そうとして告げ口されて失敗するという歌で、内大臣は妙な歌をお聞かせして、と取り繕った。夕霧は酔いを口実に宿を借り、柏木に雲居雁のもとに案内されて宿った。五節の舞姫の惟光の娘の藤典侍とのお忍びの関係は、その後も続いた。

明石姫君の入内

明石姫君の入内に際しては紫上も参内するが長逗留はできないので、実母の明石の君を「後見」の女房として添えることとした。明石姫君は四月に入内、姫君と紫上は輦車に乗り、明石の君は徒歩になってしまっても、実母なのにみじめだとは思わず、ただ娘の恥にならぬように願った。紫上は三日で退出、入れ替わりに参入した明石の君と初めて対面、互いに優れていると認め合った。紫上が輦車を許されて退出する様子はまるで女御のようで、光源氏の正妻の風格である。この先、光源氏により格式高い妻が現れ、紫上の地位が実は盤石でなかったと思い知らされるのだが、今は何の翳りも見えない。子のない紫上にとって、実母明石の君が表舞台に現れたことも、やがての立場の暗転を予感させるが、今はただ六条院は華やいでいた。万事念願かなった光源氏は、いよいよ出家の志を深くした。

栄華の頂点

光源氏は四十賀を翌年に控えて、人々が賀宴(がえん)を準備する秋、帝から太上天皇に匹敵する位を賜った。太上天皇とは退位した帝、いわゆる「院」である。本来、帝位についていない光源氏が得られる立場ではない。出生の秘密を知る冷泉帝の計らいであり、歴史上にも先例のない、物語ならではの架空の処遇である。内大臣は太政大臣に、宰相中将の夕霧は中納言に昇進した。夕霧は雲居雁とともに育った亡き大宮の三条邸を新居にした。

神無月二十日余り、六条院行幸があった。紅葉の盛りに、冷泉帝に加えて朱雀院までも六条院にお渡りになる。皆あの紅葉賀巻、桐壺朝の最末期の、朱雀院行幸の青海波(せいがいは)のことを思い出す。晴れやかな場から離れて久しい朱雀院は、「宇陀(うだ)の法師(ほふし)」という和琴(わごん)の音に懐かしく耳を傾けた。目もあやなる光源氏と冷泉帝は「ただ一つもの」、瓜二つで、夕霧もまた「ことごとならぬ」、別の物と思えない。それはかつての朱雀院行幸同様、冷泉朝の繁栄を証し立てる盛儀であり、光源氏の栄華の頂点であり、やがて訪れる、暗く重い物語の幕開けでもあった。

Ⅳ　憂愁の晩年

一　若い妻の出現——若菜上・若菜下巻

もう一人の藤壺

若菜上巻は、朱雀院の御代の藤壺女御という、これまで語られなかった人物の紹介から始まる。朧月夜が寵愛を受ける傍らで、ひっそりと暮らし、娘を一人遺して亡くなったのだという。光源氏憧れの藤壺の姉妹にあたるのだが、桐壺更衣の横死を思い出させる話でもある。葵巻から澪標巻までの朱雀朝の物語には登場していないから、後に加えられたのだろう。既存の人間関係と大きな矛盾がないように、系図の隙間に人物を増やしていくのは、物語の長編化の方法である。それをあたかも以前からいた人のように、回想的に物語る。

桐壺巻の「先帝」の血筋——桐壺帝の藤壺中宮、式部卿宮(元の兵部卿宮)の娘の紫上、そして朱雀朝の藤壺女御と娘の女三宮は、なんと重要な人々か。桐壺帝、朱雀帝、光源氏の三者は、「先帝」系の血筋の女たちを自家の系譜に取り込もうと躍起になっているかに見える。そして先帝の子の兵部卿宮はおよそ皇位継承の可能性はなさそうである。あえて推測すれば、桐壺帝の即位によって先帝系の皇位継承の可能性が潰えたからこそ、先帝系の血脈を取り込もうとするのだろう。この失われた王権の回収劇が、しかし、六条院に新たな波紋をもたらすことになるのである。

後見選び　体調不良のため出家を願った朱雀院は、愛娘の女三宮の将来が気にかかってならない。信頼できる誰かに娘を託そうと、光源氏、夕霧、蛍兵部卿宮、柏木らを順に考えるものの、それぞれに難があり、女三宮の乳母（めのと）らの仲介もあって、結局光源氏に白羽の矢が立った。この間の朱雀院の思考は、長い会話や心内語の積み重ねによって進んでいく（秋山虔）。光源氏の青春期の物語とは文体が変化し、地の文の状況説明が減っていく。地の文も作中人物の傍近く仕える女房に拠る語りだとすれば決して中立的とはいえないにせよ、一応の客観性が偽装されていた。しかし、作中人物の会話や心内語が迫り出してくると、それぞれの人物の思惑が事態を動かす趣が強くなる。たとえば朱雀院の相談相手となる女三宮の乳母は、兄弟の左中弁（さちゅうべん）が光源氏に近侍しており、光源氏と女三宮の結婚は自家に有利だという思惑がある、といった具合である（藤本勝義）。端役（はやく）の意思が、主人公たちの人生を動かし始めるのである。

皇女の結婚　朱雀院が娘の女三宮の処遇について悩むのは、皇女だからである。平安初期、皇女は天皇や親王との結婚はともかく、臣下との結婚は望ましいとはされなかった

（今井源衛）。天皇家の血の純潔さが失われ、財産も拡散し、天皇家の権威の失墜を招くからである。なればこそ臣下の側からすれば、皇族の女性との結婚は、自家の格上げのために切望された。結婚を認められる前に私通によって事実関係を先行させて容認させる場合もあった。『源氏物語』では、左大臣が桐壺帝の姉妹の大宮と結婚している。経緯は書かれていないものの、帝に公認された可能性も高い。柏木が女三宮との結婚にこだわるのも、祖父の栄誉の再来を願う側面がある。なお、後の薫と今上帝の女二宮の結婚は帝からの要請であった。

女三宮の結婚は、一般に〈降嫁〉と称されることが多いが、作中の表現に即せば、「後見」選びである。「後見」とは後ろ楯、補佐役の意であり、政治的な補佐、乳母や女房などの私的な補佐、夫にとっての妻、妻にとっての夫など、多様な人間関係に用いられた。平安時代は、面倒を見る、見られる関係にある私的な「後見」関係が、網の目のように重層的に張り巡らされていたのである（井上光貞）。朱雀院は事実上、女三宮の結婚相手を探しているのだが、作中ではあくまで「後見」選びだとされる。光源氏が紫上を育てて妻にしたのを引き合いに出すところからも、「親ざま」という親代わりの意の言葉が頻出するところからも、単なる結婚相手というよりも、皇女の体面を守るにふさわしい、より広義の庇護者を求めている趣がある。

光源氏はなぜ、女三宮の降嫁を受け入れたのか。紫上と同様、藤壺の姪だからであるのは当然として、女三宮に朱雀院がとりわけ目をかける上に、今の東宮の異母姉妹だからであろう。東宮即位の暁には、女三宮を得た者が最も有力な貴族となるはずである。息子の夕霧は雲居雁と結婚したばかりで選に漏れたから、なおのこと光源氏の食指が動いたのだろう。

紫上は正妻か

紫上は葵上の没後、光源氏が須磨に行く際には地券など財産を預けられ、明石姫君の入内に付き従って参内し、女御のように輦車を許されたことからも、ほぼ正妻として認められていた。それでも女三宮をより有力な妻として迎えざるを得なかったのは、紫上が実父に認められて光源氏と結婚するという〈儀式婚〉ではなく、〈私通婚〉だったのが傷となったとも、藤裏葉巻で准太上天皇となった光源氏と釣り合う格式高い妻でなかったからだとも言われる。

これまで紫上は「女君」のほか「上」と呼ばれることが多く、六条院の女主人として君臨していた。「対の上」の呼称は蓬生巻など二条院時代を除けば梅枝巻からわずかに見え、女三宮降嫁以降は「対の上」と呼ばれるようになる。「対の御方」といえば、対の屋に住む妾か娘の呼び名だが、「上」という主人を意味する語と、「対」とを結びつけた呼称は珍しく、紫上の独自な立場を示唆するとも考えられる。それにしても紫上の場合、鬚黒と北の方のように別居することで離婚するわけでもなく、光源氏や明石姫君と共に過ごした六条院の春の町にそのまま女三宮を新たに迎え入れる。その苦悩はいかばかりであっただろうか。

新婚三日目の夜

女三宮は、六条院の光源氏のもとに入った。結婚当初の三日間は続けて通う慣習だが、紫上は光源氏の夜離れには慣れていない。六条院には花散里や明石の君もいたが、光源氏はほぼ紫上と夜を過ごしていたのである。新妻の女三宮のもとに通う夫の装束を薫き染めて支度をする紫上は、ぼんやりと手もとまりがちである。いっぽう光源氏は女三宮の予想外の幼稚さに、改めて長年連れ添った妻の魅力を確認して、後悔している。紫上は歌う。

目に近く移ればかはる世の中を行く末とほくたのみけるかな

あっけなく移り変わる二人の仲なのに、遠い将来まで頼り切っていたとは。明石の君や朝顔姫君の存在に怯えたこともあったけれど、今は磐石と安心したのはなんと愚かだったことか。

命こそ絶ゆとも絶えめさだめなき世のつねならぬなかの契りを

光源氏は、この命が絶えるとしても、あなたとの仲は決して絶えることのない類い稀れな仲なのだから、と永遠を誓う。だが、これから新妻を訪れる夫に永遠の仲を誓われても、紫上はどれほど慰められただろうか。「とみにもえ渡りたまはぬを、「いとかたはらいたきわざかな」とそのかしきこえたまへば」と、容易に腰を上げられず躊躇する夫の背中を押して、心ならずも女三宮への訪問を促した。かくして紫上は、心のままに甘え、喜びも嫉妬もぶつけて伸び伸びと生きてきたこれまでとはまったく異質の、成熟した大人の時間を生き始めるのだった。

この紫上の和歌は、目前にいる光源氏への贈歌ではあるが、「古言など書きまぜたまふを、取りて見たまひて」とあって、「古言」、当時よく知られた古歌を交えて書いた、手習の風情であった。手習とは、無沙汰な日常を埋め合わせる慰めの手すさびの書き物である。この紫上の和歌は一見独白の風情でありながら、光源氏が取り上げて見たために贈歌になった形である。紫上から積極的に恨みがましい和歌を詠みかけたことにしない、巧みな物語の運びである。

夜深き鶏の声

光源氏不在の夜、紫上は「人や咎めむ、と心の鬼に思して」、中務、中将の君といった光源氏のお手付きの女房たちの同情とも嘲りともとれる好奇の眼を憚って床につくものの、寝入ることもできないままに「夜深き鶏の声」を聴いた。

> わざとつらしとにはあらねど、かやうに思ひ乱れたまふけにや、かの御夢に見えたまひければ、うちおどろきたまひて、いかにと心騒がしたまふに、鶏の音待ち出でたまへれば、夜深きも知らず顔に急ぎ出でたまふ。

恨むわけではないけれど悩んで心乱れたせいか、紫上は光源氏の夢に姿を現した。夢は出現する者の意思の反映だと当時は理解された。光源氏ははっと目を覚まして同じ「鶏の音」を聞き、まだ夜深いうちに帰ろうとする。紫上の魂が身体から遊離して光源氏の元を訪れたのなら、葵巻の六条御息所にも近く、薄雲巻末で光源氏の夢に現れた藤壺にも似ている。だがあるいは紫上の懊悩だけでなく、夢を見た側の光源氏の動揺も重ねられているかもしれない。たとえば「思ひつつ寝ればや人の見えつらむ夢と知りせば覚めざらましを」(古今集・恋二)とは小野小町の歌だが、自己の想いゆえに相手が夢に現れたとも解せる歌である。ともあれそそくさと帰る光源氏への、女三宮の乳母らや紫上の女房たちの意地悪な視線も、印象的な場面である。

朧月夜との関係

女三宮の未熟さにいくらか安心したのか、紫上は女三宮を立てて迎え入れ、自らは卑下して六条院の調和に努めた。出家した朱雀院からは、紫上に女三宮のことをよろしく頼むと、わざわざの手紙が寄越された。それは紫上にとってはどれほど重圧と感じられたことか。緊張の解けない六条院の空気に、光源氏は息抜きを求め、朱雀院の出家後に二条宮に住む朧月夜との恋を再燃させる。かつて賢木巻で桐壺院没後に藤壺に迫って拒まれ、朧月夜と情事を重ねたことを思わせるところである。あくまで身を許さなかった藤壺とは異なり、光源氏に応じる朧月夜を、光源氏自身、やや軽々しいと侮ってもいるのだった。

光源氏四十賀

若菜巻では光源氏の四十賀(しじゅうのが)の賀宴(がえん)が繰り返し催される。算賀(さんが)と呼ばれる長寿の祝いは、四十賀に始まり、五十賀(ごじゅうのが)、六十賀(ろくじゅうのが)と十年ごとに行われる風習だった。美しく威厳ある光源氏も四十歳と、老いが忍び寄る。年若い女三宮が幼稚に見えたとしても無理はない。

若菜上下巻には多くの賀宴の場面があり、当時の風俗を知る手掛かりになる一方、心理劇として読みたい読者には、延々と続く儀礼の描写が余分なものに感じられる。だが、作中の人々の内面を直接的に綴る箇所とはまた別に、賀宴の開催の方法、事の次第などから、暗に人々の関係に潜む微妙な空気も伝わる。光源氏の四十賀は、新年には玉鬘が若菜を献上、十月には紫上が嵯峨野の御堂で薬師仏供養(やくしぼとけくよう)をし、二条院で精進落としをした。年末には秋好中宮が諸寺で祝賀をし、夕霧も冷泉帝の内意を受けて賀宴を行った。史上の算賀は妻から子へと格の高い者から順に行う場合が多い(浅尾広良)。本来は紫上が正妻として新年に催す予定が女三宮降嫁によって後(おく)らされ、六条院で開催できなくなったのかもしれない(塚崎夏子、宮内理伽)。

明石入道の手紙

東宮に入内した明石姫君は懐妊した。「桐壺の御方」と呼ばれている。光源氏の直廬(じきろ)であった桐壺を継承したのである。帝の住む清涼殿からは遠いが、東宮の居所である梨壺(なしつぼ)には近く、東宮妃には好都合であった(栗本賀世子)。まだ十三歳と幼い姫君の出産を懸念して、人々は加持祈禱を重ねた。その中で、冬の町で過ごす姫君の祖母の明石尼君は、姫君が明石の地で生まれた経緯を語り聞かせた。出生の詳細を知らなかった姫君は動揺したが、祖母や母になだめられた。

姫君は無事若宮を出産、六条院は喜びに包まれた。すると明石入道から長い手紙が届いた。明石の君が誕生した折、須弥山を右手に捧げ、山の左右から月日の光が照らしている夢を見たこと、子孫の栄華を確信したことなどが記されていた。若紫巻以来の明石一族の数奇な「宿世」の脈絡が、ついに種明かしされた格好である。宿願かなった明石入道は俗世を捨て、山に入り遁世した。悲しい別れに、妻の尼君も、娘の明石の君も涙にくれた。一方、東宮は明石姫君と生まれた皇子の参内を急がせる。次第に明石一族の栄誉が確実になる中で、あくまで融和的に明石姫君と接する紫上を光源氏は絶讃し、明石の君に卑下するようにと諭す。だが光源氏の妻として姫君の母として、紫上の限界が前景にせり上がってくるのは否めない。

蹴鞠の日の垣間見

かつての頭中将は今や太政大臣で、嫡男の柏木は、女三宮が六条院に降嫁した後も執着捨てがたく、光源氏が出家した後は、とひそかに期待をつないでいた。三月のうららかな日、六条院に訪れた若い貴公子たちが蹴鞠に興じる。花が乱れて散る中、階で一服する柏木は、綱のついた猫が駆け出し、几帳を引き上げたのを見逃さなかった。

桜の細長(ほそなが)を着て袿(うちき)姿で立っている小柄な女君、それは憧れの女三宮であった。猫の鳴く声に応じて振り返った顔立ちは「いとおいらかにて、若くうつくしの人や」と見えた。光源氏に見下される女三宮も、柏木の目には高貴な理想の女君に見えたのである。放心する柏木の様子に、夕霧は柏木の女三宮への恋慕を察知した。柏木は女三宮の乳母子の小侍従を介して、度々文を遣わすのだった。

桜の花のもとでの憧れの女君との出会いは、若紫巻での光源氏の紫上との出会いや、野分巻での夕霧の紫上垣間見を想起させる。これまでの物語を反復しながら、その上に柏木と女三宮の出会いの物語を紡いでいく。それは光源氏の六条院の調和に大きな影を落とし、光源氏の若き日の罪の質を問いかける、重苦しい物語の始まりなのだった。

柏木の情念

若菜下巻(わかなのげかん)は若菜上巻から連続して、柏木の情念を語り続ける。垣間見の日以来、女三宮への想いを募らせ、柏木は女三宮の愛玩する猫を欲した。かわいい唐猫が女三宮のもとにいると東宮をそそのかして猫を召し出させ、自分が躾(しつ)けてきましょうと、柏木自らが引き取って手なずける。光源氏もかつて、空蟬の代わりに小君を手なずけ、藤壺の代償に紫上を求めた。それにしても憧れの女の身代わりが猫とは、いささか矮小化されすぎではなかろうか。

御代替わり

四年の時がたち、冷泉帝の御代も十八年になった。冷泉帝には皇子がないが、病のため譲位する。朱雀院の承香殿女御（しょうきょうでんのにょうご）腹の皇子が即位し、明石女御の第一皇子が東宮となった。太政大臣は致仕すなわち引退し、夕霧は右大将から大納言に昇進した。光源氏は自身の孫が東宮になったことを喜ぶよりも、世継ぎのないまま冷泉院が譲位したことが残念でならない。光源氏の不義の子の血筋が、皇位継承できなくなったからである。しかし残念に思う光源氏の気持ちとは裏腹に、物語は実に巧みに、冷泉帝と秋好中宮（あきこのむちゅうぐう）との間に子をもうけさせないことで、光源氏の罪の子の血筋を断絶させたことになる。

藤壺中宮、秋好中宮、さらに明石女御も中宮となれば、「源」氏の中宮が続くことになり、藤原氏全盛期の歴史的現実とはかけ離れている。藤原道長の支援を受けて創られた『源氏物語』が、伝統的な物語の型通りに王統を主人公とし、しかも王族優位に話を進めるところに、この物語の独自性がある。そこには一見卑下しながら王統とのミウチ関係を通して、実権を固める権勢家の姿が透けて見えるようでもある。

明石一族の栄誉

明石女御と東宮の将来が約束された今、光源氏は住吉の神に御礼の物詣をしようと計画する。住吉の神は海運や和歌の神として知られ、光源氏が須磨で暴風雨に遭った折に救った神でもあり、明石入道が長年祈願していた神でもあった。明石女御と紫上が一つ車に乗り、次の車に母の明石の君と尼君が乗った。光源氏の威勢で華やぐ物詣に、明石尼君は一族の数奇な幸運を自覚し、山に入った夫を思って一人感慨にふけった。世の人は明石尼君を「幸ひ人(さいはびと)」と言い、近江の君は双六を打つ時も、「明石の尼君、明石の尼君」と唱えて、よい賽の目が出るように乞うた。澪標巻では、光源氏と同時に住吉詣をしながら対面かなわず悲嘆にくれた明石の君が、今や東宮の祖母である。若紫巻以来の明石入道の悲願は、確かに実現したのである。

明石一族が華やいでくる中で、養母でしかない紫上は、ごく傍らにいながら次第に孤独感を深めていく。今上帝は女三宮を二品(にほん)に処遇し、ますます格式高くなり、光源氏も女三宮の格式を重んじて、次第に紫上と同等に訪れるようになる。紫上は今が引き際と察して光源氏に出家の許しを乞うが、光源氏は決して許さない。紫上は、明石女御の女一宮(おんないちのみや)を手もとで育て、夜離れのつれづれを慰めるほかない。そんな中、朱雀院は自身の五十賀に際して、女三宮への光源氏の愛情を確かめるべく、娘の琴(きん)の琴(こと)を聞きたいと所望する。光源氏は女三宮に琴の特訓をするため朝な夕なと訪れ、必然的に紫上のもとには不在の時が長くなっていった。

朱雀院の策謀か

そもそも朱雀院はなぜ娘を光源氏に託したのだろうか。それをささやかな復讐と捉える向きもある(三谷邦明)。たしかに若い頃から光源氏の圧倒的な魅力を前に、いささか凡庸に見えた朱雀院は、最愛の朧月夜の心も捉えられなかった。その朱雀院が晩年、光源氏の六条院の均衡を突き崩す一石を投じた、それが女三宮の六条院入りだったとも見えよう。紫上に文を遣わして圧力をかけ、光源氏に女三宮への琴の教育を強いることで、通いの機会を増やそうと誘導する巧みさは、かつて右大臣一族の傀儡(かいらい)であるかに見えた朱雀院とは別人の如くしたたかである。だが、最愛の娘を利用して、娘を不幸にしてでも光源氏に復讐しようなどと、人の親が願うことはあり得ない。作中の朱雀院は、やはり女三宮の幸福を願って光源氏に託したのだろう。そこには単に恋敵(こいがたき)だというのではない、この兄弟の信頼すらほの見える。だが朱雀院の意思を超えた物語の作りとしては、やはり一種の復讐劇にも見えかねない。それは朱雀院の最大の「絆(ほだし)」の委譲、「後見」の依頼という形によって光源氏にもたらされたのである。

六条院の女楽

六条院主催の朱雀院の五十賀を前に、六条院では女楽(おんながく)が催された。女楽の企画らしきものは初音巻末に見えたが、その場面はない。この物語は同種の人間関係を反復する反面、同一の趣向を避ける傾向にある。かつて棚上げにされた女楽の物語をここに実現したのであろうか。

正月二十日頃、明石女御は箏(そう)の琴(こと)、母明石の君は琵琶を演奏した。琵琶は明石巻で明石一族に継承される技量とされたものである。光源氏の薫陶を受けた女三宮の琴の琴の上達ぶりは、このところの光源氏と共に過ごした時間の長さを感じさせた。紫上は、光源氏との関係の中で自然に身につけた和琴や箏の琴の演奏を披露、他の女君たちの演奏の調和に努めた。

この物語では、人物ごとに得意な楽器が決まっていることが多い。たとえば蛍兵部卿宮は琵琶を、太政大臣(元の頭中将)と柏木の親子は和琴を得意とするという。琴の琴は中国伝来だが平安中期には弾かれず、『うつほ物語』では奇瑞を呼ぶ楽器とされ、『源氏物語』では皇統に伝授される。内親王の女三宮にふさわしく、例の末摘花でさえ宮家の娘らしくこれを奏した。光源氏が明石の君に再会までの形見としたのも琴の琴である。だが、式部卿宮の娘とはいえ紫上は、父親からも光源氏からも琴の琴を伝授されていない。紫上が奏した和琴は「大和琴」、日本古来の琴で奏法が固定的でなく難しく、その演奏は六条院の人間関係に心を砕く立ち位置の象徴でもあった。

この場面では光源氏の眼から、女三宮は青柳に、明石女御は藤に、紫上は桜に、明石の君は花橘に喩えられる。玉鬘巻末の衣配りで、紫上に紅梅、明石姫君に桜、花散里に海賦、玉鬘に山吹、末摘花に柳、明石の君におそらく白梅、空蟬に梔子の装束が割り振られたことや、野分巻で夕霧の眼から、紫上が樺桜、玉鬘が八重山吹、明石姫君が藤の花に喩えられたのとおおむね一貫しつつ、いくらか場面の季節や物語の状況に応じて変容している。

光源氏の述懐　その夜、光源氏は紫上に、格別何も教えなかった貴女の演奏の素晴らしさに、夕霧が感動していて面目が立ったと賞讃する。だが紫上が理想的であればあるほど不吉な予感がしてならない。今年は三十七歳、女の大厄である。光源氏は問わず語りに生涯を回想する。

「みづからは、幼くより、人に異なるさまにて、ことごとしく生ひ出でて、今の世のおぼえありさま、来し方にたぐひ少なくなむありける。されど、また、世にすぐれて悲しき目を見る方も、人にはまさりけりかし。まづは、思ふ人にさまざま後れ、残りとまれる齢の末にも、飽かず悲しと思ふこと多く、あぢきなくさるまじきことにつけても、あやしくもの思はしく、心に飽かずおぼゆること添ひたる身にて過ぎぬれば、それにかへてや、思ひしほどよりは、今までもながらふるならむとなむ思ひ知らるる。……」

自分は幼少の頃から人一倍優れて生まれ育ち、普通の人と違って「源」氏であるのに准太上天皇となる類い稀れな栄華を手にしたが、悲しい思いを抱える点でも格別な人生だったと語る。母桐壺更衣や父桐壺帝らに先立たれ、満たされない多くの思いを抱えたことと引き換えに、思いがけず長生きをしているが、と言う。光源氏の満たされなさとは、藤壺との恋であろうか。

「飽かず」　「飽く」とは、満足する、満たされる、という意味だが、平安時代の文献には「飽く」という肯定形はほとんど見られず、多くは「飽かず」という否定形で、満足できない、という意で用いられた。光源氏が自らの生涯の類い稀れな栄華を自覚しつつも、「飽かぬこと」と満たされない思いを抱くらしいことは、すでに若菜上巻で左中弁の言葉の中で語られていた。光源氏ほど傍目には十分に満たされている人でさえ、深い憂愁から逃れられないのなら、いかなる人も自己の生に満足は得られないことになろう。薄雲巻で臨終の藤壺にも同種の感慨が見られたから、この物語の思想と言うべきところだろうか（阿部秋生）。ただ、現状に容易に満たされない光源氏の「飽かず」という尽きせぬ欲望こそが、光源氏の生を開花させ、物語を推進させる。

さらに続けて、それに比べて貴女は、と光源氏は紫上の人生を振り返る。

「……君の御身には、かの一(ひと)ふしの別れより、あなたこなた、もの思ひとて心乱りたまふばかりのことあらじとなん思ふ。后(きさき)といひ、ましてそれより次々は、やむごとなき人といへど、みなかならずやすからぬもの思ひ添ふわざなり。高きまじらひにつけても心乱れ、人に争ふ思ひの絶えぬもやすげなきを、親の窓の内ながら過ぐしたまへるやうなる心やすきことはなし。その方は、人にすぐれたりける宿世(すくせ)とは思(おぼ)し知るや。思ひの外(ほか)に、この宮のかく渡りものしたまへるこそは、なま苦しかるべけれど、それにつけては、いとど加ふる心ざしのほどを、御みづからの上(うへ)なれば、思(おぼ)し知らずやあらむ。ものの心も深く知りたまふめれば、さりともとなむ思ふ」

私が須磨に下った折以外には悩みはなかったろう、後宮の女性たちは帝寵を競って苦しむが、貴女は親元にいるようでお気楽だ、予想外に女三宮がいらして苦しかったろうが、私の愛情がますます深くなったことはご承知のはずと、まるで紫上の苦しみを理解しないかの口ぶりである。だがそれは光源氏の無理解ではなく、良心の呵責から解放されたい甘えではなかったか。

「のたまふやうに、ものはかなき身には過ぎにたるよそのおぼえはあらめど、心にたへぬもの嘆かしさのみうち添ふや、さはみづからの祈(いの)りなりける」

仰るように私の身には過ぎた世評を得たけれども、心の嘆きも並々でないと紫上は言葉少なに答え、「さはみづからの祈りなりける」と言う。苦悩こそが生きる力だという意味か。苦行の内に生の証を見出すような自己の人生への理解は、実は光源氏とほぼ相似形である。この上なく華やかな栄華とそれゆえの深い憂愁の内に、自らの生涯を捉える光源氏と紫上は、互いを写しあう鏡のようでありながら、相手の苦悩を救うことはできない。

柏木の野望

六条院の女楽ののち、光源氏が女三宮のもとに出かけた間に、紫上は重い病に臥した。懐かしい二条院に移され、光源氏はつきっきりで看病する。その中で物語は、「まことや、衛門督(えもんのかみ)は中納言になりにきかし」、ああそうそう、と思い立ったように話題を変え、柏木が中納言になったとする。柏木は朱雀院の娘の女二宮と結婚したが、心満たされない。柏木の母は右大臣家の四の君、弘徽殿大后の妹だから、朱雀院の子である今上帝とはもともと親しい。柏木が「いと時の人なり」と評されるようになった今こそ、今上帝とは腹違いながらも最も重要な姉妹である女三宮への恋慕が、現実味を帯びたのだろう。のみならず柏木は、女三宮の「侍従(じじゅう)の乳母(めのと)」の娘である小侍従を「かたらひ人」とする。侍従の乳母は柏木の乳母の妹で、双方の乳母が姉妹という血縁関係からすれば、柏木と女三宮とは元々近しい生活圏にいたことになる。小侍従は、柏木へもやや容赦ない物言いをしており、ねんごろな関係と感じさせ、かつての光源氏と藤壺の女房の王命婦もそんな関係だったかと、想像させるものがある。

密通ふたたび

光源氏と紫上不在の六条院に、四月十余日、葵祭の御禊(ごけい)の前夜、女房たちが見物に出かけた人少なの折に、小侍従は柏木を迎え入れた。柏木は、無体な真似はしない、ただ思いを伝えたいだけだと饒舌に訴え、「あはれとだにのたまはせば、それをうけたまはりてまかでなむ」と、「あはれ」の一言を懇願した。女三宮はただ怯えているが、柏木には「気高う恥づかしげにはあらで」、気品高く近づき難いとは見えず、「なつかしくらうたげに、やはやはと」、慕わしく可愛らしく柔らかで、ただ「あてに」、高貴だとだけは感じられると見えた。「いづちもいづちも率て隠したてまつりて」「跡絶えてやみなばや」と、『伊勢物語』で在原業平らしき男が、藤原高子らしき女を連れて逃げたという逃亡譚に自らを准えるかに、柏木は思い乱れてついに密通に及んだ。逢瀬を「夢」に喩えるのも、『伊勢物語』六九段や若紫巻の光源氏の密通を想起させる。

> 帝の御妻をもとり過ちて、事の聞こえあらむにかばかりおぼえむことゆゑは、身のいたづらにならむ苦しくおぼゆまじ。しかいちじるき罪には当たらずとも、この院に目を側められたてまつらむことは、いと恐ろしく恥づかしくおぼゆ。

父の邸に戻った柏木は、帝の妻を寝取って身が破滅しても仕方ないが、それほどの罪に当たらなくとも光源氏に睨まれたらと恐れおののく。だが、帝ではない光源氏の妻を寝取ることの罪はいかほどのものか。にもかかわらず、帝の妻を奪うのに准えてしまう。かくして柏木と女三宮の意識の内で、光源氏は畏怖すべき巨大な存在になっていく。

死霊の出現

女三宮が体調不良と聞いて、光源氏は六条院に戻った。紫上にかまけて女三宮を寂しがらせたかと光源氏は心を痛めるのだが、女三宮は柏木との密会の記憶に涙ぐむ。一方、光源氏不在の二条院では紫上が危篤となった。調伏されて出現したのは、六条御息所の死霊だった。娘の秋好中宮の世話には感謝するが、女としての執念は消し難いという。

なぜ今になって、六条御息所の死霊が出現したのか。六条院は、六条御息所の旧邸を吸収したものだから、六条御息所の霊は祖霊として守護していたのだろう。娘の秋好は、家の宿願かなって中宮にまでなったものの、結局子をなさず、六条御息所の家筋の血は皇統譜に参与できなかった。その結果が明らかになって、かつての妄執が再燃したとの考え方もある(高橋亨)。

密通の証拠

柏木と女三宮の密通は、光源氏の若き日の藤壺との関係の罪が、晩年になって光源氏に問い直される、一種の因果応報の物語なのだというのが、一般的な理解だが果たしてそれでよいのだろうか。

紫上が小康状態になった頃、光源氏は女三宮のもとで、寝所の褥(しとね)の端にある「浅緑(あさみどり)の薄様(うすやう)」にこまごまと書かれた手紙を見て、柏木からだと確信する。自分の若い頃は、人に見られることを懸念して言葉を削ぎ落としたのにと、柏木の配慮の足りなさを見下す。「帝の御妻(みめ)をも過(あやま)つたぐひ」は、同じ帝に仕える者同士が共感するのはやむない事情もあろうが、内心大切に思う紫上を差し置いてまで大事にしている女三宮に、こんなことが許されようかと、爪弾きせずにはいられない。くしくも柏木も光源氏も、皇妃との密通に准えるところが照応し合っている。

> 故院の上（うへ）も、かく、御心には知ろしめしてや、知らず顔をつくらせたまひけむ、思へば、その世のことこそは、いと恐ろしくあるまじき過ち（あやま）なりけれ、と近き例（ためし）を思（おぼ）すにぞ、恋の山路（やまぢ）はえもどくまじき御心まじりける。

もしや亡き父の桐壺院も、本当はご存じで、知らん顔をおつくりだったのか、思えば実に恐ろしい過ちだったと、最近の事例に思いを馳せるにつけて、人の恋路を非難できないと痛感した。

一見ただの反復に見える柏木と女三宮の密通と、光源氏の密通との決定的な違いは、桐壺帝は妻の不義を知らず、光源氏が妻の不義を知る点にある。妻の不義を知ることで、苦悩は密通の当事者ではなく、それを引き受ける光源氏自身の苦悩となっていく。中年期以降の光源氏を〈凋落〉と評する向きもあるが、光源氏の王者性の質が変わったに過ぎない。栄華を実現する人としてではなく、苦悩を背負う人として、光源氏はより深い憂愁を帯びた王者であり続ける。

柏木の惑乱

六条院主催の朱雀院の五十賀は延期が重なった。八月は夕霧の母の葵上の忌月（きづき）、九月は朱雀院の母弘徽殿大后の忌月、十月にと思ったところ女三宮の懐妊で再度延期された。長寿を祝う算賀の儀礼では、家の子供が童舞（わらわまい）を催し、老人の長寿と家の繁栄を寿ぐ。度重なる延期は、暗雲の象徴のようである。

ようやく十二月十余日、六条院で試楽が催された。光源氏に呼び求められ、父の致仕大臣にも促され、柏木はしぶしぶ参上する。光源氏は老人は酔うと泣くと言い、「さりとも、いましばしならむ。さかさまに行かぬ年月よ。老は、えのがれぬわざなり」と、貴方もいずれそのうちだ、時は逆には流れない、老いは逃れられないと柏木を見た。「空酔ひをしつつかくのたまふ、戯れのやうなれど、いとど胸つぶれて」と、酔いに紛らわした光源氏の皮肉に、ああやはりすでにご存じと、柏木は盃をやりすごすが、度々強いられて心地を乱し、そのまま病に臥してしまった。鎌倉初期の物語評論の『無名草子』は「さばかり怖ぢはばかりまうでぬものを、強ひて召し出でて、とかく言ひまさぐり、果てには睨み殺したまへるほど、むげにけしからぬ御心なりかし」と、光源氏は怯える柏木を慰み者にし、睨み殺したと評したところである。格式高い正妻女三宮を寝取られた光源氏が、ぎりぎりのところで面目を保つ様が圧巻である。

二　柏木の煩悶と死——柏木・横笛・鈴虫巻

柏木の思念

女三宮との密通の秘密を光源氏に知られた恐怖から、柏木は病の床に着いた。柏木巻冒頭、新年を迎えた柏木は、このまま死んだ方が良いのではと考える。

いはけなかりしほどより、思ふ心ことにて、何ごとをも人にいま一際まさらむと、公私のことにふれて、なのめならず思ひのぼりしかど、その心かなひがたかりけりと、一つ二つのふしごとに、身を思ひおとしてしこなた、なべての世の中すさまじう思ひなりて、後の世の行ひに本意深くすすみにしを、親たちの御恨みを思ひて、野山にもあくがれむ道の重き絆なるべくおぼえしかば、とざまかうざまに紛らはしつつ過ぐしつるを、つひに、なほ世に立ちまふべくもおぼえぬもの思ひの一方ならず身に添ひにたるは、我より外に誰かはつらき、心づからもてそこなひつるにこそあめれ、と思ふに、恨むべき人もなし。

幼い頃から人に負けまいと思い上がっていたが、一つ二つの機会に挫折を知ったという。異母姉妹と知らずに玉鬘に求愛したことか、近江の君を引き取ったことか、女三宮の後見になれなかったことか、不明だけれども。これら柏木の失態は、政治家としての限界の比喩的な暗示だろうか。ともあれここで、柏木が自身の生涯を挫折の積み重なりだと回想するところが注目される。

死か出家か

平安中期の人々は、自殺は仏教上の罪と考えたから、現世に不満や失意があれば、出家して俗世を離れるのが一般的であった。柏木もまず出家を願うが、両親を「絆」、俗世を離れがたい足枷に感じて、不孝の罪の重さを思う。出家を願いつつ実現し難いと考えるのは光源氏にもしばしば見られる思考だが、柏木は出家を飛び越え、死を希求し始める。

> 神仏をもかこたむ方なきは、これみなさるべきにこそはあらめ、誰も千歳の松ならぬ世は、つひにとまるべきにもあらぬを、かく人にもすこし偲ばれぬべきほどにて、なげのあはれをもかけたまふ人あらむをこそは、一つ思ひに燃えぬるしるしにはせめ、せめてながらへば、おのづから、あるまじき名をも立ち、我も人も安からぬ乱れ出で来るやうもあらむよりは、なめしと心おいたまふらんあたりにも、さりとも思しゆるいてむかし、よろづのこと、いまはのとぢめには、みな消えぬべきわざなり、また異ざまの過ちしなければ、年ごろものをりふしごとには、まつはしならひたまひにし方のあはれも出で来なん、など、つれづれに思ひつづくるも、うち返しいとあぢきなし。

神仏をも恨んでも仕方ない、すべては前世からの宿命だが、誰も千年の松ほどは生きられないから、多少は懐かしまれ、哀れんでくれる人がいることを、一つの想いに燃えた証にしよう。無理に長生きすれば不埒な評判も立ち、自分にも人にも波乱が生じよう、今ここで私が死ねば、けしからんとお思いのお方、光源氏も許して下さるだろう、死に際には万事が消えるはずだ、長年可愛がってくださった情愛も残るだろう、と思うのも、情けないことである。

柏木の思考には、「人」という語が何度か現れる。「人」とはこの時代、「我」に対する他者の意であり、ことに和歌においては、恋人や夫婦のもう片方を指した。この「かく人にもすこしうち偲ばれぬべきほど」「なげのあはれをもかけたまふ人」「我も人も安からぬ乱れ」の三箇所の「人」の語は、女三宮を意味するようだが、三つ目は生まれてくる子とも取れよう。柏木は、女三宮と光源氏の「あはれ」、わずかな憐憫を求めながら、自らの命と引き換えに赦しを乞い願い、女三宮と生まれ来る不義の子の安寧を願って死のうとする。

最期の贈答歌

死を予感した柏木は、小侍従に託して女三宮に文を贈った。

いまはとて燃えむ煙(けぶり)もむすぼほれ絶えぬ思ひのなほや残らむ

命尽きた火葬の煙も絡まり留まって、絶えることのないあなたへの想いが残るでしょうか、と詠みかけ、「あはれとだにのたまはせよ」と、密通の折と同様に「あはれ」を求めた。柏木に同情した小侍従は、女三宮に無理に返事を書かせて柏木に届けた。柏木は病調伏の修法や読経を抜け出し、小侍従と対面、「あくがれ歩かば、結びとどめたまへよ」、自分の魂が抜けだして六条院を彷徨うようなら、魂が体に戻るように下前の褄を結んでおくれと頼む。女三宮の返歌には、

立ちそひて消えやしなましうきことを思ひみだるる煙くらべに

一緒に立ち消えようかしら、私の物思いの火の煙と、あなたの煙とどちらが激しいか比べるために、とあった、柏木は泣いて、力を振り絞り、「あやしき鳥の跡」、鳥の足跡のような筆跡で、

行く方なき空の煙となりぬとも思ふあたりを立ちは離れじ

煙となっても貴女のおそばを離れません、と返した。そもそも柏木から送った贈歌への返歌だから返事はしなくてもよいところだが、女三宮の返歌に感動したのだろう。

古代の文学には、恋ゆえに死ぬ、いわゆる〈恋死〉という発想がある。『万葉集』以来しばしば和歌に詠まれるが、現実に恋のために命を捨てる人がいたかは疑わしく、あくまで文学的な幻想だろう。『竹取物語』のかぐや姫の求婚者の一人石上中納言は、かぐや姫に求められた燕の子安貝を手に入れるために、高い所にかかった燕の巣を探ろうと籠で引き上げられ、降り損なって命を失い、経緯を耳にしたかぐや姫は「すこしあはれ」と思った。『源氏物語』で死を目前にした柏木が、女三宮や光源氏の「あはれ」を求める原型であろう。

女三宮は無事男子を出産した。薫である。女子ならば顔を人目に晒さずに済むのにと、光源氏は嘆いた。光源氏の子の誕生に、秋好中宮、今上帝、致仕大臣からも盛大な祝いが届くが、光源氏は上辺は繕うものの心から子を慈しむ風もないので、事態を悟った女三宮は出家を願うようになる。光源氏は表向きは出家を許さないものの、それが解決策だとはわかっていた。女三宮は、娘の様子を案じて下山してきた朱雀院の手によって出家してしまう。朱雀院の女三宮への配慮と愛情の深さは、父娘の連帯を強く感じさせ、光源氏は妬ましくもあり、やはり泣いた。こうした顚末も、実は六条御息所の死霊の仕業なのだと、物の怪が再度現れて笑うのだった。

柏木は女三宮の出産と出家を知り、ますます衰弱していく。見舞いに来た夕霧に、光源氏の勘気を解いてくれるよう懇願し、妻の女二宮を訪問してくれるよう頼み、「泡の消え入るやうに」亡くなった。ちなみに藤壺は「灯火などの消え入るやうにて」(薄雲巻)、紫上は「消えゆく露の心地して」(御法巻)、大君は「ものの枯れゆくやうにて」(総角巻)とあって、それぞれの亡くなる間際の様子の形容は多彩である(石田穣二)。

光源氏は生まれた男子、薫の誕生五十日の祝いの折、「静かに思ひて嗟くに堪へたり」と嘆じた。『白氏文集』巻五八、「自嘲」の詩の一節を踏まえたものである。これは、五十八歳の自らの老いを嘆く詩であるから光源氏は十年若いのだけれど、「『汝が爺に』とも、諫めまほしう思しけむかし」と、お前の爺、父親に似るなという趣旨だろうと語り手に推量される。光源氏はただ老いを嘆くだけでなく、柏木によく似た顔の赤子を前に、その将来を憂いて涙するのだった。夕霧は柏木の依頼通り、未亡人の女二宮とその母一条御息所を弔問した。致仕大臣一族はもとより、世間は柏木の死を深く悲しんだ。

筍をかじる薫

横笛巻、柏木の一周忌が過ぎても、人々は柏木の死の悲しみに暮れていた。「山の帝」と呼ばれ、出家して山寺に籠った朱雀院は、女三宮は出家し、女二宮は未亡人になって、娘が二人とも不幸になったのを悲しんだ。これは、継子譚の顛末にどこか似ている。継子譚では継子を苛めた継母の実子の結婚が破綻するのが定石である。かつて朱雀院は桐壺院の遺言を果たせず、光源氏を須磨行きに追い込み、父の亡霊に睨まれ眼病を患った。若菜上巻以降の朱雀院は、光源氏の六条院に暗転をもたらす点では光源氏に復讐するかのようだが、結局自らの娘たちの不幸を見届ける顛末となる。

朱雀院は女三宮に、寺の近くの林の筍や山芋の「野老」などを贈った。実の父娘の情愛深い連帯に、光源氏は疎外感を覚える。よちよち歩きの薫が、贈られてきた筍を生えかけた歯で喰い散らかすのを見て、光源氏は「いとねぢけたる色ごのみかな」、と風変わりな好色だと笑い、

うきふしも忘れずながらくれ竹のこは棄(す)てがたきものにぞありける

嫌な事も忘れられないが、竹の子のように育つこの子は見棄て難い、と子供ながらに秀でた薫への愛着を禁じ得ない。光源氏は、妻を寝取られ不義の子を抱きながら、自らの栄華を成り立たせた藤壺との過去の罪に懊悩するのだろうか。物語はその詳細を語らないが、読者は重い過去へと遡らずにはいられない。柏木の死は、光源氏に女三宮と不義の子の将来を背負わせた。

物語は「絆(ほだし)」の委譲とその積み重ねによって進んでいく。人々の「絆(ほだし)」をすべて代わりに担うところに、晩年の光源氏の主人公性がある。一方、女三宮の不義の子の薫は光源氏も認める魅力を秘め、後続の物語の主人公になる。そして光源氏の実子夕霧は、次世代の物語の主人公になれない。澪標巻で「中の劣りは太政大臣(おほきおとど)にて位を極(きは)むべし」と予言された夕霧ならではの限界と言えようか。

想夫恋の演奏

夕霧は秋の夕暮れ、一条宮の柏木の未亡人落葉宮とその母の一条御息所を訪問した。雁が列をなして飛ぶ肌寒い月夜に興をそそられて、琵琶を演奏しては、夫を思う「想夫恋(そうふれん)」という曲だからと落葉宮にも琴を勧め、宮も少しだけ応じた。一条御息所は、今夜の風流を故人も咎めないでしょうと、柏木の形見の笛を夕霧に託した。致仕大臣と柏木はともに和琴の名手で、総じて音楽の才に恵まれた。音楽の相伝の系譜を通して、血脈が確かめられるのである。

余韻冷めやらぬまま帰宅した夕霧は、妻やわが子の様子に興ざめし、格子を上げさせ御簾を巻き上げて月を見ながら、なぜ柏木はあの女宮を大事にしなかったのかと不審がりながら眠りに落ちた。すると柏木が生前さながらの姿で現れて笛を取り、この笛は別の人に伝えたいのにと言う。問い返そうと思ったところ、子供が泣いて目覚めてしまった。妻の雲居雁は、風流を気取って格子を上げて月など見ているから物の怪が入ったのだと、夫への不満を口にした。

平安時代、月はその美しさを賞美されると同時に、見るのは忌むべきものともされていた。太陰暦だった当時、歳月の経過、老いを表すものでもあった。また、亡き人が夢に現れるのは、この世に執着を残しているためとされる。藤壺が没後に光源氏の夢に現れるのがその好例だろう。だが同時に、藤壺も柏木も、秘密を共有する相手を確かに選んでいるようである。

柏木遺愛の笛

翌日夕霧が六条院を訪れると、明石中宮が生んだ二宮や三宮や薫が遊んでいる。光源氏は内心、中宮腹の皇子たちと薫を一緒に扱うべきではないと思いつつも、不義の子だと知るとかえって例の「心の癖」から、他の子たちと公平に接していた。夕霧は子供らと遊び興じながら、薫は色白で可愛く、宮たちよりきめ細やかで美しく、心なしか眼尻など柏木に似ている、柏木の父の致仕大臣が忘れ形見でもいたらと嘆いているのに、と思った。

夕霧は光源氏に昨夜の一条宮での事を話した。光源氏は落葉宮が「想夫恋」を奏したことを、女は男の前での風流心は慎むべきと評した。夕霧は内心反発しつつも無難に収め、昨夜の夢を語った。光源氏は、その笛はここで引き取る由縁のある陽成院（ようぜいいん）の笛で、亡くなった式部卿宮のものだからなどと言う。光源氏は、「さやうに思ふなりけんかし、など思（おぼ）して、この君もいといたり深き人なれば、思ひよることとあらむかし」と、柏木もやはり実の子に伝えたいのだ、夕霧も賢いから察しているのだろうと感じた。夕霧が、柏木が臨終の際に光源氏に深く詫びていたと話すと、光源氏は、やはりそうかと合点するが、素知らぬふりをしてやり過ごした。

柏木の遺言に導かれて、落葉宮らを慰めるために通う夕霧はこうして、ようやく柏木のもう一つの遺言、光源氏への謝罪を伝えた。だが光源氏は夕霧の詮索をかわして、薫の出生の秘密を口にせず、夕霧を疑念から遠ざける。その後も夕霧の中で薫の出生への疑惑はくすぶり続けたのだろうか、物語はその問題を追及しようとはしない。ただ夕霧は柏木の遺言に従って、未亡人となった落葉宮を庇護するという、光源氏からその役割を継承し、没落王族の庇護役を果たす。それは、かつて光源氏が夕顔の没後、その女房の右近を引き取り、夕顔頓死の醜聞が白日の下に晒されるのを阻止したように、密通の秘密を抱えたまま逝った柏木の近親者である落葉宮に接近することで、もしかしたら勘づいているかもしれない光源氏の最大の弱点である薫の出生の秘密という醜聞を手元に回収し、隠蔽する側面もあったのではなかろうか(高木和子)。

持仏開眼供養　鈴虫巻、夏の蓮の盛りに、女三宮の持仏開眼供養のため、光源氏の発願で仏具を整え、紫上が唐の錦の飾りを用意した。持経は光源氏が紙屋院の者に紙を漉かせて自ら書いた。仏典の講説に僧侶たちが参上、親王たちも集い、朱雀院や今上帝からも布施が届く。

朱雀院は、桐壺院から相続した三条宮に住むよう、女三宮に勧めた。光源氏は、女三宮の荘園からの収入、父の朱雀院から相続した品々など女三宮の財産を新しい倉を建てて運び込み、三条宮で暮らせるよう準備する中で、尼となった女三宮にこれまでにない執着をおぼえて、恋慕の情を訴える。自らの手元から離れるとなると執着を募らせるのは、光源氏の性癖である。だが、女三宮はただ困惑するばかりだった。

鈴虫と松虫　月の美しい八月十五夜、秋の虫、とりわけ鈴虫の鳴き声を愛でて、光源氏は女三宮のもとで琴を弾いていた。平安時代、和歌に詠まれる虫としては、鈴虫よりも松虫が馴染まれた。掛詞で「(人を)待つ」を連想させるからである。賢木巻、光源氏が野宮の六条御息所を訪ねた場面でも、秋の野の情感深い風景の中、松虫が鳴いていた。光源氏の情愛の薄さを嘆きつつ来訪を待ち続ける六条御息所には、松虫がふさわしい。一方ここでの女三宮は、鈴虫に象徴される。『古今集』には詠まれていないから、歌の素材としてはやや新しいのだろう。鈴虫の「鈴」「振る」の縁語の連想は、「振る」「古る」の縁語を導き、過去現在を往還する光源氏の思いにふさわしい。なお、当時の鈴虫は今の松虫、松虫は今日の鈴虫だとされるが、定かでない。

中秋の名月の宴　宮中の観月の管絃の宴が中止となり、兵部卿宮や夕霧たちも六条院を訪れて琴を掻き合わせる。光源氏は、月の宵はいつでも感慨深いが、今夜の月の色には「げになほわが世の外までこそよろづ思ひ流さるれ」、現世を越えた世界まで思われると言う。亡き柏木が折々に懐かしまれ、公私にわたって華やぎが失せたと惜しんだ。朝顔巻末近くでも冬の夜の月に「この世の外のことまで思ひ流され」と藤壺に想いを馳せていた。光源氏の柏木追憶も偽りではなかろうが、御簾の内で女三宮がどんな思いで聞いているかも想像せずにはいられない。

冷泉院から使者が訪れ、夕霧を召し出した。光源氏以下一同、冷泉院を訪れて月を愛でて管絃に興じた。女三宮を寝取られ、不義の子を我が子としながらも柏木を追憶する光源氏の心には、過去の藤壺との関係が去来したのだろうか。光源氏、冷泉院、夕霧が同席して、月を愛でて音楽に興じる場面は国宝「源氏物語絵巻」にあり、二千円札の図柄としても知られている。

出家願望　秋好中宮のもとに光源氏が立ち寄ると、中宮は、母の六条御息所が成仏せず、死霊となっているとの噂に、母の罪を軽くするために出家したいと願った。しかし光源氏は、御息所の追善供養を勧めるものの、中宮の出家を認めようとはしない。中宮は道心を深めつつ、光源氏の許しが得られない以上、無理に出家はしなかった。そもそも光源氏は、早く若紫巻から出家を願う心を抱え、賢木巻の雲林院参籠以来、事あるごとに出家への願いを深めてきた。だが、その都度多くは紫上への執着から、その願望は棚上げにされる。若菜上巻以降の光源氏晩年の物語では、朱雀院、女三宮、朧月夜などが順に出家していく中で、出家できない光源氏と、光源氏に出家の許しを請うものの許されない紫上が焦点化される。秋好中宮が出家を望むも制されるのは、光源氏と紫上の関係を照らし出す、類似の挿話の一つといえようか。横笛巻、鈴虫巻は、大きな事件は起こらず、柏木や六条御息所など故人の妄執を、生き残った人々が静かに受けとめる物語である。

三　まめ人の恋の悲喜劇――夕霧巻

まめ人夕霧

夕霧巻は「まめ人の名をとりてさかしがりたまふ大将」との書き出しから始まる。「まめ」とは「真面目、誠実」の意味であり、「実用的」といった意味にもなる。恋に不慣れな男ゆえの不器用さ、無粋さといってもよい。光源氏が風流を知る「すき」人だとすると、夕霧は対極的な「まめ」人なのである。夕霧は幼馴染で従姉弟の雲居雁と、その父の反対を乗り越えて結婚、そのため女三宮の後見としても選に漏れた。だが夕霧は柏木の没後、遺言に従って未亡人の落葉宮を訪問、次第に心惹かれていく。横笛巻で薫出生の秘事に接近しながら、光源氏に押し返された夕霧は、それ以上の疑念の追求はせず、ただ落葉宮に恋慕していくことになる。

この巻は光源氏晩年の重苦しい物語の中では、何か不要な脱線めいた喜劇に見える。なぜこのような巻が必要だったのか。おそらく光源氏の、そして読者の最も迎えたくない事態、紫上の死が目前に近づいており、それを書きたくない、読みたくないがゆえの、しばしの棚上げだったのだろう。

一条御息所は病が重くなり、小野の地に移った。小野は『伊勢物語』に知られる惟喬親王（これたかのみこ）の隠棲の地である。霧深い夕暮れ、小野を訪れた夕霧は、落葉宮に慕情を訴えるが、宮は困惑して受け入れず、何事もなく一夜を過ごす。だが夜明け方に帰る

やりとりの齟齬

夕霧は、律師に見られてしまった。律師から聞いて、二人が関係したと誤解した一条御息所は、夕霧に文を書く。

　女郎花（をみなへし）しをるる野辺（のべ）をいづことてひと夜（よ）ばかりの宿をかりけむ

女郎花が萎れている野原を、いったいどこだと思って一夜限りの宿りをとったのか。結婚当初は三日続けて通うのが儀礼なのだから、皇女と関わった以上は今夜も続けて訪れるのが礼儀では、との趣旨だった。ところが生憎御息所の文は、嫉妬した妻の雲居雁が奪い取って隠してしまい、夕霧が探し当てたのは翌日の夕方だった。そもそも夕霧としては、落葉宮とは関係していないから、翌日訪問する気はない。しかし二人の関係の内実は傍目にはわからず、男女の関係があったものと誤解された。一条御息所には結婚最初の三日間も通わないなど、不誠実にしか見えない。夕霧は一条御息所の手紙が、結婚を許す趣旨だと知って慌てて返事をするが、結婚二日目の夜に訪ねてこなかった夕霧を不誠実だと思う一条御息所は、悲嘆のあまりに病状が悪化し急逝した。母の死は夕霧のせいだと思う落葉宮は、かたくなに夕霧を拒んで許さない。

度重なる誤解や意思疎通の齟齬が、思いがけない不幸をもたらす物語である。にもかかわらず、どこか深刻さに欠けて、喜劇めいて見えるのは夕霧と雲居雁の夫婦喧嘩が、いかにもどこにでもありそうな家庭の風景に見えるからだろう。この、夕霧が広げようとする一条御息所の手紙を、雲居雁が背後に立って奪い取る場面は、国宝「源氏物語絵巻」に残る。

光源氏の物語の陰画

若菜上巻以降は、光源氏と紫上という安定した理想的な夫婦の間に、女三宮という新たな女が登場、六条院の平和な秩序が揺らぎ、紫上の忍耐によって辛くも平衡が保たれる物語だった。夕霧巻は、新しい有力な妻の出現による夫婦関係の危機という課題が、夕霧と雲居雁という安定した夫婦の間に、落葉宮が登場する形で、息子たちの世代に反復される。

いずれも、光源氏・夕霧という親子のそれぞれの平和な家庭に、朱雀院の皇女たちが参入することで起きる騒動の物語である。一見光源氏・夕霧親子の家庭崩壊の危機にも見え、朱雀院の復讐劇と見える側面もある。だが時の帝は他でもない、朱雀院の息子である。光源氏と夕霧が今上帝の異母姉妹を二人まで掌中に収めるのは、彼らの内面の複雑さや不幸とは別次元で、光源氏・夕霧一族の繁栄の証に他ならない。

夕霧の恋の噂に光源氏は心を砕き、紫上は落葉宮の翻弄される生を嘆いた。息子世代の家庭不和を第三者的に見る事で、光源氏も紫上も、自らの生を反芻することになる。

女の生き難さ

> 女ばかり、身をもてなすさまもところせう、あはれなるべきものはなし、もののあはれ、をりをかしきことをも見知らぬさまにひき入り沈みなどすれば、何につけてか、世に経(ふ)るはえばえしさも、常なき世のつれづれをも慰むべきぞは、おほかたものの心を知らず、言ふかひなき者にならひたらむも、生(お)ほしたてけむ親も、いと口惜しかるべきものにはあらずや、心にのみ籠(こ)めて、無言太子(むごんたいし)とか、小法師(こぼふし)ばらの悲しきことにする昔のたとひのやうに、あしき事よき事を思ひ知りながら埋(うづ)もれなむも言ふかひなし、……

この「女ばかり、身をもてなすさまもところせう、あはれなるべきものはなし」は有名な一文である。夕霧の艶聞を耳にした光源氏が、自分の死後貴女はどうなさるか気がかりだと語りかけると、紫上は顔を赤らめて、自分を置いて先立つつもりかと怨み言を言った。内心、女ほど身の処し方の難しいものはない、教養を身につけ、物の分別もあり、風流を楽しむ気持ちもありながら、ひたすら沈黙しているだけでは育てた親も甲斐がない、さりとて風流心から男たちとの対話に興じれば、結局落葉宮のように新たな男に身を託すことになる、無言太子とかいう口の業の罪を恐れて十三歳まで物が言えなかった古代インドの波羅奈国の皇子のようにするほかないのかと、女の身の処し方に頭を痛めるが、それも自身のためではなく、幼い女一宮のためだという。この慨嘆は、当時の上流貴族の女たちの普遍的な悩みを紫上の思念として書かれたものだが、紫式部の思想とも読めるところである。

夕霧には心を閉ざす落葉宮であったが、母一条御息所の没後は身寄りもなく、周囲が夕霧との結婚を既成事実のように推し進めるのに従うほか術はなかった。落葉宮は一条宮に戻り、迫る夕霧を拒んで塗籠に立て籠るものの、長くは抵抗できず、結ばれてしまう。嫉妬する雲居雁を夕霧はなだめすかすが、雲居雁は実家の致仕大臣のもとに帰ってしまった。

それでも夕霧は雲居雁を迎えに行き、鬚黒のような離婚騒動にはせず、丸く収めた。

夕霧の子だくさん

夕霧には雲居雁のほか、惟光の娘との間にも子が多く、子の少ない光源氏と違って、子だくさんであった。光源氏の一族の末広がりの繁栄とも言えるが、光源氏のような王者の風貌を失い、かつての頭中将にも似た、摂関家的な繁栄に転じた証とも見える。

夕霧が落葉宮とともに一夜を過ごしながら関係を持たなかった小野の夜の物語は、のちの薫と大君の物語を先取りするかのようでもある。小野の地が最後の女君浮舟の住む地として選ばれるなど、夕霧物語には宇治十帖を予感させる要素が数多く見受けられる。

四　紫上の死と哀傷――御法・幻巻

死への予感

御法巻は、死を予感した紫上の思念から始まる。光源氏に再三出家を願うが、光源氏は受け入れない。紫上はこの世に飽き足らないことはなく、気がかりな子供もいない身の上だから、長生きをしたいとは願わないけれども、自分を失って当惑する夫を想像すると「ものあはれ」で、出家を許されないことに甘んじている。一方の光源氏は、自分自身も出家を願うものの、出家すれば紫上とは同居できず、二度と会わない覚悟が必要だから、今の自分はやはり出家できないと考える。若菜上巻以降では朱雀院をはじめ、女三宮や朧月夜などの女君たちも次々に出家を果たす中で、光源氏も紫上も出家を望みながら、出家できない。その光源氏は、迷妄に生きる弱々しい存在にも見える。しかし、光源氏は出家したら俗世への執心は少しも残してはいけないと、出家に人一倍高い理想を抱いている。そして光源氏がもし果断に出家を果たしたら、物語はもはや続きようもなく、終わるほかないのである。

死を予感した紫上は、二条院で法華経千部供養を行う。光源氏に出家が許されない紫上が仏道への志を示す方法だった。自らの死期が近いのを察知して、明石の君や花散里、明石中宮の子供たちともひそかに別れの挨拶をした。明石中宮腹の匂宮に、「大人になりたまひなば、ここに住みたまひて、この対の前なる紅梅と桜とは、花のをりをりに心とどめてもて遊びたまへ」と遺言した。遺言では生き残る子女の将来を誰かに託すことが多い中で、子のない紫上が託せるものは紅梅と桜でしかなかった。それは匂宮への二条院の譲渡を意味するのだった。

臨終の唱和歌

秋になった。里下がりしている明石中宮がそろそろ宮中に戻ろうという頃、紫上のもとに対面に訪れた。風のひどく吹く夕暮れ、小康状態の紫上を囲んで、光源氏と明石中宮が、紫上の枕頭に集まった。紫上は、

おくと見るほどぞはかなきともすれば風にみだるる萩(はぎ)のうは露

萩に宿る上露のような、「置く—起く」間の短い自分の命のはかなさを詠んだ。光源氏は、

ややもせば消えをあらそふ露の世におくれ先だつほど経(へ)ずもがな

消えるのを争う露のような生に、後にも先にもならぬよう、一緒に死にたいものだよ、と詠む。

秋風にしばしとまらぬ露の世をたれか草葉のうへとのみ見ん

明石中宮は、秋風にわずかもとどまらぬ露のように、はかない生はみな同じです、と歌った。

実の子のいない紫の上の、養女の明石中宮を同席させたこの唱和が、光源氏と紫上の最期の対面だった。光源氏と紫上の二人だけの対面では、重すぎたのであろうか。紫上は、「今は渡

らせたまひね。乱り心地いと苦しくなりはべりぬ」と退席を促した。中宮が手を取りながら泣く泣く部屋を去った折は、「まことに消えゆく露の心地」がした。その夜、「明けはつるほどに消えはてたまひぬ」と、夜明け方、露が消えるように亡くなった。

即座の葬送

紫上が亡くなって、野分巻以来初めて紫上に接した夕霧は、その死に顔の美しさに感動を禁じ得ない。だが葬送は、翌日行われた。光源氏が紫上の美しさが変り果てるのを厭うたからだともされる。なるほど葵上の没後、何日も蘇生を待ったのと比べれば、いくらか性急さも感じられる。ただ、平安朝の葬送儀礼は、翌日から半月後にも及ぶ例もあるというから(高田信敬)、必ずしも異例とはいえない。いずれにしても、この物語の女君の死の多くと同様、紫上の死は八月中旬の夜、かぐや姫昇天のごとく形象される。光源氏の悲嘆はこの上なかった。

重要なのは、光源氏が一年余りの服喪期間を設けて、女三宮降嫁後はもはや正妻とは言えなくなった紫上に、それでもやはり最大級の哀悼を示す点であろう。そして、最大の執着の種であった紫上の死後もなお、光源氏は容易には出家できない。

春夏秋冬の歌

幻巻(まぼろしのまき)は光源氏最後の巻である。光源氏は人々の前に姿を現さないまま、紫上が亡くなった翌年の春夏秋冬の一年間を過ごす。その時間は紫上に対する服喪の時間であると同時に、光源氏の生涯を追憶し反芻する、最後の一年であった。春の桜、夏の花橘に時鳥(ほととぎす)、秋の七夕(たなばた)、長恨歌(ちょうごんか)、冬の雪と、折々の風物に託して明石の君、花散里らの女君や、兵部卿宮らごく身近な人々と和歌を交わす。幻巻一巻がさしずめ家集の趣なのだが、それらは四季歌であり、恋歌であり、哀傷歌でもある。歌だけが充満して散文が後景に退く物語は、もはや新たな展開を拒否するかのようでもある。

二条院か六条院か

この紫上没後の光源氏はどこにいるのか。二条院か六条院か、両説あって定かでない。二条院は、もとは光源氏の母桐壺更衣の里邸を、桐壺巻末で桐壺帝が修理したもので、光源氏の私邸だった。光源氏が須磨に下る際に、紫上に地券を預けたことで、紫上は二条院の主人になったようである。紫上にとっては光源氏に引き取られて以来、兄妹のように過ごした思い出の邸でもある。やがて光源氏は二条院から六条院に居を移し、紫上自身も六条院の春の町に住んだけれども、女三宮参入前に春の町の寝殿から東の対に移り、若菜下巻の病以降、紫上は二条院で療養していた。紫上の没後、光源氏はそこで喪に服したかに見えるが、幻巻の春夏秋冬の描写はいつしか、六条院の風景にも見える。光源氏の物語の終焉にふさわしい、いわば幻想の風景ともいえようか。

召人中将の君

幻巻で際立つのは、紫上の女房の中将の君の存在である。紫上没後、明石の君や花散里よりもむしろ、光源氏に近侍している。一つには紫上を思い出すよすがだからであって、紫上亡き後にたとえば明石の君と光源氏を親密にさせるわけにはいかないといった事情もあるのだろう。それにしても、そもそもこの女房は、誰だったか。

遠く遡って末摘花巻、葵上に近侍して、光源氏のたまさかの情けを受けていた中務の君という女房がいる。琴に嗜みのある女房で、頭中将に懸想されても相手にせず、光源氏の訪れを待って、葵上の母の大宮に渋い顔をされていた。葵上没後、光源氏が須磨に下る際には、「わが御方の中務、中将などやうの人々」は、二条院を紫上に譲るのと同時に紫上付きとなった。これらが葵上のもとにいた女房たちかは定かでないが、それに類するいわゆる召人、光源氏のお手の付いた女房であろう。若菜上巻で女三宮降嫁の折に、一人寝の紫上に皮肉を含んだ同情を示した女房も「中務、中将の君などやうの人々」と呼ばれた。女房名としての「中将」はよくある名で、親族に中将がいたことに由来すると考えるのが自然だが、それは女房集団における階層とも連動するものだった。これらの「中将」が同一人物かどうかは定かでないにせよ、光源氏の晩年のひと時の慰めを、端役の女房が担うところは興味深い。

亡き人の文

紫上の没後、世間との交流を絶って一年を過ごした光源氏は、いよいよ年の暮も近づき、人目に触れては困る手紙を処分しようとする。秘密の文は、破るのは惜しいが処分せねば誰かに見られてしまう。ここには具体的には示されていないが、かつて藤壺との間に交わした手紙なども、周到に処分したに相違ない。一方、柏木が、女三宮との密通を光源氏に知られたのは、女三宮の不注意から柏木の手紙が光源氏に見つかったからだった。宇治十帖の橋姫巻では、柏木の女三宮宛の手紙が弁の君を介して薫の手に渡り、薫は出生の秘密を知ることになる。過去を完全に隠蔽して後の世に伝えなかった光源氏と、手紙を通して密通が露顕し、秘事を次代に伝える柏木の生き様とが、好対照に描き分けられている格好である。

ここで話題となるのはやはり、紫上との文である。「かの須磨のころほひ」、光源氏が一時、須磨に退去していた頃の紫上の手紙は、特別にして結わえてあった。長い歳月が経った今でも、たった今書かれたような墨の跡に、感慨を一段と深めるほかない。「千年(ちとせ)の形見」ともなるはず、と思う一方、出家すればもはや見ることもできない、と親しい女房たちに目前で破らせる。『無名草子』は、手紙のことを、時空を超えて人と人との交流を促すものとして、高く評価している。生きながらにして隔てられた須磨の頃も、死別した今も、手紙は慕わしい人を身近に感じさせ、情愛を掻き立てるよすがなのである。

いと、かからぬほどのことにてだに、過ぎにし人の跡と見るはあはれなるを、ましていとどかきくらし、それとも見分かれぬまで降りおつる御涙の水茎（みづくき）に流れそふを、人もあまり心弱しと見たてまつるべきがかたはらいたうはしたなければ、おしやりたまひて、

死出（しで）の山越えにし人をしたふとて跡を見つつもなほまどふかな

「だに〜まして」は、程度の小さいものを評価して、他のものの程度の甚だしさを強調する。「過ぎにし人」、亡き人の筆の跡は、さほどの関係でなくても懐かしく感慨深いのに、まして紫上のものならば一層感無量なのだ。「水茎」、涙が流れて筆跡を辿るのを、周りの人もあまりに気弱だと見るに違いない、そばで見ていても気がもめるだろうし見苦しい、と執着を振り切って光源氏は歌を詠じる。

死出の山を越えた人を慕っては、「跡」、その足跡を辿るように、筆跡を見てもやはり惑いを深めることだ――、光源氏の歌に応ずるに足る女房もいないということか、これは独詠歌となっている。今にして思えば、須磨の別れなど、まだ二人ともに生きていて、さして遠い別れでもなかったのに、一大事だとばかりにお書きになった言葉は、当時よりも感慨深く、こらえきれない悲しさだという。光源氏はもう一首、

かきつめて見るもかひなし藻塩草（もしほぐさ）おなじ雲居（くもゐ）の煙（けぶり）とをなれ

いまさらかき集めても仕方ない、燃えて煙となって亡き人の火葬の荼毘の煙ともなれ、と歌った。これも光源氏の独詠歌であるが、紫上の手紙の傍らに書きつけられ、共に煙となって天に昇ることで、紫上宛の最後の贈歌となる。それはちょうど『竹取物語』の末尾で、月の国に帰ったかぐや姫が残した手紙を、帝がその返信を添えて富士山で焼かせた物語と似ている（河添房江）。文を焼くことで、この世とあの世の最後の交信を果たそうとするのである。

光り輝く源氏

一年間人前から姿を消していた光源氏は、紫上の没した翌年十二月中頃、一年の罪障を浄化する仏名の法会に姿を現した。導師が退出する際に御前に呼んで杯を賜り、和歌を詠みかわした。その光源氏の姿は、「御容貌、昔の御光にもまた多く添ひて」と、昔に増して光り輝くさまだったと絶讃された。女三宮を柏木に寝取られ、不義の子が生まれるという光源氏晩年の物語は、重苦しい。若き日の絶対的な卓越性を失っていく光源氏は、〈相対化〉とも〈凋落〉とも評され、六条院の〈崩壊〉とも評されてきた。だがそのような理解では、光源氏の生来の光り輝く資質が、物語の最後に確認されることの説明がつかない。

光源氏の死の場面は、現存の巻にはない。光源氏の死を物語るはずの雲隠巻は巻名だけで、本文は現存しない。本文は失われたとも、もともとなかったとも言われる。本居宣長は、光源氏の死を悼む人の不在こそが光源氏の死を書かない理由だとする。古代の文学において死は、死なれた側が悼み鎮魂する、哀傷としてあった（今西祐一郎）。物語は次第に、柏木、紫上、宇治大君と、死にゆく者の内面を描き始めるけれども。

父帝の妻を寝取り、子をなすという『源氏物語』は、古代ギリシャのオイディプスの物語同様、いわゆる〈父殺し〉の物語である。父を殺した王の流浪による終焉も、因果応報の顚末として話型的に約束されている。光源氏と桐壺帝は最後まで融和的であるものの、『源氏物語』は実に古典的な話型にのっとった物語である。否、だからこそ、物語は最後に光り輝く光源氏を描く。女三宮を迎えた六条院はかつての華やぎを次第に失い、紫上とのきしむ夫婦関係が重苦しく続いていく。だがかつてのような無邪気さを失い、藤壺の身代わりを脱して成熟していく紫上と向き合うことで、光源氏自身も愛を深く豊かにしたのではなかろうか。そしてまた不義を犯した柏木の死に心を痛め、不義ゆえに出家した女三宮への執着を捨てきれず、彼らの子である薫を「我が子」として慈しむ。物語が進むにつれ、多くの人たちが出家や死によって苦悩から解き放たれ、その人々の「絆（ほだし）」を光源氏が一身で引き受けていく。幻巻で「世のはかなくうきを知らすべく、仏などのおきてたまへる身なるべし」、この世のつらさを思い知らせるために仏がお作りになった我が身に相違ない、と嘆息するように、光源氏は生の苦悩を知るべく仏に作られたと慨嘆しているが、そのように他者の執着や苦悩を引き受け、なおも生き続ける光源氏にこそ、この物語は新たなる王者性を見出したのではなかろうか。

光源氏は、現世で自らの執着や苦悩と向き合い続けた。最後の光源氏の光り輝く姿は解脱を思わせるが、あくまでその出家も死も書かないところに、物語作者の光源氏への愛着の深さが感じられる。光源氏の成熟とともに、物語自体も成熟し深まっていくのである。

V　次世代の人々

一　光源氏没後の人々——匂兵部卿・紅梅・竹河巻

光源氏没後の物語

光源氏の退場後の物語は、現存の『源氏物語』では十三帖ある。匂兵部卿巻（匂宮巻）、紅梅巻、竹河巻と続く、いわゆる「匂宮三帖」と、橋姫巻から夢浮橋巻までの、いわゆる「宇治十帖」である。両者には時間的な重複や官職名の矛盾などもあり、一直線に進む風には見えないため、別人作者説もあり、後続の物語の模索の過程とも評されてきた。ただ、紅梅巻は元の頭中将家の、竹河巻は鬚黒を亡くした玉鬘の家の物語だから、いずれも「藤氏物語」であり、当初から一巻のみの挿話以上の発展の予定はなかったはずである。むしろ紅梅巻と竹河巻で、紅梅大納言や玉鬘が、柏木の不義の子で実の甥にあたるところの薫の出生の秘密に微妙に接近しつつ、明瞭にされないところが肝要であろう。「匂宮三帖」は、「源氏」でありながら実は「藤氏」である薫が、没落王族と関わる宇治十帖の物語が拓かれる前提としての挿話だと考えてよいだろう。

二人の貴公子

匂兵部卿巻、光源氏亡きあとの物語世界には、薫と匂宮という好対照の男主人公が登場する。実直でこの世の栄華が心に染まない薫は、柏木と女三宮の不義の子、風流な色好みで女性関係も華やかな匂宮は、今上帝の明石中宮腹の第三皇子である。光源氏を失った物語が新たに見つけた主人公とはいえ、二人とも一人では主役にはなれない。

明石中宮は、今上帝の三人の皇子と姫君を生み、六条院の春の町で育てた。夕霧は子だくさんで長女を東宮に、次女を二宮に入れている。花散里は二条東院、女三宮は三条宮に移ったため、夕霧は六条院の夏の町に落葉宮を招き入れ、『うつほ物語』の正頼同様に、三条殿の雲居雁のもとと双方に十五日ずつ通っている。惟光の娘が産んだ六の君を、落葉宮の養女としてかしづいた。冷泉院は光源氏の願い通り、秋好中宮とともに薫を目にかけている。薫は幼い頃から、母の女三宮の年若い出家に不審を抱き、出生の秘密を薄々感じて自らも出家を願う一方、世間からは婿に望まれ、もてはやされていた。

新たなる資質

薫と匂宮は、横笛巻では光源氏の六条院で共に遊んでいたが、ここに来て新たな人物像に造り直される。匂兵部卿巻ではこれまでと一変して、薫は生来、仏の生まれ変わりのような香しい体臭を帯びているとされ、匂宮も対抗して常に芳香を身に着けている。およそ嗅覚的な美への関心は平安初期にはさほど深くなく、例えば『古今集』の歌では梅の香など限定的である。光源氏次世代の主人公の造型のための新たな趣向だろう。「昔の源氏は、すべて、かく立ててそのことと様変りしみたまへる方ぞなかりしかし」と、光源氏は特定の方面に偏った傾倒はなかったのに対し、香りを競う匂宮は「すいたる方にひかれたまへり」とされる。「すき」とは書や音楽などの風流に心を傾けることで、好色もその一つである。「匂ふ兵部卿、薫る中将」、芳香を身にまとった新たなる二人の主人公の誕生である。

致仕大臣家のその後

紅梅巻は、柏木没後の旧致仕大臣家のその後を描くもので、柏木の弟の紅梅按察大納言が家を継いでいる。かつての頭中将の子で、柏木の同腹の弟、賢木巻の韻塞ぎの負態で美声を賞讃された弁少将で、今は大納言である。常夏巻で、近江の君を探し出した自家の失態を光源氏に語っていた人物である。幼少の頃の柏木が光源氏周辺に登場しないのと対照的に、光源氏に近侍していた。柏木と紅梅の母は、右大臣の四の君、桐壺帝の弘徽殿女御の妹、朧月夜の姉である。柏木は母方の右大臣家に近く、紅梅は父方の左大臣家に近く育った可能性もある(今井久代)。「按察大納言」の呼称はそれが最終的な官職となった印象も強いから、勢力低下は否めない。

紅梅大納言は亡き妻との間に大君・中の君と二人の娘がいるが、妻は亡くなった。鬚黒の娘の真木柱は蛍兵部卿宮と結婚して娘の宮の御方をもうけたが、宮と死別後、大納言がこっそりと通い始め、男の子も生まれた。大君は東宮に参入、中の君は匂宮にと願っている。ではなぜ薫でなく、匂宮なのか。紅梅大納言は、薫と匂宮とを世間が格別にもてはやすのは当然と認めつつ、やはり光源氏をこそ比類ない優れた方と追憶する。実直な薫よりも好き者の匂宮の方が、光源氏の面影を感じさせるからだろうか。世間的には薫をこそ、光源氏の忘れ形見と慕うところであるが、まるで本当は柏木の息子だという薫の出生の秘密を知っているかのようでもある。

大納言は継娘の宮の御方に心を寄せ、匂宮も中の君ではなく、宮の御方に心を寄せるのだった。継子物語は継母が継娘を苛める話として知られるが、継母が継息子に懸想をする『うつほ物語』の忠こそのような話もある。光源氏が継母の藤壺に恋い焦がれるのは、継母による継息子への懸想の反転の物語である。継父の場合、継娘への懸想が一つの型だといえようか。

物語の語り手

竹河巻冒頭には、光源氏の一族とは異なる「後大殿わたりにありける悪御達の落ちとまり残れる」者の「問はず語り」だと宣言されている。鬚黒一族に仕えた女房たちが語ったもので、「紫のゆかりにも似ざめれど」、紫上のゆかりの物語とは違い、光源氏側とは異なる立場からの物語だという趣向である。『源氏物語』の語り手は、巻によって場面によって縦横無尽に変化する。たとえば蓬生巻の語り手は、末摘花に近く仕えていた女房という設定だった。語り手の立ち位置が変化することで、物語は多様な価値軸を獲得できるのである。

鬚黒一族のその後

鬚黒没後、玉鬘は三人の男子と二人の女子の身の振り方に、苦慮していた。玉鬘は異母兄弟である致仕大臣(元の頭中将)の子息にはさほど馴染まず、今なお光源氏の子の夕霧を頼りにしていた。玉鬘は薫を光源氏の子として大切にしているが、和琴を奏する音が柏木に似ていると聞いていると語る。致仕大臣と柏木はともに和琴の名手だったから、いわば致仕大臣家のお家芸である。それに通じるものを薫に感受するからには、薫の出生に気づいていたのだろうか。このあたり、紅梅巻の紅梅大納言同様、秘密に近づくようで核心には辿り着けない、微妙な語り口である。

桜の頃、夕霧の雲居雁腹の子である蔵人少将は、囲碁を打つ玉鬘の娘の大君・中の君姉妹を垣間見て、心惹かれた。国宝「源氏物語絵巻」の一幕にもなる場面である。しかし玉鬘は悩んだ挙句、かつて自身が期待に添えなかった埋め合わせをしようと、大君を冷泉院に参入させ、中の君も尚侍として出仕させる。今上帝や薫や蔵人少将らも、悲嘆にくれた。大君は冷泉院の女宮、次いで男宮も出産した。冷泉院が皇位継承の可能性の低い譲位後になって男子に恵まれたのは、光源氏の不義の子である冷泉院の血筋に皇位継承をさせない物語の倫理観ゆえだろう。

冷泉院には光源氏の養女の秋好中宮、玉鬘の異母姉妹の弘徽殿女御がおり、大君が冷泉院の子をなしたことで、玉鬘は立場を悪くする。かつての冷泉院への芳情や、明石中宮への配慮ゆえに冷泉院に娘を入れたのだが、今上帝にも夕霧にも玉鬘自身の息子たちにも、不本意に思われてしまう。致仕大臣の娘でありながら光源氏の養女として育った玉鬘ならではの、引き裂かれた悩み、それは、柏木の子でありながら光源氏の子として育った薫の悩みと相似的である。

その後、夕霧は左大臣に、紅梅按察大納言は右大臣に、薫は中納言になる。以下の宇治十帖では夕霧が右大臣に戻っており、年立に矛盾がある。作者の覚え誤りとも別人作者説の根拠ともされるが、そもそも物語の世界は、きれいな年立に整合するものではないのだろう。

二　八宮の姫君たち――橋姫・椎本・総角巻

橋姫巻にいたり、桐壺帝の息子で、光源氏存命中の物語には登場していない人物が新たに登場する。八宮である。朱雀帝の御代、まだ東宮だった、のちの冷泉帝を引きずり降ろそうと弘徽殿大后方が画策、八宮が東宮に担ぎあげられかけたという。

二人の不義の子

だが冷泉帝が即位すると、八宮に追従していた人々はすっかり離反した。北の方は大臣の娘で夫婦仲はよかったが、二人目の娘を出産して亡くなった。邸も火事に遭い、宇治に移って大君、中の君の二人の娘を育てている――。橋姫巻以下の十帖「宇治十帖」は八宮の物語、いわば、これまでの物語の外伝である。冷泉院も橋姫巻で初めて、桐壺院の第十皇子だとされる。これまでの物語の隙間を縫って作られた新しい八宮の物語の中で、冷泉院がそれより若いと言及する必要が生じたのだろう。

八宮は仏道に深く傾倒して山寺の阿闍梨に学んでいた。薫は冷泉院のもとで阿闍梨から八宮、「俗聖」のことを聞き、「法の友」と慕って宇治に通い始める。薫と八宮の縁が、冷泉院と薫、二人の不義の子が向き合う場でもたらされたことに留意したい。だが、救済に通じるはずの阿闍梨がもたらした八宮との縁は、薫に新たな迷妄を与え、仏道からむしろ遠ざけていく。

音楽に興じる姉妹

秋の終わりに薫が宇治を訪ねると、八宮は山寺に籠って不在で、娘達が音楽に興じていた。薫は宿守の男に案内を頼み、垣間見した。これは『伊勢物語』初段、旧都である奈良の春日の里に訪れた男が「いとなまめいたる女はらから」に心奪われ、着ていた狩衣の裾を切って歌を贈る話を原型としている。「女はらから」とは姉妹の意で、男の実の姉妹との説もあるが、普通は姉妹二人と解されるからである。薫はそっと垣間見た。

内なる人、一人は柱にすこしゐ隠れて、琵琶を前に置きて、撥を手まさぐりにしつつゐたるに、雲隠れたりつる月のにはかにいと明くさし出でたれば、「扇ならで、これしても月はまねきつべかりけり」とて、さしのぞきたる顔、いみじくらうたげににほひやかなるべし。添ひ臥したる人は、琴の上にかたぶきかかりて、「入る日をかへす撥こそありけれ、さま異にも思ひおよびたまふ御心かな」とて、うち笑ひたるけはひ、いますこし重りかによしづきたり。

廂の間にいる人の、一人は柱に少し隠れて、琵琶を前に置いて、撥を手まさぐりに座っていると、雲に隠れていた月が急に明るく差し出たので、「扇ではなく、撥でも月は招き寄せられるわね」と覗き出したその顔は、実に愛らしく華やいでいる。傍らに臥した人は、琴に覆いかぶさって、「沈む日を招き返す撥はあるけれど、変わったことを思いつくのね」と笑うその様子は、落ち着いて奥ゆかしい。

琵琶を弾く華やいだ性格の方は中の君、琴を弾く落ち着いた性格の方は大君と見るのが今日の通説だが、物語にはすでに大君は琵琶、中の君は琴が得意とあるため、逆だとする説もある。異なる気質を与えられ、一見分別されたかに見える姉妹には、すでに交換可能な二者となる予感がある。後に薫が、大君の寝所で中の君と一夜を過ごしたり、中の君に亡き大君の面影を見る展開をいくらか先取りしていると言えようか。宿守の男は、薫の香しい香の染みた装束をもらったものの、香をひとに咎められて持て余した。

秘密を知る女房

薫は二人の娘に心惹かれ、大君と文を交わすようになる。薫から話を聞いた匂宮も宇治の姉妹に関心を抱き始めた。薫は、先夜話しかけてきた、姉妹に仕える老女房の弁の君の話が気にかかってならない。宇治を訪れた薫に、八宮は娘たちの将来を託し、薫は「わざとの御後見」でなくともお世話する、と応じた。薫は弁の君と話し、弁の君の母は亡くなった柏木の乳母、父は八宮の北の方の母方の叔父だと知る。柏木と女三宮の関係を聞き、二人の交わした文を受け取った。決して他言しないと約束するものの、弁の君の存在は、秘密の漏洩を恐れる薫を、宇治に向かわせる動因となる。

手紙は時代を超えて、後の世に事の次第を伝えてしまう。柏木は、若菜下巻で女三宮宛の手紙を光源氏に見られて不義が露見した。光源氏は、自分が若い頃は人に見られても真相がわからぬように書いたものを、と柏木を見下した。妻を寝取られた光源氏の負け惜しみでもあろうが、幻巻で光源氏は人手に渡ることを恐れて手紙を処分している。柏木の脇の甘さは一貫しており、むしろそれを逆手にとって、薫に出生の秘密を伝える手段として、物語は手紙を利用したのである。ちなみに実父柏木の手紙に接した薫は、恋文でも白い紙を用いたり立て文の形にするなど偽装して人目を憚り、かえって女性を魅了しきれない薫の限界を露呈させる。

「みやびか」な姫君

宇治の姫君たちは薫の眼に「いみじうあてにみやびかなる」、なんとも高貴で都風に映る。「みやびか」とは、「みやび」な様子であること。「みやび」は「鄙」の反対の意味で、風流・都会風との意である。『源氏物語』では光源氏の六条院こそが「みやび」なはずだが、当たり前だからか、あまり「みやび」とは形容されていない。むしろやや周辺の人物、澪標巻の晩年の六条御息所邸、蓬生巻の末摘花邸、松風巻の明石尼君などに、思いがけず都風の風情が見出されると「みやびか」と評される。宇治の姉妹やそれに仕える弁の君も「みやびか」と評される一人で、鄙の地にいながら薫の出生の秘密を担うにふさわしい人物となっている(高木和子)。

八宮の娘たち姉妹は皇孫ではあるが、薫の支援がなければ零落が必至な、没落王族でしかない。光源氏の物語、いわゆる正編で言えば、光源氏に救済されなかった場合の紫上や末摘花の物語に相当しようか。光源氏には葵上との結婚や六条御息所との恋など、権勢や財力のある上流貴族との交渉が一方にあってこそ、紫上や末摘花との関係があった。宇治十帖は、薫には宇治こそが世界の中心であるかの体で進んでいくけれども、実は都で将来を嘱望された薫の、日常からのひと時の息抜きでしかないことが次第に露呈していく。その意味で宇治十帖は、正編の反転した世界である。

遺言の多義性

巻は変わって椎本巻。匂宮は二月、初瀬詣を口実に宇治の八宮邸の対岸に逗留、匂宮を迎えに来た薫らとともに、管絃の遊びに興じた。八宮は対岸の賑わいに、華やかなりし往年を懐かしんだ。宇治川を挟んで八宮と匂宮は交流、匂宮からの歌には中の君が応じるようになった。秋になって、死を予感した八宮は、「真心に後見きこえん」と望む者がいればと願い、宇治を訪れた薫に再び娘たちのことを「思ひ棄てぬものに数まへたまへ」と託した。八宮は娘たちには「おぼろけのよすがならで、人の言にうちなびき、この山里をあくがれたまふな」と、軽々しく人の言葉に惑わされてこの山里を離れるなと言い残し、阿闍梨の山寺に籠った。勤行が終わる日に体調を崩し、阿闍梨に下山を諌められ、そのまま亡くなった。

遺言が物語を切り拓くという展開は、この物語に幾度も繰り返されてきた。桐壺院の、東宮や光源氏を重用せよとの遺言を守らなかった朱雀帝は、治世が短命に終わった。明石入道の、若紫巻に「かの入道の遺言」と呼ばれる明石の君の結婚についての信念は、犠牲を払いつつそれを遵守する明石一族に栄華をもたらした。また紫上の祖母も臨終に際して光源氏に孫娘を託している。六条御息所の遺言も、光源氏に斎宮への懸想を断念させ、冷泉朝への入内を実現させた。遺言ではないものの、出家を決意した朱雀院による女三宮の後見選びも、これに準ずるかもしれない。このように遺言の多くは、死にゆく者が大切な子女を生き残る者に託す、いわば「絆(ほだし)」の委譲である。なればこそ、それに違反した者には不幸がもたらされる。〈遺言〉は〈予言〉と同様、その実現非実現を通して、物語に長編的な枠組みを提供する。

ところが八宮の遺言は単線的ではなく、いささか多義的である。宇治の姉妹を託された薫は結婚への期待を抱く一方、大君は軽々しく宇治の地を離れるなと諫めた父の遺言に呪縛されて結婚を拒む。八宮の遺言は受け手のそれぞれの解釈、異なる志向を許し、引き裂かれた遺言と化していく。遺言の遵守こそが正義であり、幸福をもたらすという正編の物語の前提を覆し、遺言の呪縛が齟齬や混乱をもたらすところに、宇治十帖の悲劇の発端がある。

八宮の遺言を多義的にするのは、「後見（うしろみ）」の語でもある。「後見」とは、政治的な補佐役、乳母など私的な親代わりの庇護者、夫に対する妻、妻に対する夫など、きわめて多様な人間関係に用いる。「お世話役」とでも訳せそうなところだが、

「後見」の多義性

光源氏は藤壺、紫上、末摘花、秋好中宮、女三宮らを後見し、花散里は夕霧や玉鬘といった光源氏の子女の後見をするという具合に、後見される人はする人よりも格上というのが原則なのだろう（折口信夫）。ともあれ、後見する／されるの関係を通して、人々は相互に連帯関係で結ばれる。事実上の男女関係を含む場合もあるが、光源氏と藤壺の関係は世間的には秘密だったから、光源氏にとっては男女関係が前提でも、世間から見れば男女関係とは無縁である。初期の紫上との関係が兄妹の体だったことも示唆的であり、末摘花に対しても女性としての関心を失った後で光源氏が「後見」を決意する。秋好への支援は終始男女関係抜きであった。女三宮の場合は、朱雀院が「親ざま」の「後見」を望んだところ、光源氏の方が「後見」するならやはり夫婦になる方が確実だと望んだのである。このように「後見」は、実務的なお世話役という表層の意に、男女関係を含意する場合もしない場合もあった。八宮は、娘たちへの高貴な人の「後見」を期待しながらも、薫には「数まへたまへ」と願うにとどまり、薫も「わざとの御後見」を否定しながら世話役を引き受け、後には「よその御後見」（総角巻）と宇治の人々に頼

られることになる。宇治十帖の物語は、この「後見」の語の多義性に支えられていると言えよう。

宇治と霧

八宮の没後、薫は宇治の姉妹を慰めに訪れ、大君と歌を詠みかわした。寂しく暮らす宇治の中の君に匂宮は心を寄せている。薫は匂宮の気持ちを大君に伝えながら、自らが大君に心惹かれていることを告白するのだった。「宇治」は和歌においては「憂し」の掛詞となって、物憂い印象を与える地名である。平安時代の物語の風景描写は、必ずしも現地の実景とは限らない。当時の人々にとって、風景は往々にして和歌的な連想の中から、言葉遊びによって作られた仮構の世界だったからである。宇治川のほとりのこの土地には、しばしば霧が立ち込めている。霧は、しばしば女たちの姿を隠すヴェールであり、薫の晴れやらぬ心の風景でもあり、この土地で生きる人々の先行きの見えない運命の象徴でもあった。

八宮没後の人々

総角巻、宇治では薫や阿闍梨に「よその御後見」、お世話をされて、八宮の一周忌の準備をしていた。宇治を訪れた薫は、大君に慕情を訴えた。

あげまきに長き契りをむすびこめおなじ所によりもあはなむ

輪を左右に出して石畳風に中を結んだ飾りである総角結びに託して、末長くずっと一緒にいたいと訴えたものである。大君は、いつものことと煩わしがりながら、

ぬきもあへずもろき涙の玉の緒に長き契りをいかがむすばん

緒で貫くこともできない、もろい涙の玉のような命の私が、どうして末長い契りを結べましょうか。だが、求愛の贈歌を拒否するのは女の返歌の型であり、必ずしも結婚拒否の意とは限らない。薫は大君の寝所近く、わずかに簾や屏風を隔てて臥した。大君が奥に入ろうとすると、薫は屏風の隔てを押し開ける。喪服姿を恥じ入る大君に、薫は何もせず夜を明かした。大君は八宮も薫ならば結婚を許す風だったと思い返し、自分よりも女盛りの中の君を薫にと思った。

内心薫に惹かれながらも、なぜ大君は薫の慕情を受け入れようとしないのか。当時の結婚は、女方の実家による夫へのもてなしを基本とする。朝顔姫君の結婚拒否からしても、実の父母のない高貴な女性には、結婚は容易ではなかったといえようか。大君自身が親代わりの庇護者となって妹を結婚させようとするのは、皇族の血を引くような当時の高貴な女性にとっては自然な発想だったのかもしれない。光源氏の紫上や末摘花への庇護がいかに奇特だったかが、炙り出されてくる。そしてここに、男女が関係を持たぬままに心を交わすことに価値を置く志向もまた、生まれてくる。

薫と匂宮と

喪が明けた頃、薫は再び宇治を訪問、例によって弁の君と話をし、宵過ぎて姉妹の居所に忍び入るが、大君はするりと抜け出してしまい、薫は中の君と一夜を過ごした。空蟬・軒端荻の物語に似ているが、光源氏と違って薫は、姉妹のどちらとも関係を結べないところに、薫の恋の質が浮き彫りにされる。同時に、大君はさすがに自らの慕情に気づくことになる。

薫は大君に決心を促すべく、日を改めて、闇に紛れて訪れた匂宮を、中の君に案内した。匂宮を中の君に導いたと薫に打ち明けられ、大君は動転しながらも、なおも応じようとはしない。

> 「さらば、隔てながらも聞こえさせむ。ひたぶるにうち棄(す)てさせたまひそ」とて、ゆるしたてまつりたまへれば、這(は)ひ入りて、さすがに入りもはてたまはぬを、いとあはれと思ひて、「かばかりの御けはひを慰めにて明かしはべらむ。ゆめゆめ」と聞こえて、うちもまどろまず、いとどしき水の音(おと)に目も覚めて、夜半(よは)の嵐に、山鳥の心地して明かしかねたまふ。

「では物を隔てたまま話しましょう、お見捨てにならないで」と薫が大君を放すと、大君は中に入るものの、ひたすら奥にというのでもないので、薫は感無量で、「御気配を慰めに夜を明かしましょう。無体なまねは決して」と申して、宇治川の激しい水音に目も冴えて、嵐吹きすさぶ夜中、雄雌が山を隔てて夜を過ごす山鳥のように、一人寝の寂しさに耐えて過ごした。意中の女と寝ている匂宮が憎らしく、薫は咳払いをして急かした。夜はほのぼのと明けていく。

宇治十帖では、薫と匂宮、宇治の姉妹たちの複数の感情が入り乱れて物語が進行する。一対一の対峙では前に進めない男女が、恋のライバルの存在によって心を掻き立てられ、他者の欲望の模倣によって突き動かされる(神田龍身)。薫への競争心ゆえに匂宮には宇治の女たちが魅力的に見え、中の君と薫の接近を通して大君は自らの薫への慕情に気づく、といった格好なのである。正編で、光源氏と頭中将の間に生じた末摘花や源典侍をめぐる恋の鞘当てが、より多人数間で複雑に展開するといえようか。

三日間の通い

大君は心乱れる中の君をなだめて、翌日も匂宮を迎えるように促した。三日目の夜には、三日夜(みかよ)の餅(もちい)の用意をする。薫からも祝儀の品が届いた。匂宮は母の明石中宮の説教を振り捨てて宇治に赴く。宇治の人々は匂宮の誠意に感激し、歓迎した。このあたり、最初の三日を誠実に通い、三日夜の餅を食す結婚儀礼を丁寧に描いて『落窪物語』を思わせる。三日夜の餅は『源氏物語』中では、他には光源氏と紫上の関係でも描かれ、後ろ楯の弱い不安定な関係を象徴する。ちなみに後の宿木(やどりぎ)巻の匂宮と夕霧の六の君との結婚の儀礼の中では、盛儀として語られるのが印象的である。さてその後、匂宮の訪れは途絶えてしまう。匂宮は中の君を、薫は大君を都に迎える算段だったが、母の明石中宮に外出を咎められがちな匂宮は、紅葉見物を口実に宇治を訪問しても、八宮邸に立ち寄れずに帰京した。大君は匂宮が恨めしく、結婚自体に失望を深めていく。

姉弟の関係

一方、都では、匂宮が同母姉の女一宮のもとに立ち寄ると、絵を見て興じている。「在五が物語描きて、妹に琴教へたるところ」、『伊勢物語』四九段の一節、「うら若みねよげに見ゆる若草を人のむすばむことをしぞ思ふ」と、妹を寝取る男をうらやむ歌を見て、

若草のねみむものとは思はねどむすぼほれたる心地こそすれ

と、共寝しようとまでは思わないが心晴れないこと、と戯れかけた。女一宮の女房とはかない関係を結び、宇治を忘れはしないものの、訪問せずに日は過ぎた。中の君に夢中に見えた匂宮は、実は都で満たされた日常を生きている。宇治を舞台とする八宮姉妹との交渉が、薫や匂宮の都での日常からすれば、わずかな息抜きに過ぎないことが、次第にほの見えてくるのである。

大君の臨終

匂宮の不誠実な態度に心痛めた大君は、病に臥せっていた。匂宮には夕霧の娘との縁談が噂されていた。うたた寝をした中の君の夢に父八宮が現れたと話すと、大君は自分の夢には現れないと、二人して泣いた。匂宮からは文は来るものの、訪問はない。

薫は重体となった大君の枕元で、手を取って過ごす。大君は受戒を望みながらも周囲に許されず、薫に見られぬよう、病にやつれた顔を隠した。『漢書』外戚伝で李夫人が、自らの死後

に慕情を失わせないために、武帝に病み衰えた顔を見せなかった故事を踏まえたものだという（藤原克己）。新嘗祭翌日に行われる宮中の儀式、豊明の節会の夜に、「見るままにものの枯れゆくやうにて」、物が枯れるように亡くなった。薫は死に顔を見て悲しみに暮れた。帝をはじめ多くの弔問もあったから、薫の妻妾と見做したのだろう。喪服を着られぬ仲でしかなかったことを惜しみ、雪景色のなか大君を偲んで宇治に籠り、諸事の差配をした。弔問に訪れた匂宮に、中の君は対面しなかったが、匂宮は中の君を京に迎える準備をするのだった。

三　中の君へ、そして浮舟へ——早蕨・宿木・東屋巻

大君の没後

早蕨巻、大君の没後の早春、阿闍梨から野の草が中の君に届く。ついに結ばれないままに大君を亡くした薫は傷心やるかたなく、仏事にいそしんだ。宇治八宮邸に一人残った中の君は、匂宮とのはかない関係を待ちながら、実務的な支援をしてくれる薫の誠実さが心にしみた。薫は「心にあまること」、溢れ出る想いを語って心を慰める相手は他におらず、匂宮を訪問した。

風情ある春の夕暮れ、匂宮は琴を掻き鳴らしては、ご執心の梅の香りをめでていると、薫が梅の下枝を手折って、華やかで優美な姿で現れた。匂宮はこの折にふさわしいと感じ入り、

折る人の心に通ふ花なれや色には出でずしたに匂へる

「折る人」、薫と心の通じる花なのか、表面は何事もなくても奥底にある想いが察せられる、と梅の花に託して薫の真意を問う。「下に匂ふ」は「下に流る」と同じく、心に秘めた想いの意。

見る人にかごとよせける花の枝を心してこそ折るべかりけれ

薫は、「見る人」、自分に「かごと」、言いがかりをつける人が居る園の「花の枝」を折る時に

は心せねばならない、と応じる。「花の枝」は匂宮邸の梅の枝であると同時に、中の君を暗示するか。「わづらはしく」と匂宮の邪推とはぐらかすものの、あながち的外れでもない。語り手はこの二人を「いとよき御あはひなり」と、単なる仲良しではない好敵手とも評する。大君と満たされぬままに終わった薫は、泣いたり笑ったり思いの丈を語る。匂宮は「さばかり色めかしく、涙もろなる御癖」、とかく情にほだされやすく涙もろいご性格で、我が事のように袖を絞るほどに泣きながら、薫の相手になった。「癖」は匂宮の多感な性格を指している。薫は、大君生前は似ていないと思われた中の君に、亡き大君の面影を見て惹かれ始め、目論見に反して大君が心許さぬまま亡くなった今となっては、匂宮と結びつけた愚かさを後悔した。

　梅の花は大陸から渡来した花で『万葉集』にも数多く歌われた。十世紀初頭の最初の勅撰和歌集『古今集』では春の花としては梅よりも桜の歌が多いものの、雪の白さと見紛うような早春の花として愛でられた。『古今集』の梅の歌はほぼ白梅だとされるが、「紅に色をば変へて梅の花香(か)ぞことごとににほはざりける」(後撰集・春上・凡河内躬恒)あたりに紅梅の例が見られ、白梅は香りが、紅梅は華やかな色合いが愛でられた。『枕草子』にも「木の花は、濃きも薄きも紅梅」と賞美され、玉鬘巻の衣配り(きぬくばり)でも、紅梅の小袿(こうちぎ)は紫上に配られた。匂宮は紫上から二条院の紅梅を譲られていたが、ここでの梅は「下に匂ふ」の表現からして白梅であろう。

宇治を離れる

中の君は、匂宮の二条院に引き取られることになった。弁の君は出家して、宇治にとどまる。中の君は弁の尼との別れを惜しんで出立するが、もうこの宇治には戻れないのかとひそかに嘆いた。夕霧は自慢の娘の六の君を、匂宮と結婚させるつもりで裳着を行う矢先に、先を越すように別の女を二条院に引き取った匂宮に不満だった。そして薫は、中の君にこまごまとした世話を焼きながら、匂宮に縁付けたことを悔いて、夕霧から打診される縁談にはすげなかった。

藤壺女御の娘

宿木巻の冒頭では、今上帝の藤壺女御が紹介される。梅枝巻で、明石姫君に先んじて麗景殿に入った「左大臣殿の三の君」らしい。藤壺といえば、桐壺巻では桐壺更衣によく似た光源氏の憧れの人であり、若菜上巻ではその妹が朱雀朝の藤壺女御として登場、遺児女三宮が光源氏に降嫁した。この二人の藤壺を受けて、ここでも今上帝の藤壺女御が女二宮を遺して亡くなっているのは、藤壺にまつわる物語の重層的反復である。帝は囲碁の勝負に負けたことにかこつけて、薫に女二宮との結婚を許す。だが薫は事を急ぐ気にもならず、「后腹におはせばしも」と、中宮の娘ならよかったのに、と内心高望みする。俗世に興味がない割には野心も見え隠れするのだが、朱雀院の更衣腹の落葉宮を正妻とした実父の柏木に比べれば、一段の栄達であり、世間的には光源氏の子であるからだと言えようか。

夕霧は惟光の娘の産んだ六の君を落葉宮の養女にしてかしずき、匂宮を婿にと望んでいたが、匂宮は、紅梅巻に登場した、按察大納言の宮の御方に執着していた。だ

薫の執着

が結局、匂宮は六の君と婚約、中の君は以後、思い悩むことになる。匂宮は中の君に気遣いながらも、新妻の六の君に魅了された。中の君は、父の遺言に背いて宇治を離れたことを悔い、亡き大君の賢明さを思い、宇治に戻りたいと願う。薫は帝の娘との縁談には心弾まず、中の君を訪問、互いの胸の内を語り合う。だが、中の君から宇治に連れて行ってほしいとせがまれると、薫は思い余って中の君に迫るも、懐妊の腹帯を見て、からくも自制したのだった。

匂宮の嫉妬

まもなく訪れた匂宮に、中の君はこれまでになくすがりつく。匂宮の訪れが間遠になれば、薫が近づく隙ができてしまうからだ。だが着替えたにもかかわらず、薫に特有の例の匂いが染み付いて離れない。これほど匂いが染みているのは、薫にすべてを許してしまったのだろう、と口汚く責め立てる匂宮に、中の君は返答に窮してしまう。不義を犯したかもしれない妻を責めつつ、しかし匂宮は泣いている女の姿にかえって魅了され、嫉妬から情愛を深めた。仮に許し難い罪を犯していたとしても疎み切ることはできない魅力を中の君に感じるところに、匂宮の多感な本性が現れている。光源氏と通じていると知りつつ朧月夜を寵愛した朱雀帝、女三宮の密通後にかえって執着を覚える光源氏。あるいは書かれていないも

のの、桐壺帝も藤壺の不義を知りつつ、かえって魅了されたのかもしれない。単純な倫理観で割り切れない男心に、むしろ心豊かな王者性が現れるということか。宇治十帖の色好みの主人公は薫ではなく匂宮であり、なればこそ次期東宮候補に目されるのだと思わせるくだりである。

浮舟の登場

中の君は薫の懸想を疎ましく思い、大君に似ているという異母妹の浮舟の存在を薫の耳に入れた。薫の後見なしには匂宮の妻妾としての立場を維持できないと察した末ともいえようか。薫は、漢の武帝が香を焚いて李夫人の面影を見た故事やら、亡き人の魂を探しに行った長恨歌の故事やらになずらえて、大君の「人形(ひとかた)」でもと思っていたからと、関心を隠し切れない。宇治の八宮邸の改築の手配かたがた、薫は宇治に出かけ、弁の尼と話した。八宮の北の方の姪は女房として仕えていたが、北の方没後、八宮の娘をもうけたものの認知されず、娘を連れて常陸介(ひたちのすけ)と結婚したという。弁の尼も八宮の北の方の従姉妹だから縁者だというので、薫は浮舟との仲介を弁の尼に頼んだ。

中の君の出産

中の君は無事、匂宮の子を産んだ。夕霧の六の君との仲は揺ぎ無いものの、出産後の壮大な儀礼は中の君の不安をなだめた。一方の薫も女二宮の裳着ののち結婚、祝いの藤の宴で、薫と帝に続いて歌を唱和するのは「腹立つ大納言」、紅梅大納言である。自分こそかねて藤壺女御を思慕し、今はその娘をと願っていたのにと、腹を立てるほど羨望している。だが薫はなおも宇治の人々にとらわれていた。いつものように宇治を訪れた折、ちょうど浮舟が来合わせていた。「まことにいとよしあるまみのほど、髪(かむ)ざしのわたり、かれをも、くはしくつくづくとしも見たまはざりし御顔なれど、これを見るにつけて、ただそれと思ひ出でらるる」と、亡き大君の容貌を定かには知らないものの、浮舟はただ大君を思い出させる。薫は弁の尼に、仲介を頼むのだった。

受領の価値観

巻は変わって東屋巻(あずまやのまき)。浮舟の母の中将の君は、八宮には浮舟を認知されず、子連れで常陸介と結婚、五六人の子をもうけた。左近少将(さこんのしょうしょう)は浮舟と婚約したが、浮舟が常陸介の実の娘ではないと知ると、実の娘である妹に乗り換えた。結婚を通して受領層の財力を手に入れ、それを背景に栄達を目論むという現実感覚が垣間見える。ここではもはや浮舟が王統の娘であることは価値を持たない。左近少将の結婚観は、宇治の八宮一族への匂宮や薫の執着が、恵まれた上流貴族ゆえのすさびごとだと露呈させ、ひいては中流貴族である受領層の作者から見れば、光源氏の姿が現実から乖離した絵空事であったことを炙り出す。

中将の君は、八宮の娘である浮舟は特別、と溺愛していたから、浮舟の身の上を嘆き、中の君に預けることとした。二条院を訪れた中将の君は、匂宮と中の君の目もあやなる姿に感動し、求婚者の少将が全く冴えないことに驚き、少将を見下すのだった。八宮の北の方の姪にあたる中将の君には、上流への野心があったのだろう。〈継母〉ならぬ中将の君という〈実母〉の野望と溺愛が、生憎にも浮舟を不幸に導いていくことになる。

匂宮の懸想

匂宮は、中の君が洗髪中で相手ができない隙に、邸内で見知らぬ女を見つけて言い寄った。匂宮が、誰だか名のれと言っても、怯えて名のらない。浮舟だった。明石中宮がご病気との知らせに、ようやく匂宮は浮舟から離れ、難を逃れた。女房の右近から事態を知らされた中の君は、浮舟をいたわって物語絵を見せて気を紛らわせるのだった。「額(ひたひ)つきまみのかをりたる心地して、いとおほどかなるあてさは、ただそれとのみ思ひ出(い)でらるれば」と、額の様子、目元がほんのりとした感じで、おっとりと高貴に見えて、ただ大君その人とばかり思われ、中の君は絵には興味を失い、「いとあはれなる人の容貌(かたち)かな」、なんと亡き宮によく似ていることとか、亡き姉は父宮に、私は母上に似ていると老女房が言っていたようだがと、感無量で涙ぐんだ。浮舟が大君と似ていることが、薫の願望だけでなく、姉をよく知る中の君の目を通して確かめられる趣向である。国宝「源氏物語絵巻」にある場面で、浮舟が物語絵を見て、一人の女房が音読し、別の女房たちが耳をそばだてている。当時の物語が黙読以外の形でも読まれたという、享受形態を伝える重要な資料でもある(玉上琢彌)。

形代浮舟

母の中将の君は、浮舟が匂宮に迫られたと乳母から聞き、動転した。中の君に申し訳ないと、三条の小さな家に浮舟を移し、やはり薫の申し入れに応じるのが良策と心が傾いた。弁の尼の手引きで薫は三条を訪ね、浮舟と結ばれる。翌朝、薫は浮舟を宇治に連れて行き、八宮邸に据え、琴を弾いて語らった。いわゆる「据ゑ」婚、格下の女を自分の都合の良い場所に住まわせる形である。薫と浮舟との最初の逢瀬の折、通常ならば交わされる贈答歌がなく、ただ薫の独詠歌だけがある。浮舟があくまで「形代（かたしろ）」で、自立した女と認められないことを物語るかのようである。

四　薫と匂宮、揺れる浮舟――浮舟(うきふね)・蜻蛉(かげろう)巻

浮舟の所在

浮舟巻(うきふねのまき)、薫は浮舟を宇治の邸に据えたものの、訪問は途絶えがちだった。正月、浮舟から中の君に新年の祝いが届く。針金で作った小さな鬚籠(ひげこ)を小松に付けたもので、新年子(ね)の日、小松引きの行事のための作り物である。匂宮は薫の手紙ではないかと疑った。匂宮は、大内記(だいないき)が薫に親しかったと思い出して探りを入れると、薫は宇治に女を隠し据えたという。大内記は漢籍に通じ、詔勅の作成等を職務とするが、この男も匂宮に引き立てられたいらしい。二条院でちらりと見かけた女を忘れ切れない匂宮は、薫が宇治に据えたと知って、大内記には自分が先に関わった女と言いくるめ、手引きをさせた。垣間見して、中の人が寝静まる頃、薫を装って開けさせると女房の右近が応じた。東屋巻の右近ともされるが、それは中の君の女房で、これは浮舟の女房だから、物語はやや混線気味である。薫の声を作り、途中恐ろしい目に遭って見苦しい姿だと、姿を見られぬように女君の傍に横になった。これまた風情あるご訪問、と女房は寝てしまう。浮舟は「あらぬ人なりけり」、男が薫でないと知って動揺するが、男は声も出させない。あの時からだという恨み言を聞いて、匂宮なのだと悟った。異

母姉の中の君の夫だと思うと、浮舟は泣かずにはいられない。翌朝、事態を知った右近は驚くが、後の祭りである。匂宮はその日は帰京せず、浮舟も母親との石山寺参詣の予定を「物忌(ものい)み」と偽って断る。生理などの血の穢れのため、神仏への参詣を憚ったふりをしたのである。浮舟は事の露見を恐れながらも我を忘れて恋に溺れていく。情熱的な匂宮に心惹かれたのである。

濃密なひと時

匂宮は浮舟を二人とない素敵な人と思っているが、実は、中の君にも、夕霧の六の君にも到底及ばないのだと、物語の語り手は批評する。

> 紛るることなくのどけき春の日に、見れども見れども飽かず、そのことぞとおぼゆる隈(くま)なく、愛敬(あいぎやう)づき、なつかしくをかしげなり。さるは、かの対(たい)の御方には劣りたり、大殿の君の盛りににほひたまへるあたりにては、こよなかるべきほどの人を、たぐひなう思(おぼ)さるるほどなれば、また知らずをかしとのみ見たまふ。女は、また、大将殿を、いときよげに、またかかる人あらむやと見しかど、こまやかににほひ、きよらなることはこよなくおはしけりと見る。

中の君が「対の御方」、六の君が「大殿の君」と呼ばれるのに対して、浮舟は「女」と呼ばれる。恋の場面の男女を「男」「女」と呼ぶのは歌物語以来の伝統とはいえ、浮舟はいかにもはかない。浮舟は薫を「きよげに」と素敵な人として慕っていたが、匂宮は愛情深く魅力的で「きよら」、格別に美しいと感じる。「きよら」は最高の美しさで主人公級の人物に多く用いられるのに対し、それよりはやや劣る人物に「きよげ」、清潔さを感じさせる美しさの意で用いる、とも言われる。総じて匂宮に「きよら」の形容が目立つのに対し、薫に「きよげ」の形容が多いのは、薫の出生に瑕があることの証であろうか。

　硯ひき寄せて、手習などしたまふ。いとをかしげに書きすさび、絵などを見どころ多く描きたまへれば、若き心地には、思ひも移りぬべし。「心よりほかに、え見ざらむほどは、これを見たまへよ」とて、いとをかしげなる男女もろともに添ひ臥したる絵を描きたまひて、「常にかくてあらばや」などのたまふも、涙落ちぬ。

匂宮は硯を引き寄せて、風情よく手慰みに描いた絵も上手なので、若い女の気持ちが揺れるのも無理はない、と語り手は推し量る。「逢えない時はこれを御覧になってね」と、男女の共寝を描いては、「いつもこうしていたいなあ」と仰るから、女は泣いてしまう。匂宮は詠んだ。

　長き世を頼めてもなほかなしきはただ明日知らぬ命なりけり

長い将来を約束しても、ただ明日の命が不安だと訴える。「恋死」、恋ゆえに死ぬという和歌の発想だが、匂宮の意識を超えて、まるで浮舟の運命の暗転を招き寄せるかのようだ。浮舟は、

心をばなげかざらまし命のみさだめなき世と思はましかば

あてにならないのが命だけなら嘆かないのに、貴方の心変わりが心配だ、と男の情愛の不確かさを恨んだ。女の歌によくある詠みぶりだが、匂宮は浮舟がいじらしく、誰の心変わりに懲りているのかと浮舟に微笑む。匂宮の束の間の気晴らしの逢瀬は、浮舟を追い詰めていく。

端役の活躍

浮舟はいったいどんな顔で薫と向き合えるのかと心を乱している。訪れた薫は浮舟を京に迎えようと話しながら、以前より大人びた様子の浮舟に心惹かれた。京に戻っても浮舟を思い出しては上の空の薫を見て、匂宮は焦りを募らせて再び宇治を訪れ、浮舟を小舟に乗せて宇治川を渡り、対岸の家で二日の間、情事に溺れた。そののち浮舟のもとには、匂宮と薫の双方から文が届く。浮舟は双方に応じつつも、次第に匂宮に心を傾けた。

このあたり、いわゆる端役(はやく)たちの活躍が目覚ましい。匂宮を宇治に手引きする大内記、匂宮の乳母子の時方(ときかた)、浮舟の女房の右近と侍従などである。宇治川を小舟で渡った二日間は、時方と侍従がそれぞれの供につき、二人もまた恋に落ちたようだった。夕顔巻で惟光は夕顔の女房と懇ろになる。『落窪物語』で帯刀(たちはき)と阿漕(あこぎ)はもともと恋人同士、『和泉式部日記』では下仕えの小舎人童(ことねりわらわ)と樋洗童(ひすましわらわ)が親しいなど、主君と従者が相前後してそれぞれ恋に落ちる風景は珍しくない。文遣いで行き来したり、主君の逢瀬の間も待機して、接する機会も増えるからだろう。

大内記の舅の仲信は薫の家司だったから、薫が浮舟を京に引き取る動きはそのまま匂宮に漏れてしまい、匂宮は薫より先に浮舟を引き取ろうと画策する。一方、浮舟の母の中将の君が訪れ、事態を知らぬままに、もし浮舟と匂宮に万一のことがあったら、中の君に申し訳が立たないから勘当すると言い、それを聞いた女房は、渡し守の孫が水に溺れて亡くなった話をする。浮舟を溺愛する母もまた、こうして浮舟を入水へと追い詰めていく。

そんな中、薫の随身が、大内記の家で時々見かける時方の従者と宇治で鉢合わせになり、不審を感じて後をつけさせたことから、浮舟の不貞が薫に発覚した。だが、浮舟を難詰する薫の手紙を、「所違へのやうに見えはべればなむ」と相手をお間違えでは、と浮舟は返してきた。薫は「かけて見およばぬ心ばへよ」、ついぞ見たことのない機転と苦笑する。浮舟の不貞を知っても薫には余裕がある。所詮その程度の相手ということか。ともあれ端役たちの活躍が、主人公たちの人生を変えていく展開が鮮やかである。

入水の決意

浮舟の女房のうち、右近は薫に、侍従は匂宮に肩入れする。それぞれを贔屓する二人の女房の言葉は、浮舟の揺れる心の声を代弁するかのようである。その中で、右近の姉が常陸国で二人の男と関わり、新しい男に心を寄せたため、元の男は新しい男を殺してしまい、国を追われたという話をする。浮舟の物語が、『万葉集』菟原処女の話や『大和物語』一四七段の生田川の章段に見える話、すなわち、複数の男に求婚されて、いずれ劣らぬ熱意に女は相手を決めきれずに死を選ぶという、古伝承を下敷きに創られたことは明瞭である。

浮舟の心は決まっていたのか。『万葉集』巻九の高橋虫麻呂歌の反歌（一八一一番歌）では、菟原処女は同郷の菟原壮士よりも隣国の千沼壮士に心を寄せ、共同体から許されないために死んだことを踏まえれば、浮舟は匂宮に心を寄せるために死を選んだと考えるのが自然である。

浮舟は、匂宮の文を灯台の火で焼き、水に投げ入れて処分する。本人の入水を暗示するかのようだ。薫が浮舟を監視するため宇治の警備を厳重にしたから、匂宮は宇治を訪ねても浮舟には逢えず、葦垣のもとに呼び寄せた侍従と話して帰った。催馬楽の一つに「葦垣」というものがある。「葦垣真垣　真垣かきわけ　てふ越すと　負ひ越すと　誰　てふ越すと　誰か　誰かこの事を　親に　申よこし申しし……」と、男が女を盗もうとして告げ口されて失敗する歌だから、この場面で踏まえられているのは明らかだろう。

死を決意した浮舟は、薫には何も言い置かず、匂宮に別れの歌を贈った。

　　からをだにうき世の中にとどめずはいづこをはかと君もうらみむ

と自身が亡骸を残さず消えることを仄めかした。母の中将の君にも、死を覚悟した歌を贈った。

　　のちにまたあひ見むことを思はなむこの世の夢に心まどはで

鐘の音の絶ゆるひびきに音をそへてわが世つきぬと君に伝へよ

蜻蛉巻、浮舟の不在に母の中将の君や右近や乳母は動転した。匂宮も浮舟の返歌に異変を感じ、よそに姿を隠したのかと使いを遣わしたが、今夜急に亡くなったと知らされる。中将の君は娘の不貞を知り、浮舟の遺骸がないままに葬儀を行ったため、火葬の煙はあっけなく燃え尽きた。薫は母女三宮の病平癒の祈願に石山寺に籠っており、葬儀に立ち会えず、「人の心を起こさせむとて仏のしたまふ方便」、自分に道心を深くさせるために仏が企んだ運命かと、ひたすら勤行にいそしんだ。最晩年の光源氏に似た感慨である。

喪失の悲嘆

匂宮は病気を大袈裟に装って、傷心を隠そうとする。薫は匂宮を見舞い、その傷心ぶりを知って、浮舟の宿世の高さを実感した。匂宮は宇治に時方を遣わして侍従から詳しい事情を聞き、薫もまた自ら宇治を訪問しては右近に話を聞いた。一緒にいなくなった女房はいないか、どこかに姿を隠したのでは、と疑いもした。中の君が以前浮舟を「人形」と名付けたことが不吉に思い起こされた。人形とは穢れを祓うために、身代わりに流すものだからである。薫が浮舟の親族に誠意を尽くすので、中将の君だけでなく継父の常陸介まで、浮舟が生きていたらと涙に暮れた。四十九日の法要は、薫の計らいで六十人の僧侶を呼んで盛大に行われた。匂宮も白銀の壺に黄金を入れて右近からとして供養させ、周囲が訝しむほどだったという。

大君、中の君、浮舟と、宇治の姉妹に心を移してきた薫は、世俗の栄達や結婚は意に染まない風だったが、もとより京では、光源氏の息子として、今上帝の女二宮の婿として華やかに暮らしていた。女一宮の女房の小宰相の君は、お手付きの女房の一人だった。明石中宮の法華八講に訪れた薫は、小宰相の君を探すはずみに、女一宮を垣間見る。薫は釣殿の方から訪れて、衣擦れの音に襖の隙間から覗いた。

> 氷を物の蓋に置きて割るとて、もて騒ぐ人々、大人三人ばかり、童とゐたり。唐衣も汗衫も着ず、みなうちとけたれば、御前とは見たまはぬに、白き薄物の御衣着たまへる人の、手に氷を持ちながら、かくあらそふをすこし笑みたまへる御顔、言はむ方なくうつくしげなり。いと暑さのたへがたき日なれば、こちたき御髪の、苦しう思さるるにやあらむ、すこしこなたになびかして引かれたるほど、たとへんものなし。ここらよき人を見集むれど、似るべくもあらざりけりとおぼゆ。

氷に興じる

女房たちが、唐衣や汗衫といった通常なら主君の前で身に着ける正式な装束を着ていないのは、氷で遊ぶのに邪魔だからだろう。不在と思えた主君の女一宮も、白く薄い絹の衣でくつろいだ姿で氷を手に微笑んでいる。ふさふさと御髪を垂らす様子が実に可愛らしい。多くの女君や上臈女房を見てきたがその誰とも似ていないという。ここには薫の少なくない女性遍歴が暗示されている。御前の女房など土くれみたいで、多少ましに見えたのは馴染みの小宰相の君だった。より晴れがましい場に身を置くと、まるで取るに足らない別人に見える、という価値軸の変転は、宇治十帖に何度も繰り返される。東屋巻で中将の君が、娘婿の左近少将を匂宮の邸で見た折の感想とも通じる。それでは浮舟が女一宮の前に身を置いたら、どう見えるだろうか。宇治の女たちの生き様を辿ってきた読者は、はたと、それは薫の都での華やかな日常からのささやかな脱線に過ぎなかった、と気づかされる。馴染みの女になかなか気づかないほどに初めて垣間見る女一宮に心奪われた薫。肌の透けるような薄物の装束で氷を玩ぶという、妖艶な光景が脳裡に焼きついて、自邸に戻って妻の女二宮にまねをさせるが、あの清冽な感覚は蘇らない。

女宮への憧れ

充分に満足できるはずの正妻を得ながら、より出自の高い姉妹に心惹かれるのは、実父の柏木が、朱雀院の女二宮を正妻としながら女三宮に心を傾け続けたのを彷彿とさせる。この女一宮は、総角巻では同母弟の匂宮に懸想めいた歌を詠みかけられ、『伊勢物語』四九段の近親婚の物語を思わせる形でも登場していた。薫が憧れるにふさわしい魅力あふれる宮なのだろう。とはいえ薫は父柏木のように、女一宮と密会にまでは至れない。

光源氏の異母弟の式部卿宮が亡くなり、娘の宮の君は女一宮に出仕した。匂宮は懸想し、薫も意識するのだった。薫は宮家でかしずかれた姫君の末路を目の当たりにしながら、女の身の上のはかなさを実感し、宇治の姫君たちはやはり優れていたと、改めて感慨にふけった。繰り返される没落皇女のはかない生が、ここでもまた確かめられる趣である。

源氏の物語とは

宇治十帖は、宇治に隠棲した八宮を「法の友」として通う薫が、宇治の姉妹と関わり、匂宮が加わって繰り広げられる人間模様である。だが物語が進むにつれ、薫は女二宮と、匂宮は夕霧の六の君と結婚するという都での日常が、ことに宿木巻、蜻蛉巻では前面に迫り出してくる。仏道に心を傾けて清廉潔白に見えた薫は、結婚もして、匂兵部卿巻で予感的に示されたように、馴染みの女房もいる、将来を嘱望された上流貴族である。このあたり、光源氏の物語が、高貴な藤壺への憧れを抱くことを中軸としながら、葵上と結婚し、その他の高貴な女たち、品下る女達との恋を重ねた構図と比べれば、物語の進行の順序からしても反転している。

なぜ薫や匂宮は、宇治の人々に執着するのか。おそらくかつて東宮とも期待されながら不遇に没落した桐壺帝の皇子八宮への鎮魂の原理がある。表層では薫と匂宮の恋の遊びであり闘争でありながら、根底には、没落する王族の女たちの後見の物語、失われた王権の回収劇がなおも続いている。中の君が匂宮の男子を産んだことは、八宮一族にとって最後の一筋の光明と言えようか。

五　浮舟の出家——手習・夢浮橋巻

横川僧都

手習巻、横川僧都には、八十余りの母の尼と五十ほどの妹の尼がいた。母と妹は初瀬詣に出かけ、宇治のあたりで母の尼が体調を崩して僧都を呼ぶと、僧都らは宇治の院で怪しいものを発見する。「狐の変化」かとも言われた。「鬼か、神か、狐か、木霊か」と問われてもただ泣くばかり。それでも生きている人をみすみす死なせては、と介抱する。実在した天台宗の僧で『往生要集』を著した源信(九四二—一〇一七)を思わせる横川僧都は、仏教上の戒律にひたすら厳しい人ではなく、女に関わることで仏道上の罪を得ることを覚悟しつつも浮舟に救いの手を差し伸べる、慈悲深く人間味のある人物である。出家者の兄妹と、ついには出家する浮舟の邂逅。『源氏物語』には多くの出家者が登場するが、物語最後の出家者たちの生き方は、この物語の仏教への意識を炙り出すことになる。

入水未遂

入水に失敗した浮舟は、意識を失って倒れていたところ、横川僧都と妹の尼とに助けられた。僧都の力で物の怪は退散、浮舟は意識を取り戻した。浮舟は家を出た折を思い出す。簀子の端から足を下ろして、もう死んでしまおうと思う一方で、見苦しい姿で人に見つけられるよりは、鬼にでも食われたいと思っていたら、「いときよげなる男」、きれいな男が寄ってきて「いざたまへ、おのがもとへ」と抱くような気がした。匂宮だと思ったら正気を失って、大きな木のもとに置かれ、男は消えた。入水も果たせず泣いていたが、その後のことは覚えていないという。浮舟は幻覚を見たのだろうが、匂宮に見えたのは、心が匂宮に傾いていたからだろうか。

男が女を連れて逃げる逃亡譚、『伊勢物語』六段を想像させる話である。かつて光源氏は夕顔を某院に連れ出し、紫上を二条院に連れ帰っており、柏木も女三宮を連れて逃げたいと夢想するなど、この物語は繰り返し踏まえられている。同じ話が何度も形を変えて踏まえられ重畳されるのは、『源氏物語』の随所に見受けられる特性である。

浮舟の出家

意識を取り戻した浮舟は尼にしてほしいと頼む。僧都は在俗の信者のための最も簡単な戒律である五戒を授け、頭頂の髪を形だけ削いだ。浮舟は記憶を取り戻したが、妹尼たちに過去を語ろうとはせず、小野の地で共に暮らす。小野は惟喬親王(これたかのみこ)の隠棲の地であり、夕霧巻の一条御息所もここで闘病した。俗世との交渉を断った者が暮らすのにふさわしい場だったのだろう。

妹尼のもとには亡き娘の婿だった中将が今も出入りしており、浮舟に心惹かれて求愛する。

妹尼は中将から贈られた歌に自ら応じて仲を取り持とうとして、浮舟を困惑させる。そんな中、妹尼らが初瀬に御礼参りに出かけて不在の折、中将が来訪し、浮舟に迫った。浮舟は妹尼の年老いた母尼のもとに臥して難を逃れたが、立ち寄った横川僧都に尼にしてほしいと懇願した。僧都は熟慮を促すが、浮舟の決意の堅いのを知り、髪を削いで出家させた。

男の求愛を出家によって逃れるのは、藤壺や空蟬にも見られた話の型である。だがここに来て、僧侶が鋏で髪を削ぐところ、「流転三界中(るてんさんがいちゅう)」と剃髪の儀式の偈(げ)を唱えるところなど、とりわけ生き生きと詳細に出家の場面が書かれている。そもそもこの時代の仏教では、女性は総じて不浄とされ、容易に往生できないとされた。紫上の晩年の物語あたりから、女人でありながらいったん男子になってから仏になったという龍女の故事(法華経、提婆達多品(だいばだったぼん))が、折に触れて踏まえられる。それはこの物語の女たちの自立への一歩であり、ひいては物語作者の願いだったのだろう。

横川僧都は女一宮の病治療のために京に上り、明石中宮のもとで、宇治院で助けた女の出家を語ったものだから、中宮は浮舟の噂を連想した。薫の馴染みの女房、小宰相の君も聞いていた。蜻蛉巻の女一宮や小宰相の君の登場は、この伝達を可能にするお膳立てでもあった。

手習する浮舟

小野に仮寓する浮舟の日々の無聊の慰めは手習である。手習とはすさび書くこと、主にはよく知られた古歌のすさび書きではあるが、新たに作った和歌を書き添えることもあり、日記などを書き綴る契機ともなった。貴族の女性ならば、箏の琴などの嗜みがあるのが普通で、八宮の姉妹も琵琶と琴を弾くところを薫に垣間見されていた。しかし常陸介の娘として東国で育った浮舟には、貴族の教養が身についていない。八宮の娘でありながら認知されなかった浮舟ならではの立ち位置を表すのが、手習だといえようか。

求婚していた中将は、浮舟の出家を聞いて歌を贈った。

　岸とほく漕ぎはなるらむあま舟にのりおくれじといそがるるかな

彼岸に向けて漕ぎ離れたという尼の乗る船に乗り遅れるまいと私も急がれます、と共感を寄せる。浮舟は中将の歌を受け取り、「はかなきものの端に」、ちょっとした紙の端に自分自身への手習として、

　心こそうき世の岸をはなるれど行く方も知らぬあまのうき木を

心は嫌な俗世を離れるけれど、行方も分からない尼、海人の水に浮くような身だとしたためた。それを少将の尼が紙に包んで中将に差し上げる。女房の気遣いで、独り言だった手習が、相手への返歌となる。中将の求愛が、もはや叶わないからこその返歌でもある。ちょうど『竹取物

語』で男たちの求婚の失敗が確定したところで、かぐや姫が返歌をするのと似ている。

都への消息

浮舟は手習の日々を過ごした。紅梅の香に「春や昔の」と『伊勢物語』四段の「月やあらぬ春や昔の春ならぬわが身ひとつはもとの身にして」と時の推移と恋の喪失の歌を思い起こし、「飽(あ)かざりし匂(にほ)ひのしみにけるにや」と、「飽かざりし君がにほひの恋しさに梅の花をぞ今朝は折りつる」(拾遺集・雑春・具平親王)を踏まえて往時を懐かしむ。その浮舟の歌、

袖(そで)ふれし人こそ見えね花の香(か)のそれかとにほふ春のあけぼの

「袖ふれし人」とは誰なのか。紅梅の香の連想からすれば匂宮かと思われるが、薫との説も根強い。入水に失敗し、出家した後の浮舟の心に、なお去来するのは誰との記憶なのか。読者の読みたい〈物語〉を自由に読んでよいところなのかもしれない。

円環構造

僧都の母の尼君の、孫の紀伊守が立ち寄った。薫が宇治八宮の娘を亡くし、さらに劣り腹の娘を据えていたのも亡くして、深く悲しんでいると噂する。浮舟も自分自身の一周忌の法要のために用意される装束を見て、母を思い出して涙した。一周忌の法要が終わり、薫は明石中宮のもとで悲しみを語ると、小宰相が横川僧都の話を伝えた。薫は驚いて、浮舟の異父弟、後に「小君(こぎみ)」と呼ばれる者を連れて僧都を訪ね、浮舟との再会を望んだ。

「紀伊守」や「小君」と言えば、遠く帚木・空蟬巻で方違えに案内した紀伊守と、空蟬の弟の小君を思い出させる。光源氏は容易に靡かない空蟬の弟の小君を手なずけ、文使いや手引きをさせた。夢浮橋巻の小君も、空蟬の弟同様、姉への懐かしさと同時に、薫に目を掛けられて社会的に栄達したいと望んだのだろうか。だが漠とした失敗の予感がこの名には付きまとう。

僧都の手紙

　夢浮橋巻では、薫は横川に訪れ、自分に縁のある女が、小野で出家したと聞いたと話す。僧都は浮舟を見つけた経緯を話した。薫は案内を頼むが、僧都はただ浮舟への手紙を小君に託した。薫は小君を使者に立て、薫自身の手紙に僧都の手紙を添えて浮舟を訪問させた。横川僧都の手紙には、薫から浮舟の事情を聞いて仰天した旨が記されていた。

　今朝、ここに、大将殿のものしたまひて、御ありさま尋ね問ひたまふに、はじめよりありしやうくはしく聞こえはべりぬ。御心ざし深かりける御仲を背きたまひて、あやしき山がつの中に出家したまへること、かへりては、仏の責そふべきことなるをなん、うけたまはり驚きはべる。いかがはせん。もとの御契り過ちたまはで、愛執の罪をはるかしきこえたまひて、一日の出家の功徳ははかりなきものなれば、なほ頼ませたまへとなん。

今朝、薫の大将殿がいらして貴女のことをお尋ねなので、最初から詳しくお話ししました。情愛深い大将殿との仲を捨てて卑しい者の中で出家なさったのは、仏の責めを負うことと耳にして驚きました。仕方ありません。本来の宿縁を間違えず、大将殿の愛執の罪をお晴らし申し上げて、一日でも出家した功徳は計り知れないものと、やはり仏を頼りなさいませ。

「もとの御契り」の「契り」とは、「宿世」の意に近い。仏教では人は輪廻転生するもので、現世での生は、前世での所業の善悪によって決まるとされた。『源氏物語』における「宿世」の発想の多くは、男女の仲や家の血脈など、人と人との深い縁に関わって用いられる。「もとの御契り」とは薫との宿縁だろう。だが、薫が背負う「愛執の罪」を晴らすとは、どうせよというのだろうか。横川僧都が還俗を勧めているのか、いないのかは、議論の分かれるところである。横川僧都の情味の深い人間性からしても、「一日の出家の功徳」、一日でも出家した功徳は計り知れないから、仏のご加護を信じて還俗しなさい、と解するのが自然だろうが、薫を浮舟の手で仏道に導くよう勧めたとも考えられる。どちらとも読める多義性にこそ、この物語の魅力の本質があると言えようか。

女と男の宿命

薫との経緯をすべて承知した僧都の手紙も、僧都の妹の尼には何のことやらわからず、あくまで隠す浮舟を問い詰めた。外には懐かしい弟の小君の姿が見える。浮舟は、母の消息を知りたい、会いたいと願う。高雅な薫りの染む薫の文には、

法の師とたづぬる道をしるべにて思はぬ山にふみまどふかな

とあった。宇治に足を踏み入れてからの姉妹たちへの執着によって迷妄に惑う物語の総体を象徴するかのような歌である。この小君をお見忘れでしょうか、という。浮舟は動揺を隠せず泣き伏すものの、気丈にも、「所違へにもあらむ」、人違いでございましょうと薫の手紙を尼君に押し返し、受け入れようとはしない。だが「所違へ」とは浮舟巻で入水直前の浮舟が、薫の難詰の手紙に応じた口上でもあった。表向きは否定しながら、ひそかに気づいてほしいと願うかのようでもある。しかし空蟬の弟の小君が光源氏と空蟬の仲を取り持てないように、この最後の小君も空しい文使いに終わる。『源氏物語』は長い物語の果てに円環的に回帰していく。

> いつしかと待ちおはするに、かくたどたどしくて帰り来たれば、すさまじく、なかなかなりと思すことさまざまにて、人の隠しすゑたるにやあらんと、わが御心の、思ひ寄らぬ隈なく落としおきたまへりしならひにとぞ、本にはべめる。

浮舟にとっての薫の「愛執の罪」の晴らし方とは、二度と再び薫と関わらない途なのか。揺れる心をこらえて決然と振舞う浮舟と、頼りない小君の様子に落胆し、誰か他に男がいるから応じないのかと疑う薫と――。好対照の二人の姿は、男女の永遠のすれ違いを物語って余りある。薫の邪推はご自分の経験からかと、元の本にありますようで、と語り手がふと顔を出し、言いさすように物語世界を遠くに押しやり、物語は幕を閉じる。

おわりに

『源氏物語』は恋の遍歴の物語として知られている。確かに光源氏や薫が、それぞれに個性的な女君たちと向き合う物語であることは疑いない。だがこの物語の本質は恋物語なのだろうか。細やかな心理の描写、巧みな話術、恋の歌の駆け引きは圧巻だが、それは恋の人間関係を炙り出すだけではなく、より広範な人間模様を映し出しているようである。

それでも、物語に何らかの主軸を見出したいという欲求は捨てきれない。たとえば、幼くして母を亡くした光源氏が、母の面影を宿す藤壺に憧れ、その姪の紫上や女三宮に執着する「ゆかり」の物語、薫が宇治の娘たちに次々に心を移す「形代」の物語だというのは古典的通説である。あるいは、天皇の位から排除された光源氏が、藤壺との密通を通して冷泉帝の父になることで、ふたたび帝位に接近する物語だという理解は、昭和末期の王権論隆盛期以降、通説化している。前者を〈恋の物語〉、すなわち多様な女性遍歴についての解釈だとすれば、後者は〈政治の物語〉としての解釈であり、史上の人物や皇統の系譜にモデルを見出すのもこの系統に属するだろう。これらは時に〈女読み〉〈男読み〉とも称されるように、ともすれば二系統の解釈がやや分断されて継承されてきた。その中で、王権論の一変形ともいえる鈴木日出男の〈いろごのみ〉論は、折口信夫のそれを継承しつつ、多様な女性との関係を歌の力で結ぶところに古代の王者性を認めて、恋の物語と政治の物語を連接させた点が優れていた。

総じて平安朝の物語の創作は、権力の中枢から弾き出された、うだつの上がらない下級官人たちのすさび事として始まったと言われている。物語自体の社会的評価も低く、一つの物語の制作者が単独でない可能性も相まって、ほとんどの物語には作者名が残っていない。そこでの主人公は『伊勢物語』の昔男といい、散逸物語の交野少将といい、皇族の血を引く人々である。源融、源高明、在原業平など、平安中期の現実社会でははかばかしい実権を持たなくなった不遇な王統の人々を連想させる。渡辺実が『伊勢物語』の創作を源融周辺と想定したのも、物語は政治的な敗北者の憂さ晴らしとして制作されたという理解に基づくものであろう。

だが『源氏物語』はすでに作者は女であり、しかも『紫式部日記』によって一応の作者が判明するという大きな転換を果たしている。その制作も、ある段階以降は時の権力者の藤原道長の支援を受けたもので、それ故に後世に伝わったと思しい。秋山虔がつとに指摘するように、光源氏は恋ゆえに身を滅ぼす従来の王統の主人公の物語の系譜を引き受けながら、にもかかわらず栄達する。このような光源氏の物語誕生の背景には、やはり藤原道長の姿が揺曳していよう。とすれば道長が安和(あんな)の変で失脚した源高明の娘を娶っていたことも、実に示唆的である。

桐壺帝が藤壺中宮を、朱雀帝が藤壺女御を入内させ、光源氏が藤壺、紫上、女三宮と先帝系の血脈に執心すること、かつて東宮の妻であった六条御息所と娘の斎宮に、桐壺帝も朱雀帝も光源氏も執心すること、朱雀院の娘たちの女三宮や落葉宮をめぐって光源氏、柏木、夕霧が情念を燃やすこと、そして宇治八宮の娘たちに薫や匂宮が拘泥すること、これらはいずれも、滅びゆく王統の者への憧憬と鎮魂と救済の物語としての骨格を保っているのである。

政治的な敗北者の怨念を慰撫して祀る〈御霊信仰(ごりょうしんこう)〉が広く浸透した平安時代、物語の制作の根底にも、敗北者の怨念を救済する意識はあったのだろうか。物語制作を通して、失脚した者たちの怨嗟を抱き留めて慰撫し、実態としての敗北者を美しい王として讃える。それは、自らの家の繁栄のために犠牲になった者たちへの、権力者たちの贖罪の形ともいえようか。滅びゆく王統への鎮魂という意味において、この物語は王統の人々、すなわち「源」氏の物語なのであり、そこに否応なく巻き込まれる王統の女たちの哀愁の物語なのである。それは一見統一感を欠くかに見える『源氏物語』の根幹にある、明確な原理だといえよう。

平安朝は決して単に雅びなわけではなく、天災に見舞われ、疫病が流行し、街路には死骸が重なる凄惨な世界でもあった。にもかかわらず、邪悪で不浄な現実を感じさせないほど、『源氏物語』は優雅で耽美的である。この物語は、人間への深い理解と慈愛に満ちており、それを洗練された和歌的な言葉で彩り、紡ぎ出している。千年を超えて憧憬された所以であろう。

研究者として駆け出しだった頃、瀬戸内寂聴氏の源氏物語現代語訳の巻末資料の仕事をして以来、この物語に関心を抱く一般の人たちに向けて語り、書くことに軸足を据えてきた。研究者の仕事の究極の目的は、一人でも多くの人の関心を得ることで、千年を超えて受け継がれた古典を後代に継承すること以外にない。その時代の関心を掻き立てる新鮮な解釈も、一見新しく見える意匠も、所詮は時の流れとともに消費される通過点、ひと時の消えゆく藻屑である。本書もまた、そのささやかな営みの一つたらんことを願う。

本書は、岩波新書編集の大ベテラン、古川義子さんの助力で刊行の運びとなった。何度も読んでいただけてご意見を頂戴できたことは、何よりの励ましだった。心から感謝の意を表する。

二〇二一年四月

高木和子

参考文献

研究書・研究論文

青島麻子『源氏物語　虚構の婚姻』(武蔵野書院、二〇一五年)
赤羽淑「源氏物語における呼名の象徴的意義――「光」「匂」「薫」について――」(『文芸研究』一九五八年三月)
秋澤亙『源氏物語の准拠と諸相』(おうふう、二〇〇七年)
秋山虔『源氏物語の世界』(東京大学出版会、一九六四年)
秋山虔『王朝女流文学の世界』(東京大学出版会、一九七二年)
秋山虔『王朝の文学空間』(東京大学出版会、一九八四年)
秋山虔「「みやび」の構造」(初出一九八四年、『平安文学の論』笠間書院、二〇一一年)
秋山光和『王朝絵画の誕生　『源氏物語絵巻』をめぐって』(中公新書、一九六八年)
浅尾広良『源氏物語の准拠と系譜』(翰林書房、二〇〇四年)
浅尾広良『源氏物語の皇統と論理』(翰林書房、二〇一六年)
阿部秋生『源氏物語研究序説』(東京大学出版会、一九五九年)
阿部秋生『光源氏論――発心と出家』(東京大学出版会、一九八九年)
阿部好臣『物語文学組成論Ｉ――源氏物語』(笠間書院、二〇一一年)
安藤徹『源氏物語と物語社会』(森話社、二〇〇六年)

伊井春樹『源氏物語の伝説』(昭和出版、一九七六年)
伊井春樹『源氏物語論考』(風間書房、一九八一年)
池浩三『源氏物語――その住まいの世界――』(中央公論美術出版、一九八九年)
池田和臣『源氏物語　表現構造と水脈』(武蔵野書院、二〇〇一年)
池田節子『源氏物語表現論』(風間書房、二〇〇〇年)
池田節子『源氏物語の表現と儀礼』(翰林書房、二〇二〇年)
石田穣二『源氏物語論集』(桜楓社、一九七一年)
井出千春「『源氏物語』六条院の後見関係」(『国家・共同体・家における〈母〉機能の意義と変遷――〈男〉を育てる〈女〉の比較文化史――』平成十八年度科学研究費補助金　基盤研究(B)研究成果報告書、二〇〇九年三月)
伊藤博『源氏物語の原点』(明治書院、一九八〇年)
井上光貞「藤原時代の浄土教」(『歴史学研究』岩波書店、一九四八年一月)
井上光貞「源氏物語の仏教」(『源氏物語講座　下巻』紫乃故郷舎、一九四九年十二月)
今井源衛『源氏物語の研究』(未来社、一九六二年)
今井上『源氏物語　表現の理路』(笠間書院、二〇〇八年)
今井久代『源氏物語構造論――作中人物の動態をめぐって』(風間書房、二〇〇一年)
今西祐一郎『源氏物語覚書』(岩波書店、一九九八年)
梅村恵子「摂関家の正妻」(『日本古代の政治と文化』吉川弘文館、一九八七年)
岡一男『源氏物語の基礎的研究』(東京堂、一九五四年)
岡崎義恵「光源氏の道心」(『岡崎義恵著作集5　源氏物語の美』宝文館、一九六〇年)

折口信夫「国文学」(『折口信夫全集　第十六巻』、中央公論社、一九九六年)
折口信夫「日本文学の発生」(『折口信夫全集　第四巻』中央公論社、一九九五年)
加藤洋介「「後見」攷——源氏物語論のために——」(『名古屋大学国語国文学』一九八八年十二月)
加藤洋介「冷泉—光源氏体制と「後見」——源氏物語における准拠と〈虚構〉——」(『文学』一九八九年八月)
神尾暢子『王朝文学の表現形成』(新典社、一九九五年)
河添房江『源氏物語表現史　喩と王権の位相』(翰林書房、一九九八年、元『源氏物語の喩と王権』有精堂、一九九二年)
河添房江『源氏物語時空論』(東京大学出版会、二〇〇五年)
神田龍身『物語文学、その解体——『源氏物語』「宇治十帖」以降——』(有精堂出版、一九九二年)
神田龍身『偽装の言説——平安朝のエクリチュール』(森話社、一九九九年)
神野藤昭夫『散逸した物語世界と物語史』(若草書房、一九九八年)
木下新介「光源氏の准拠一面——原像としての重明親王」(『国文学研究ノート(神戸大学)』二〇〇九年九月)
木下新介「『源氏物語』大原野行幸の准拠と引用」(『むらさき』二〇一六年十二月)
木村佳織「紫上の妻としての地位——呼称と寝殿居住の問題をめぐって——」(『中古文学』一九九三年十一月)
工藤重矩『平安朝の結婚制度と文学』(風間書房、一九九四年)
栗原弘『平安時代の離婚の研究——古代から中世へ——』(弘文堂、一九九九年)
栗本賀世子『平安朝物語の後宮空間——宇津保物語から源氏物語へ——』(武蔵野書院、二〇一四年)
胡潔『平安貴族の婚姻慣習と源氏物語』(風間書房、二〇〇一年)
神野志隆光「源氏物語における「世語り」の場をめぐって」(『むらさき』一九七三年六月)
神野志隆光「光源氏官歴の一問題——納言をめぐって——」(『古代文化』一九七六年二月)

神野志隆光「〈三位中将〉と『源氏物語』」(『平安時代の歴史と文学　文学編』吉川弘文館、一九八一年)
小嶋菜温子『源氏物語批評』(有精堂、一九九五年)
小嶋菜温子『源氏物語の性と生誕――王朝文化史論』(立教大学出版会、二〇〇四年)
小西甚一「いづれの御時にか」(『国語と国文学』一九五五年三月)
小西甚一「光と暴風――「源氏物語」の家族アーキタイプ――」(『批評』一四、一九六八年一二月)
小林正明「女人往生論と宇治十帖」(『国語と国文学』一九八七年八月)
久保木哲夫『折の文学　平安和歌文学論』(笠間書院、二〇〇七年)
黒須重彦『夕顔という女』(笠間書院、一九七五年)
河内祥輔『古代政治史における天皇制の論理』(吉川弘文館、一九八六年)
後藤祥子「手習いの歌」(『講座　源氏物語の世界　第九集』有斐閣、一九八四年)
後藤祥子『源氏物語の史的空間』(東京大学出版会、一九八六年)
小町谷照彦『源氏物語の歌ことば表現』(東京大学出版会、一九八四年)
小町谷照彦「花散里」(『国文学』一九六八年五月)
齋木泰孝『物語文学の方法と注釈』(和泉書院、一九九六年)
西郷信綱『古代人と夢』(平凡社選書、一九七二年)
斎藤曉子『源氏物語の研究』(教育出版センター、一九七九年)
斎藤曉子『源氏物語の仏教と人間』(桜楓社、一九八九年)
坂本和子「光源氏の系譜」(『国学院雑誌』一九七五年十二月)
坂本和子「「源氏物語」に於ける家と系譜」(『国学院大学日本文化研究所紀要』一九七七年)

坂本昇『源氏物語構想論』（明治書院、一九八一年）
笹川博司『隠遁の憧憬――平安文学論考――』（和泉書院、二〇〇四年）
佐藤勢紀子『宿世の思想』（ぺりかん社、一九九五年）
篠原昭二『源氏物語の論理』（東京大学出版会、一九九二年）
島田良二『平安前期私家集の研究』（桜楓社、一九六八年）
清水婦久子『源氏物語の巻名と和歌――物語生成論へ――』（和泉書院、二〇一四年）
清水好子「光源氏論」（『国語と国文学』一九七九年八月）
清水好子『源氏物語の文体と方法』（東京大学出版会、一九八〇年）
陣野英則『源氏物語論――女房・書かれた言葉・引用――』（勉誠出版、二〇一六年）
新間一美『源氏物語と白居易の文学』（和泉書院、二〇〇三年）
鈴木一雄『王朝女流日記論考』（至文堂、一九九三年）
鈴木日出男『古代和歌史論』（東京大学出版会、一九九〇年）
鈴木日出男『光源氏の世界』（放送大学教材、一九九四年）
鈴木日出男『源氏物語虚構論』（東京大学出版会、二〇〇三年）
鈴木宏子『古今和歌集表現論』（笠間書院、二〇〇〇年）
鈴木宏子『王朝和歌の想像力――古今集と源氏物語――』（笠間書院、二〇一二年）
園明美『源氏物語の理路―呼称と史的背景を糸口として―』（風間書房、二〇一二年）
高崎正秀『源氏物語論　高崎正秀著作集第六巻』（桜楓社、一九七一年）
高田信敬『源氏物語考証稿』（武蔵野書院、二〇一〇年）

高田祐彦『源氏物語の文学史』（東京大学出版会、二〇〇三年）
高橋和夫『源氏物語の主題と構想』（桜楓社、一九六六年）
高橋和夫『『源氏物語』の創作過程』（右文書院、一九九二年）
高橋亨『源氏物語の対位法』（東京大学出版会、一九八二年）
高橋亨『物語文芸の表現史』（名古屋大学出版会、一九八七年）
高橋亨『物語と絵の遠近法』（ぺりかん社、一九九一年）
高群逸枝『招婿婚の研究』（講談社、一九五三年、『高群逸枝全集』二・三巻、理論社、一九六六年）
武田宗俊『源氏物語の研究』（岩波書店、一九五四年）
田坂憲二『源氏物語の人物と構想』（和泉書院、一九九三年）
田坂憲二『源氏物語の政治と人間』（慶應義塾大学出版会、二〇一七年）
田中恭子「源氏物語の人物造型における呼称の意義」（『関根慶子教授退官記念寝覚物語対校・平安文学論集』風間書房、一九七五年）
田中隆昭『源氏物語　引用の研究』（勉誠出版、一九九九年）
田中隆昭『源氏物語　歴史と虚構』（勉誠社、一九九三年）
田中貴子「古典文学にみる竜女成仏」（『解釈と鑑賞』一九九一年五月）
谷崎潤一郎「にくまれ口」（『婦人公論』一九六五年九月）
玉上琢彌『源氏物語研究　源氏物語評釈別巻一』（角川書店、一九六六年）
多屋頼俊『源氏物語の思想』（法蔵館、一九五二年）
辻和良『源氏物語の王権――光源氏と〈源氏幻想〉――』（新典社、二〇一一年）

外山敦子『源氏物語の老女房』(新典社、二〇〇五年)
中野幸一「紫の上の妻の座とはいかなるものであったか」(『国文学』一九八〇年五月)
野口武彦『『源氏物語』を江戸から読む』(講談社、一九八五年)
野村精一『源氏物語の創造　増訂版』(桜楓社、一九六九年)
野村精一『源氏物語文体論序説』(有精堂、一九七〇年)
橋本義彦『平安の宮廷と貴族』(吉川弘文館、一九九六年)
濱橋顕一『源氏物語論考』(笠間書院、一九九七年)
林田孝和『源氏物語の発想』(桜楓社、一九八〇年)
林田孝和『王朝びとの精神史』(桜楓社、一九八三年)
林田孝和『源氏物語の精神的研究』(桜楓社、一九九三年)
原岡文子『源氏物語の人物と表現　その両義的展開』(翰林書房、二〇〇三年、元『源氏物語　両義の糸――人物・表現をめぐって――』有精堂、一九九一年)
原岡文子『『源氏物語』に仕掛けられた謎――「若紫」からのメッセージ』(角川学芸出版、二〇〇八年)
土方洋一『源氏物語のテクスト生成論』(笠間書院、二〇〇〇年)
日向一雅『源氏物語の主題　「家」の遺志と宿世の物語の構造』(桜楓社、一九八三年)
日向一雅『源氏物語の王権と流離』(新典社、一九八九年)
日向一雅『源氏物語の準拠と話型』(至文堂、一九九九年)
深沢三千男『源氏物語の形成』(桜楓社、一九七二年)
服藤早苗『平安朝の家と女性―北政所の成立』(平凡社、一九九七年)

福長進『歴史物語の創造』(笠間書院、二〇一一年)
藤井貞和『源氏物語の始原と現在』(三一書房、一九七二年、のち定本、冬樹社、一九八〇年)
藤井貞和「「宿世遠かりけり」考」(『源氏物語の表現と構造』笠間書院、一九七九年)
藤井貞和『物語の結婚』(創樹社、一九八五年)
藤井貞和『源氏物語論』(岩波書店、二〇〇〇年)
藤岡忠美「源氏物語の源泉　II和歌　古歌の物語化をめぐって」(『源氏物語講座　第八巻』有精堂、一九七二年)
藤河家利昭『源氏物語の源泉受容の方法』(勉誠社、一九九五年)
藤村潔『源氏物語の構造』(桜楓社、一九六六年)
藤本勝義『源氏物語の想像力――史実と虚構――』(笠間書院、一九九四年)
藤本勝義『源氏物語の〈物の怪〉　文学と記録の狭間』(笠間書院、一九九四年)
藤本勝義『源氏物語の人　ことば　文化』(新典社、一九九九年)
藤本勝義『源氏物語の表現と史実』(笠間書院、二〇一二年)
藤原克己「幼な恋と学問――少女巻――」(『源氏物語講座　第三巻　光る君の物語』勉誠社、一九九二年)
藤原克己「源氏物語と浄土教――宇治の八宮の死と臨終行儀をめぐって――」(『国語と国文学』一九九九年九月)
藤原克己『菅原道真と平安朝漢文学』(東京大学出版会、二〇〇一年)
藤原克己「「袖ふれし人」は薫か匂宮か――手習巻の浮舟の歌をめぐって――」(『源氏物語と和歌世界』新典社、二〇〇六年)
益田勝実「日知りの裔の物語――『源氏物語』の発端の構造――」(『火山列島の思想』筑摩書房、一九六八年)
益田勝実「光源氏の退場――「幻」前後――」(『文学』一九八二年十一月)

増田繁夫「光源氏の女性関係」(『源氏物語の探究　第九輯』風間書房、一九八四年)
増田繁夫「弘徽殿と藤壺――源氏物語の後宮――」(『国語と国文学』一九八四年十一月)
増田繁夫「贈答歌のからくり」(『論集和歌とレトリック　和歌文学の世界第十集』笠間書院、一九八六年)
増田繁夫「光源氏の古代性と近代性――内面性の深化の物語――」(『源氏物語研究集成　第一巻』風間書房、一九九八年)
増田繁夫『源氏物語と貴族社会』(吉川弘文館、二〇〇二年)
増田繁夫『平安貴族の結婚・愛情・性愛　多妻制社会の男と女』(青簡舎、二〇〇九年)
松井健児『源氏物語の生活世界』(翰林書房、二〇〇〇年)
松岡智之「『観無量寿経』と女三宮――光源氏の出家の問題――」(『国語と国文学』一九九六年七月)
三谷栄一『物語文学史論』(有精堂、一九五二年)
三谷栄一「源氏物語における物語の型」(『源氏物語講座　第一巻』有精堂、一九七一年)
三谷邦明『物語文学の方法Ⅱ』(有精堂、一九八九年)
三谷邦明・三田村雅子『源氏物語絵巻の謎を読み解く』(角川選書、一九九八年)
三田村雅子『源氏物語　感覚の論理』(有精堂、一九九六年)
三田村雅子『記憶の中の源氏物語』(新潮社、二〇〇八年)
室伏信助『王朝物語史の研究』(角川書店、一九九五年)
室伏信助『王朝日記物語論叢』(笠間書院、二〇一四年)
森一郎『源氏物語の方法』(桜楓社、一九六九年)
森一郎『源氏物語の主題と方法』(桜楓社、一九七九年)

森一郎編『源氏物語作中人物論集』(勉誠社、一九九三年)
柳井滋『柳井滋の源氏学　平安文学の思想』(武蔵野書院、二〇一九年)
山口明穂「あく(飽く)」(『王朝語辞典』東京大学出版会、二〇〇〇年)
山田利博『源氏物語の構造研究』(新典社、二〇〇四年)
山本淳子『源氏物語の時代　一条天皇と后たちのものがたり』(朝日選書、二〇〇七年)
山本利達『源氏物語攷』(塙書房、一九九五年)
吉岡曠『源氏物語論』(笠間書院、一九七二年)
吉海直人『平安朝の乳母達―『源氏物語』への階梯―』(世界思想社、一九九五年)
吉田幹生『日本古代恋愛文学史』(笠間書院、二〇一五年)
吉野瑞恵『王朝文学の生成　『源氏物語』の発想・「日記文学」の形態』(笠間書院、二〇一一年)
吉森佳奈子『『河海抄』の『源氏物語』』(和泉書院、二〇〇三年)
渡辺実校注『伊勢物語　新潮日本古典集成』(新潮社、一九七六年)
和辻哲郎「源氏物語について」(『日本精神史研究』岩波書店、一九二五年)

本文・注釈

池田亀鑑『源氏物語大成』(中央公論社、一九五三～五六年)
『源氏物語別本集成』(全十五巻、おうふう、一九八九～二〇〇二年)
『新編国歌大観』(角川書店、一九八三～九二年)
北村季吟『源氏物語湖月抄　増注』(全三巻、講談社学術文庫、一九八二年)

玉上琢彌『源氏物語評釈』（全十二巻・別巻二巻、角川書店、一九六四〜六九年）
石田穣二・清水好子校注『新潮日本古典集成　源氏物語』（全八巻、一九七六〜八五年）
阿部秋生・秋山虔・今井源衛・鈴木日出男訳注『新編日本古典文学全集　源氏物語』（全六巻、小学館、一九九四〜九八年）
柳井滋・室伏信助・大朝雄二・鈴木日出男・藤井貞和・今西祐一郎校注『新日本古典文学大系　源氏物語』（全五冊・別巻一冊、岩波書店、一九九三〜九九年）

概説・研究入門

清水好子『源氏の女君』（塙新書、一九六七年）
秋山虔『源氏物語』（岩波新書、一九六八年）
鈴木日出男『はじめての源氏物語』（講談社現代新書、一九九一年）
鈴木日出男『源氏物語歳時記』（筑摩書房、一九八九年）
鈴木日出男『源氏物語への道』（小学館、一九九八年）
鈴木日出男『古代和歌の世界』（ちくま新書、一九九九年）
日向一雅『源氏物語の世界』（岩波新書、二〇〇四年）
高田祐彦・土方洋一『仲間と読む　源氏物語ゼミナール』（青簡舎、二〇〇八年）
大津透『道長と宮廷社会』（講談社学術文庫、二〇〇九年）
『別冊国文学　源氏物語必携』（学燈社、一九七八年）
『別冊国文学　源氏物語必携Ⅱ』（学燈社、一九八二年）

『別冊国文学　源氏物語事典』（学燈社、一九八九年）
『別冊国文学　新・源氏物語必携』（学燈社、一九九七年）
『源氏物語講座』（全八巻、有精堂、一九七一〜七二年）
『講座　源氏物語の世界』（全九巻、有斐閣、一九八〇〜八四年）
『源氏物語講座』（全十巻、勉誠社、一九九一〜九三年）
『源氏物語研究集成』（全十五巻、風間書房、一九九八〜二〇〇二年）
『講座源氏物語研究』（全十二巻、おうふう、二〇〇六〜〇八年）
『新時代への源氏学』（全十巻、竹林舎、二〇一四〜一七年）

本書に関連する自著

高木和子『源氏物語の思考』（風間書房、二〇〇二年）
高木和子『女から詠む歌　源氏物語の贈答歌』（青簡舎、二〇〇八年）
高木和子『男読み　源氏物語』（朝日新書、二〇〇八年）
高木和子『平安文学でわかる恋の法則』（ちくまプリマー新書、二〇一一年）
高木和子『源氏物語再考　長編化の方法と物語の深化』（岩波書店、二〇一七年）
三角洋一・高木和子校注『物語二百番歌合　風葉和歌集（和歌文学大系）』（明治書院、二〇一九年）
高木和子『源氏大学テキスト』（非売品、講談社、一九九九年）
高木和子「原文を習ふ」（『週刊絵巻で楽しむ源氏物語』偶数号、朝日新聞出版、二〇一一〜一三年、一部本書に吸収）

主要人物紹介

葵上――左大臣の大宮腹の娘。頭中将と同腹。光源氏の正妻。夕霧を出産して死去。

明石の君――明石入道と尼君との娘。光源氏との間に明石姫君を儲ける。

明石姫君――光源氏と明石の君の子。紫上の養女。今上帝に入内。女御、後に中宮。

秋好中宮――斎宮女御。六条御息所と故前東宮の娘。朱雀朝の斎宮。冷泉帝に入内。

朝顔姫君――桃園式部卿宮の娘。朱雀朝の斎院。光源氏の求愛を拒否し続ける。

一条御息所―朱雀院の更衣。落葉宮の母。娘と夕霧の関係を誤解したまま急逝。

浮舟――八宮の中将の君腹の娘。薫とも匂宮とも関係を持ち、宇治川に入水をはかる。

空蟬――衛門督の娘。伊予介の後妻。方違えに来た源氏と一夜の契りを交わす。

近江の君――頭中将の落し胤。田舎育ちで物笑いの種となる。

大君――宇治八宮の長女。薫に求愛されて内心慕うが、妹中の君を薫に勧める。

落葉宮――朱雀院の一条御息所腹の第二皇女。女二宮。柏木の正妻、後に夕霧と再婚。

朧月夜（おぼろづきよ）――右大臣家の六の君。弘徽殿大后の妹。光源氏と関係する。朱雀朝の尚侍（ないしのかみ）。

女三宮（おんなさんのみや）――朱雀院の藤壺女御腹の第三皇女。藤壺中宮の姪。源氏に降嫁するも、柏木と密通。

薫（かおる）――女三宮と柏木との不義の子。光源氏の子として育つ。宇治八宮一族に心を傾ける。

柏木（かしわぎ）――頭中将と右大臣の四の君との嫡男。実の姉妹玉鬘に求婚。後に女三宮と密通。

桐壺院（きりつぼいん）――桐壺更衣を寵愛し光源氏をなす。更衣没後、藤壺を寵愛。

桐壺更衣（きりつぼのこうい）――故大納言の娘。桐壺帝に寵愛されるも横死。光源氏の母。

今上帝（きんじょうてい）――朱雀院の皇子。母は承香殿女御（しょうきょうでんのにょうご）。東宮・匂宮・女一宮・女二宮の父。

雲居雁（くもいのかり）――頭中将の娘。祖母の大宮に養育され、幼馴染の夕霧と苦難の後に結婚。

弘徽殿女御（こきでんのにょうご）―右大臣の長女。桐壺帝に入内し、第一皇子、のちの朱雀帝を儲ける。

惟光（これみつ）――光源氏の乳母（めのと）の子。光源氏のお忍びの恋に活躍。娘の五節（ごせち）は夕霧の愛人。

左大臣（さだいじん）――葵上と頭中将の父。妻は桐壺帝の姉妹の大宮。光源氏の後ろ楯。

末摘花（すえつむはな）――故常陸宮（ひたちのみや）の娘。容貌は醜く古風で浮世離れしているが、光源氏に庇護される。

朱雀院（すざくいん）――桐壺帝の第一皇子。弘徽殿大后腹。桐壺帝の譲位後即位するが、三年で退位。

玉鬘（たまかずら）――頭中将と夕顔との娘。一時筑紫に下るが、光源氏の六条院に引き取られる。

頭中将（とうのちゅうじょう）――左大臣の大宮腹の嫡男。葵上と同腹。内大臣。太政大臣。致仕大臣（ちじのおとど）。

中の君（なかのきみ）――宇治八宮の次女。父の死後、匂宮と結婚して二条院に引き取られ、子を儲ける。

匂宮（におうみや）――今上帝の明石中宮腹の第三皇子。中の君と結婚、後に薫と浮舟を争う。

軒端荻（のきばのおぎ）――空蟬の夫の伊予介の先妻の子。光源氏は空蟬と誤って契る。

八宮（はちのみや）――桐壺院の第八皇子。宇治に俗聖として隠棲。大君・中の君を男手で育てる。

花散里（はなちるさと）――桐壺院の麗景殿女御（れいけいでんのにょうご）の妹。六条院に迎えられ、夕霧・玉鬘の後見をする。

髭黒（ひげくろ）――朱雀院の承香殿女御の兄弟。式部卿宮（しきぶきょうのみや）（元の兵部卿宮（ひょうぶきょうのみや））の娘が北の方。

藤壺（ふじつぼ）――桐壺帝の中宮。光源氏の母桐壺更衣に瓜二つ。光源氏と密通、後の冷泉帝を産む。

弁の君（べんのきみ）――柏木の乳母の娘。宇治八宮の北の方の従姉妹。八宮とその娘たちに仕える。

紫上（むらさきのうえ）――兵部卿宮の娘。藤壺の姪。光源氏が北山で発見、葵上没後は光源氏の正妻格。

夕顔（ゆうがお）――三位中将（さんみのちゅうじょう）の娘。頭中将の娘の玉鬘を儲けた。光源氏と恋に落ち、某の院で死去。

夕霧（ゆうぎり）――光源氏と葵上との嫡男。幼馴染の雲居雁と結婚、後に落葉宮に恋慕。

横川僧都（よかわのそうず）――比叡山の横川の僧。小野母尼の子。小野の妹尼と兄妹。

冷泉院（れいぜいいん）――桐壺帝の皇子。橋姫巻で第十皇子とされる。藤壺と光源氏の不義の子。

六条御息所（ろくじょうのみやすんどころ）――前東宮妃。秋好中宮の母。東宮と死別、光源氏の愛人となるも生霊と化す。

主要人物略系図

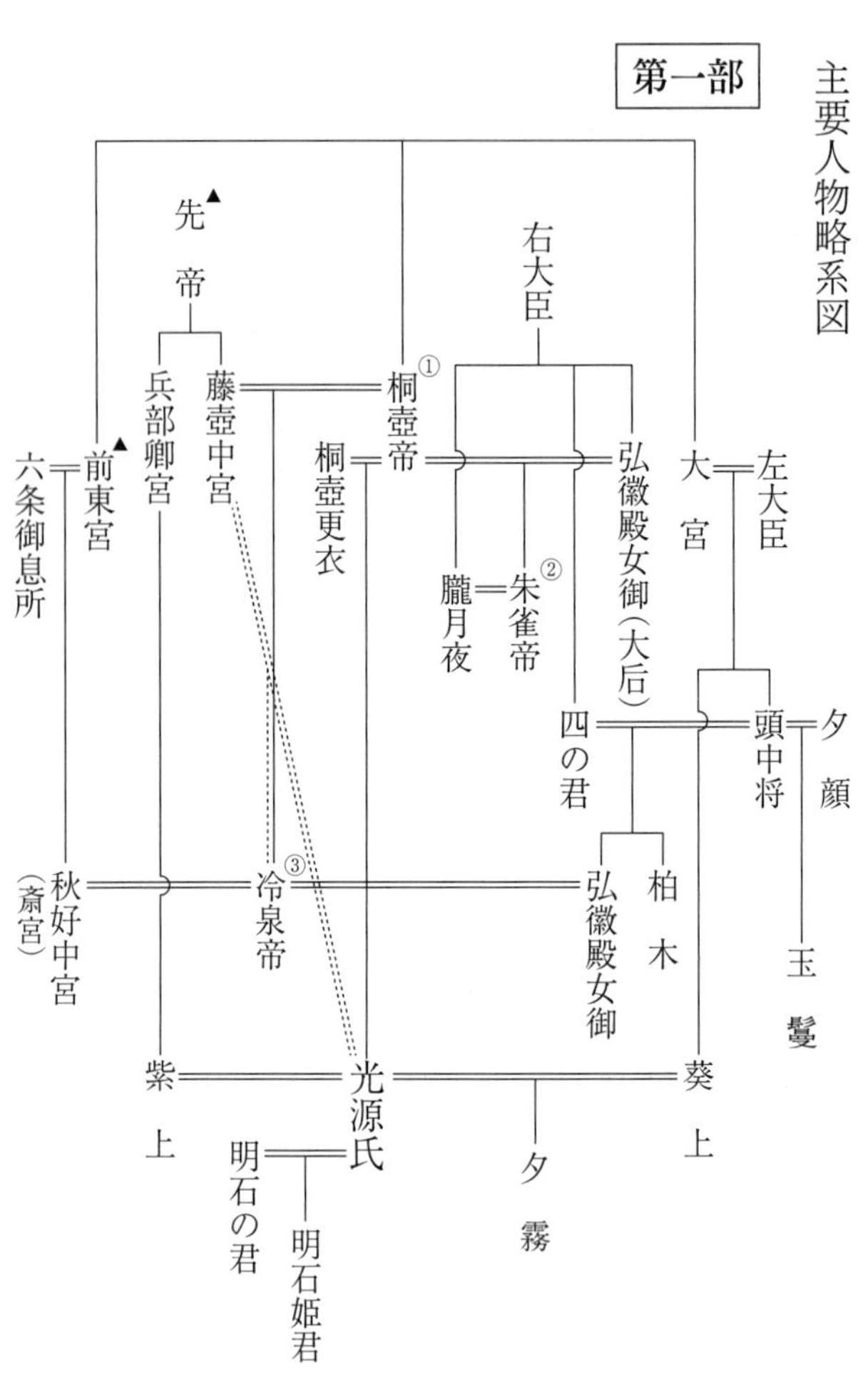

▲は故人、①②③は帝の即位順

第二部

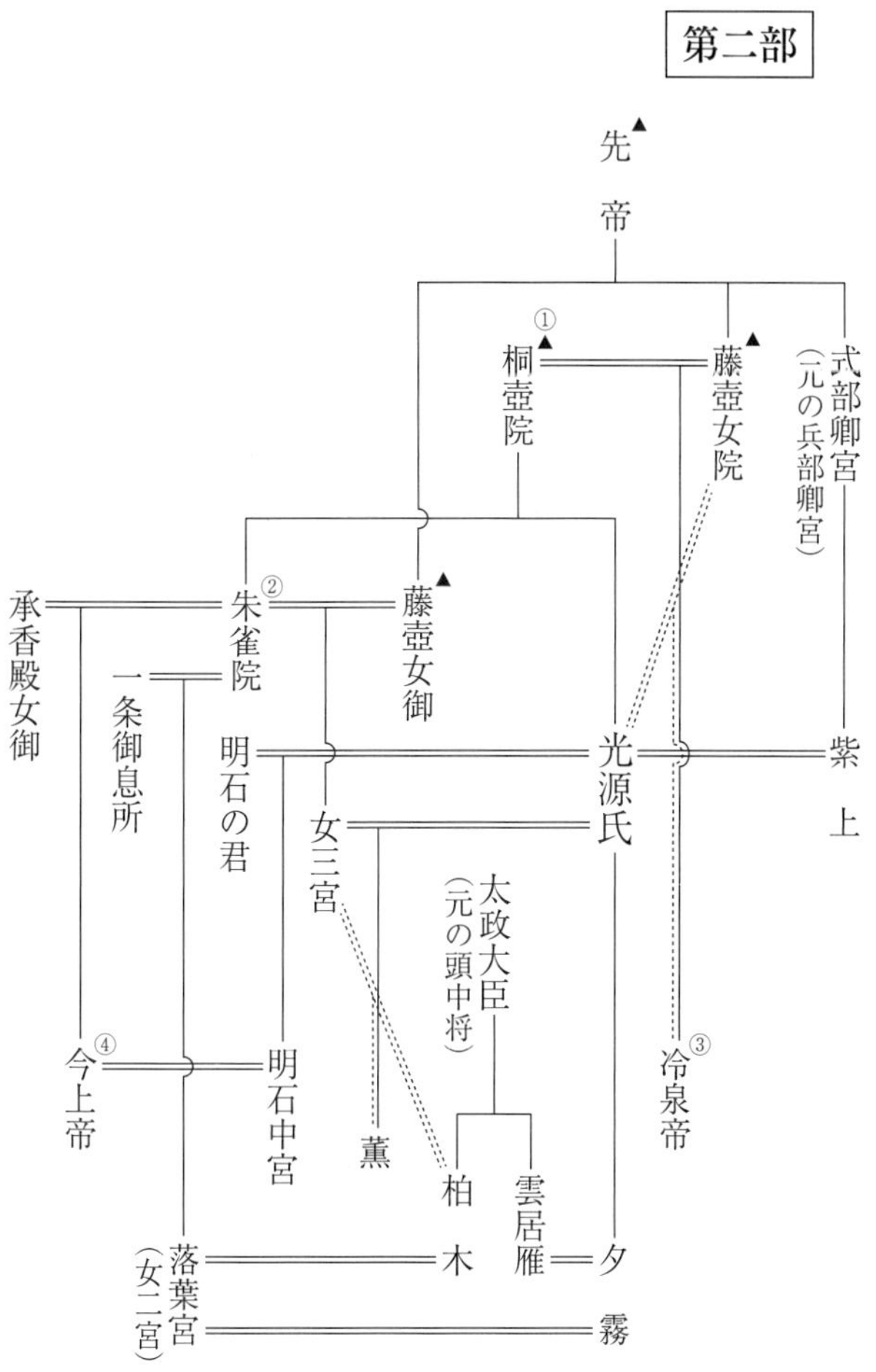

▲は故人、①②③④は帝の即位順

第三部

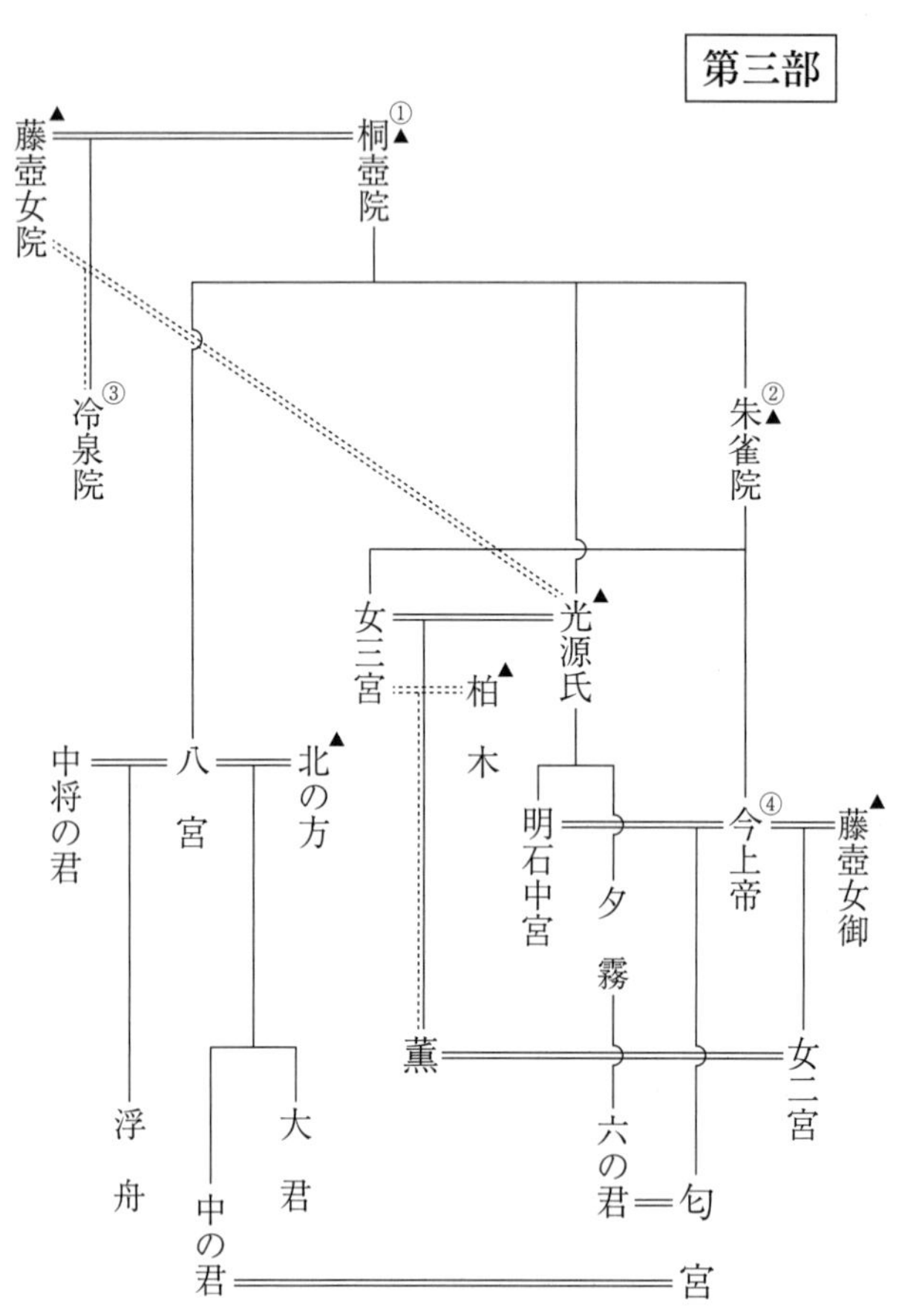

▲は故人、①②③④は帝の即位順

光源氏と女君たちの関係図

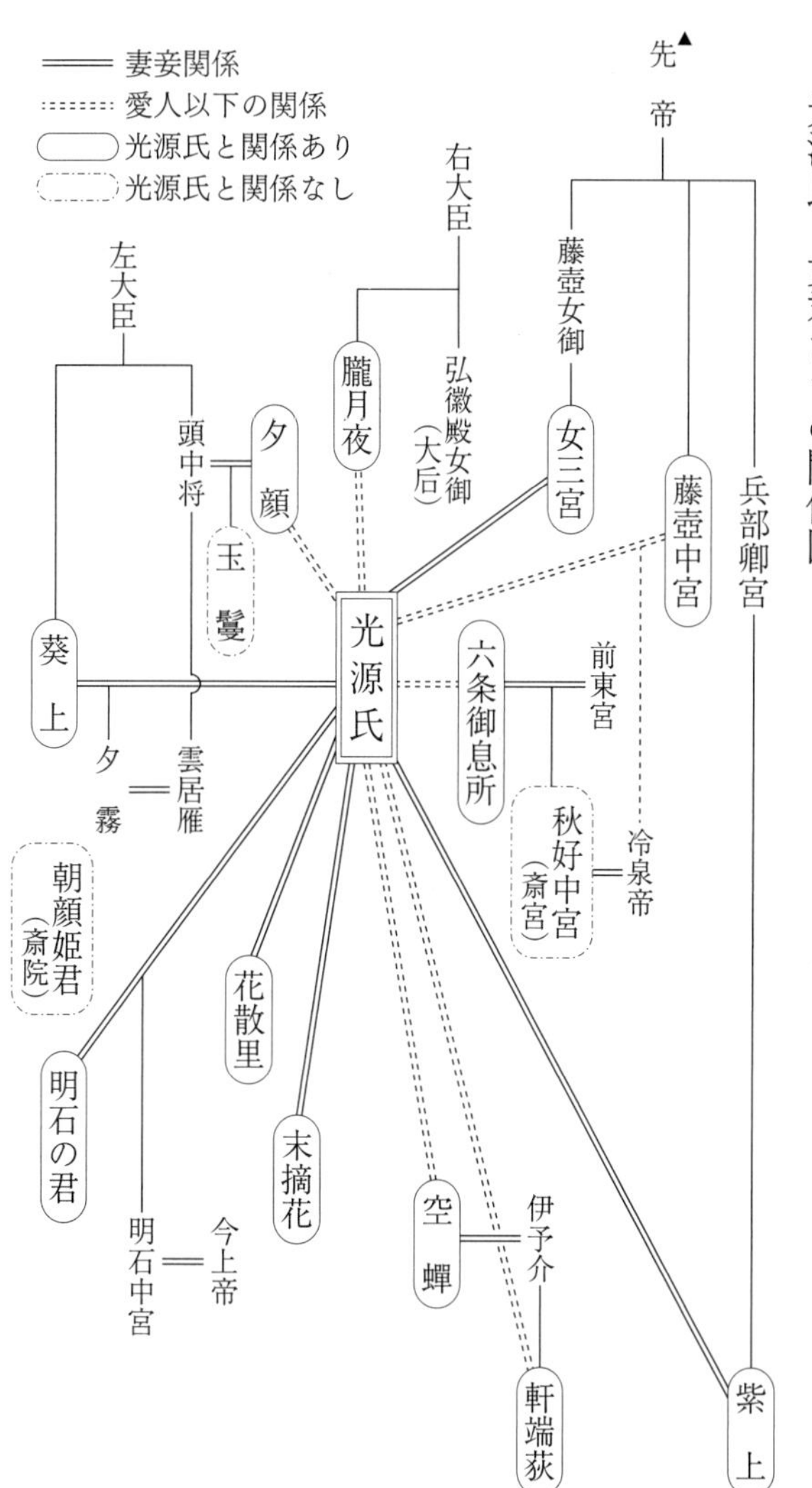

年立

（巻名に付した番号は、現行の巻順を便宜的に示す）

部	巻	帝	光源氏年齢	主要事項
第一部	1 桐壺	桐壺帝	1	桐壺更衣、若宮（光源氏）出産。帝の寵愛深く、周囲に嫉妬される。
			2	
			3	夏、桐壺更衣病死。秋、桐壺帝、靫負命婦（ゆげいのみょうぶ）を更衣里邸に派遣。
			4	春、第一皇子（後の朱雀帝）が東宮となり、弘徽殿女御ら安堵。
			5	
			6	桐壺更衣の母、死去。
			7〜11	高麗の相人の観相により、若宮臣籍降下。藤壺入内。
			12	光源氏元服。葵上と結婚するも藤壺を慕う。二条院造営。
			13〜16	
	2 帚木		17	夏、雨夜の品定め。光源氏、方違（かたたが）え先で空蟬と契る。
	3 空蟬			光源氏、拒み続ける空蟬に執着、誤って軒端荻と契る。

第一部			
4夕顔	桐壺帝	17	夏、光源氏、六条に通う。秋、夕顔と恋。八月、某院で夕顔死去。
5若紫 6末摘花 7紅葉賀	桐壺帝	18	【若】春、光源氏、紫上発見。【末】末摘花を垣間見。【若】夏、藤壺と逢瀬。藤壺懐妊。【末】秋、末摘花と逢瀬。【紅】冬、朱雀院行幸。【若】紫上、二条院入り。【末】末摘花の醜貌判明。
7紅葉賀	桐壺帝	19	春、藤壺出産。夏、源典侍と戯れる。秋、藤壺、中宮となる。
8花宴	桐壺帝	20	春、南殿で桜の宴。朧月夜と逢う。右大臣家の藤の宴で再会。
	桐壺帝／朱雀帝	21	桐壺帝譲位、朱雀帝即位。藤壺中宮腹の皇子、東宮となる。
9葵	朱雀帝	22	夏、車争い。秋、葵上、出産後死去。冬、紫上と新枕。
9葵 10賢木	朱雀帝	23	【葵】春、光源氏参賀。【賢】秋、光源氏、野宮訪問。六条御息所、伊勢下向。冬、桐壺院崩御。
10賢木	朱雀帝	24	春、光源氏求愛、藤壺拒否。秋、雲林院参籠。冬、藤壺出家。
10賢木 11花散里	朱雀帝	25	【賢】夏、光源氏と朧月夜の密会発覚。【花】光源氏、花散里を訪問。
12須磨	朱雀帝	26	春、光源氏、須磨に下る。夏、都と交流。秋、都からの音信絶える。
12須磨 13明石	朱雀帝	27	春、宰相中将(元の頭中将)、須磨を訪問。三月、暴風雨にあう。 光源氏、夢に桐壺院を見て明石に移る。秋、明石の君と逢う。
14澪標 15蓬生	朱雀帝	28	【明】夏、明石の君懐妊。秋、光源氏帰京。【澪】冬、法華八講。【蓬】末摘花、光源氏を待つ。

第一部

巻	帝	光源氏年齢	主要事項
14 澪標 / 16 関屋	冷泉帝	29	【澪】春、冷泉帝即位。明石姫君誕生。【蓬】夏、末摘花と再会。【澪】秋、住吉参詣。【関】空蟬と再会。【澪】六条御息所死去。
		30	
17 絵合		31	春、前斎宮入内、弘徽殿女御と帝寵を競うも、絵合で勝利。
18 松風			秋、二条東院完成。明石の君・尼君・姫君、大堰に移住。
19 薄雲			冬、明石の君、明石姫君を紫上の養女とする。
		32	春、太政大臣と藤壺死去。夏、冷泉帝、秘事を知る。秋、斎宮女御、秋を好むと光源氏に答える。
20 朝顔			朝顔、結婚拒否。冬、光源氏、紫上に女性評。藤壺、夢で恨む。
21 少女		33	夕霧元服、大学入学。秋、斎宮女御、中宮となる。夕霧、雲居雁と別離。冬、夕霧、惟光の娘に懸想。
		34	春、朱雀院に行幸。秋、夕霧侍従となる。光源氏、六条院造営。
22 玉鬘		35	【少】秋、六条院完成。春秋の優劣を競う。【玉】玉鬘、六条院入り。年末衣配り。
23 初音		36	元日、光源氏、女君たち訪問、明石の君のもとに泊まる。
24 胡蝶			三月、六条院の船楽。夏、光源氏、玉鬘に懸想。
25 蛍			夏、兵部卿宮、蛍の光で玉鬘を見る。六条院で競射。物語談義。
26 常夏			六月、六条院で納涼。光源氏、玉鬘に恋慕。近江の君笑われる。

部	巻	帝	年齢	事項
第一部	27 篝火	冷泉帝	36	秋、光源氏、玉鬘と篝火の歌を贈答。
	28 野分			八月、夕霧、野分ののち、紫上を見て思慕。光源氏と玉鬘の仲を疑う。
	29 行幸			十二月、大原野行幸、玉鬘、冷泉帝に心惹かれる。
			37	春、内大臣、玉鬘の素姓を知り、玉鬘の裳着で腰結役。
	30 藤袴			三月、大宮死去。秋、玉鬘の出仕決定、求婚者たちは焦る。
	31 真木柱			鬚黒、玉鬘と結婚。冬、北の方、実家に帰る。真木柱、柱に歌を残す。
			38	春、玉鬘参内、鬚黒、玉鬘を自邸に迎える。冬、玉鬘男児出産。
	32 梅枝		39	二月、六条院で薫物合せ。明石姫君裳着、東宮元服。光源氏、筆跡批評。
	33 藤裏葉			夏、夕霧結婚。明石姫君入内。秋、光源氏、准太上天皇に。冬、六条院行幸。
第二部	34 若菜上			冬、朱雀院、病のため出家を願う。女三宮の後見を光源氏に決定。
			40	春、玉鬘による四十賀。女三宮降嫁。夏、明石女御懐妊。冬、紫上らによる四十賀。
			41	春、明石女御出産。明石入道入山。柏木、女三宮を垣間見る。
	35 若菜下			柏木、六条院の弓の競射に参加。女三宮の飼猫を手に入れて愛玩。
			42〜45	
			46	今上帝即位。冬、光源氏の住吉参詣。女三宮、二品となる。

第二部

巻	帝	光源氏年齢	主要事項
35 若菜下	今上帝	47	春、女楽、紫上発病。四月、柏木密通。六条御息所の死霊出現。女三宮懐妊。冬、柏木発病。
36 柏木		48	春、柏木衰弱。女三宮、薫を出産して出家。柏木死去。
37 横笛		49	春、光源氏、薫を見て老いを嘆く。秋、夕霧、柏木の横笛を源氏に託す。
38 鈴虫		50	夏、女三宮持仏開眼供養。八月、鈴虫の宴。冷泉院で月見の宴。
39 夕霧			秋、夕霧、落葉宮に求愛。一条御息所死去。冬、夕霧、落葉宮と結婚。
40 御法		51	春、紫上、法華経千部供養。夏、匂宮に遺言。秋、死去。
41 幻		52	春、光源氏、紫上を悼み生涯を回顧。十二月、紫上の文を焼く。
〔雲隠〕			〈8年の空白〉

第三部

巻	帝	薫年齢	主要事項
42 匂兵部卿 44 竹河	今上帝	14	【匂】匂宮、すでに元服。夕霧、雲居雁と落葉宮に通う。春、薫元服。
		15	【竹】春、蔵人少将、玉鬘の姫君たちを垣間見。夏、玉鬘の大君、冷泉院に参入。
		16	【竹】夏、玉鬘の大君、冷泉院の姫君出産。中の君、尚侍となる。
		17〜18	
		19	【匂】薫、三位宰相に昇進。夕霧の六の君、落葉宮の養女となる。

第三部		
巻	今上帝	
44竹河	20	【橋】薫、宇治八宮と、仏教上の友としての親交を深める。
45橋姫／44竹河	21	
45橋姫／44竹河	22	【橋】秋、薫、宇治の姉妹垣間見。出生の秘密を知る。【竹】玉鬘の大君、冷泉院の皇子出産。
46椎本	23	【椎】春、匂宮、宇治の姉妹に関心を抱く。秋、八宮薨去。
46椎本／43紅梅／47総角	24	【紅】紅梅大納言の大君、東宮入り。【椎】正月、阿闍梨、山菜を贈る。【宿】夏、藤壺女御死去。秋、薫、女二宮と縁談。【総】薫、大君を訪問。匂宮、中の君と契る。冬、大君死去。
48早蕨／49宿木	25	【早】春、中の君、二条院入り。【宿】秋、薫、中の君に懸想。匂宮、夕霧の六の君と結婚。
49宿木／50東屋	26	二月、中の君出産。薫、女二宮と婚儀。夏、薫、浮舟を垣間見。 秋、浮舟破談。匂宮に懸想されるも、薫に宇治に据えられる。
51浮舟／52蜻蛉	27	春、匂宮、浮舟と契る。薫、浮舟を責める。浮舟は死を覚悟。 【蜻】浮舟失踪。【手】横川僧都と妹尼、浮舟発見。【蜻】夏、薫、浮舟を供養、女一宮に憧れる。【手】夏、浮舟意識回復。秋、中将に懸想され、出家。
53手習／54夢浮橋	28	春、横川僧都、明石中宮に浮舟のことを語る。薫、驚く。 夏、薫、事情を聞き、小君を遣わすが、浮舟、人違いとする。

高木和子

1964年兵庫県生まれ。東京大学大学院博士課程修了。博士(文学)。関西学院大学文学部教授を経て、
現在―東京大学大学院人文社会系研究科教授
専攻―『源氏物語』を中心に、平安文学研究
著書―『源氏物語の思考』(風間書房、第5回紫式部学術賞受賞)、『女から詠む歌　源氏物語の贈答歌』(青簡舎)、『男読み　源氏物語』(朝日新書)、『コレクション日本歌人選　和泉式部』(笠間書院)、『平安文学でわかる恋の法則』(ちくまプリマー新書)、『源氏物語再考――長編化の方法と物語の深化』(岩波書店)、『和歌文学大系50　物語二百番歌合／風葉和歌集』(明治書院、注釈、共著)、『和歌文学大系5　古今和歌集』(明治書院、注釈、共著)、『源氏物語入門』(岩波ジュニア新書)、『源氏物語の作者を知っていますか』(だいわ文庫) ほか

源氏物語を読む　岩波新書(新赤版)1885

2021年6月18日　第1刷発行
2024年4月5日　第3刷発行

著　者　高木和子(たかぎかずこ)

発行者　坂本政謙

発行所　株式会社 岩波書店
〒101-8002 東京都千代田区一ツ橋2-5-5
案内 03-5210-4000　営業部 03-5210-4111
https://www.iwanami.co.jp/

新書編集部 03-5210-4054
https://www.iwanami.co.jp/sin/

印刷・三陽社　カバー・半七印刷　製本・中永製本

ISBN 978-4-00-431885-9　Printed in Japan

岩波新書新赤版一〇〇〇点に際して

ひとつの時代が終わったと言われて久しい。だが、その先にいかなる時代を展望するのか、私たちはその輪郭すら描きえていない。二〇世紀から持ち越した課題の多くは、未だ解決の緒を見つけることのできないままであり、二一世紀が新たに招きよせた問題も少なくない。グローバル資本主義の浸透、憎悪の連鎖、暴力の応酬——世界は混沌として深い不安の只中にある。

現代社会においては変化が常態となり、速さと新しさに絶対的な価値が与えられた。消費社会の深化と情報技術の革命は、種々の境界を無くし、人々の生活やコミュニケーションの様式を根底から変容させてきた。ライフスタイルは多様化し、一面では個人の生き方をそれぞれが選びとる時代が始まっている。同時に、新たな格差が生まれ、様々な次元での亀裂や分断が深まっている。社会や歴史に対する意識が揺らぎ、普遍的な理念に対する根本的な懐疑や、現実を変えることへの無力感がひそかに根を張りつつある。そして生きることに誰もが困難を覚える時代が到来している。

しかし、日常生活のそれぞれの場で、自由と民主主義を獲得し実践することを通じて、私たち自身がそうした閉塞を乗り超え、希望の時代の幕開けを告げてゆくことは不可能ではあるまい。そのために、いま求められていること——それは、個と個の間で開かれた対話を積み重ねながら、人間らしく生きることの条件について一人ひとりが粘り強く思考することではないか。その営みの糧となるものが、教養に外ならないと私たちは考える。歴史とは何か、よく生きるとはいかなることか、世界そして人間はどこへ向かうべきなのか——こうした根源的な問いとの格闘が、文化と知の厚みを作り出し、個人と社会を支える基盤としての教養となった。まさにそのような教養への道案内こそ、岩波新書が創刊以来、追求してきたことである。

岩波新書は、日中戦争下の一九三八年一一月に赤版として創刊された。創刊の辞は、道義の精神に則らない日本の行動を憂慮し、批判的精神と良心的行動の欠如を戒めつつ、現代人の現代的教養を刊行の目的とする、と謳っている。以後、青版、黄版、新赤版と装いを改めながら、合計二五〇〇点余りを世に問うてきた。そして、いままた新赤版が一〇〇〇点を迎えたのを機に、人間の理性と良心への信頼を再確認し、それに裏打ちされた文化を培っていく決意を込めて、新しい装丁のもとに再出発したいと思う。一冊一冊から吹き出す新風が一人でも多くの読者の許に届くこと、そして希望ある時代への想像力を豊かにかき立てることを切に願う。

（二〇〇六年四月）

岩波新書より

文学

川端康成 孤独を駆ける　十重田裕一
いちにち、古典 〈とき〉をめぐる日本文学誌　田中貴子
芭蕉のあそび　深沢眞二
森鷗外 学芸の散歩者　中島国彦
万葉集に出会う　大谷雅夫
大岡信 架橋する詩人　大井浩一
源氏物語を読む　高木和子
『失われた時を求めて』への招待　吉川一義
三島由紀夫 悲劇への欲動　佐藤秀明
有島武郎　荒木優太
ジョージ・オーウェル　川端康雄
大岡信『折々のうた』選 詩と歌謡　蜂飼耳編
大岡信『折々のうた』選 短歌(一)・(二)　水原紫苑編
大岡信『折々のうた』選 俳句(一)・(二)　長谷川櫂編

日曜俳句入門　吉竹純
短篇小説講義〔増補版〕　筒井康隆
日本の同時代小説　斎藤美奈子
武蔵野をよむ　赤坂憲雄
中原中也 沈黙の音楽　佐々木幹郎
戦争をよむ 70冊の小説案内　中川成美
夏目漱石と西田幾多郎　小林敏明
『レ・ミゼラブル』の世界　西永良成
北原白秋 言葉の魔術師　今野真二
漱石のこころ　赤木昭夫
夏目漱石　十川信介
村上春樹は、むずかしい◆　加藤典洋
「私」をつくる 近代小説の試み　安藤宏
現代秀歌　永田和宏
言葉と歩く日記　多和田葉子
近代秀歌　永田和宏
杜甫　川合康三
古典力　齋藤孝

和本のすすめ　中野三敏
老いの歌　小高賢
魯迅◆　藤井省三
ラテンアメリカ十大小説　木村榮一
正岡子規 言葉と生きる　坪内稔典
白楽天　川合康三
ぼくらの言葉塾　ねじめ正一
季語の誕生　宮坂静生
和歌とは何か　渡部泰明
小林多喜二　ノーマ・フィールド
いくさ物語の世界　日下力
漱石 母に愛されなかった子　三浦雅士
アラビアンナイト　西尾哲夫
小説の読み書き　佐藤正午
季語集◆　坪内稔典
学力を育てる　志水宏吉
森鷗外 文化の翻訳者　長島要一
英語でよむ万葉集◆　リービ英雄
源氏物語の世界　日向一雅

(2023.7)　◆は品切，電子書籍版あり．　(P1)

岩波新書/最新刊から

2002 「むなしさ」の味わい方　きたやまおさむ 著
自分の人生に意味はあるのか、自分に存在価値はあるのか。誰にも生じる「心の空洞」の正体を探り、ともに生きるヒントを考える。

2003 ヨーロッパ史 ―拡大と統合の力学　大月康弘 著
ヨーロッパの源流は古代末期にさかのぼる。「世界」を駆動し、近代をも産み落とした〈力〉の真相を探る、汎ヨーロッパ史の試み。

2004 感染症の歴史学　飯島 渉 著
パンデミックは世界を変えたのか――天然痘、ペスト、マラリアの歴史からポスト・コロナ社会をさぐる。未来のための疫病史入門。

2005 暴力とポピュリズムのアメリカ史 ―ミリシアがもたらす分断―　中野博文 著
二〇二一年連邦議会襲撃事件が示す人民武装の理念を糸口に、現代アメリカの暴力文化とポピュリズムの起源をたどる異色の通史。

2006 百人一首 ―編纂がひらく小宇宙―　田渕句美子 著
成立の背景を解きほぐし、中世から現代までの受容のあり方を考えることで、和歌のすべてを網羅するかのような求心力の謎に迫る。

2007 財政と民主主義 ―人間が信頼し合える社会へ―　神野直彦 著
人間の未来を市場と為政者に委ねてよいのか。市民の共同意思決定のもと財政を機能させ、人間らしく生きられる社会を構想する。

2008 同性婚と司法　千葉勝美 著
元最高裁判事の著者が同性婚を認めない法律の違憲性を論じる。日本は同性婚を実現できるか。個人の尊厳の意味を問う注目の一冊。

2009 ジェンダー史10講　姫岡とし子 著
女性史・ジェンダー史は歴史の見方をいかに刷新してきたか――史学史と家族・労働・戦争などのテーマから総合的に論じる入門書。

(2024. 3)